U0101201

# 跳鲤

胡学文 著

江苏凤凰文艺出版社
JIANGSU PHOENIX LITERATURE AND ART PUBLISHING

图书在版编目（CIP）数据

跳鲤 / 胡学文著. —南京：江苏凤凰文艺出版社，2023.1（2023.12 重印）

ISBN 978-7-5594-7188-8

Ⅰ. ①跳… Ⅱ. ①胡… Ⅲ. ①中篇小说—小说集—中国—当代②短篇小说—小说集—中国—当代 Ⅳ. ①I247.7

中国版本图书馆 CIP 数据核字(2022)第 176002 号

# 跳鲤

胡学文　著

出 版 人　张在健
责任编辑　孙建兵　李　黎
特约编辑　王　怡
责任印制　刘　巍
出版发行　江苏凤凰文艺出版社
　　　　　南京市中央路 165 号，邮编：210009
网　　址　http://www.jswenyi.com
印　　刷　苏州市越洋印刷有限公司
开　　本　880 毫米×1230 毫米　1/32
印　　张　9.5
字　　数　230 千字
版　　次　2023 年 1 月第 1 版
印　　次　2023 年 12 月第 3 次印刷
书　　号　ISBN 978-7-5594-7188-8
定　　价　52.00 元

江苏凤凰文艺版图书凡印刷、装订错误，可向出版社调换，联系电话 025-83280257

# 目录

# 跳鲤

0

他知道警察就在外面，一个，也许两个。他已经苏醒，但强制自己不要睁眼。似乎这样就如同死人，就会遗忘一切。但一组又一组画面，一张又一张脸，一个又一个声音杵进脑子，捣蒜一样，他的脑浆发出烂泥般空洞的声响。他害怕死去，更害怕活着。活着，那混杂的声响便漫天飞溅，遮空蔽日。

他知道自己躺在什么地方。他在医院当了四年保安，那气味再熟悉不过。脑袋肿胀，就如长爆的白菜；腿脚钻心的疼。也许脚筋挑断了，也许某个内脏扎成了筛底，若从此残疾，那就更糟糕了，还不如死呢。这种时候，花该在他身边的。他没嗅到她的气息。明知不在，他还是发出暗哑的低唤。似乎随着他的呼唤，那气息就会从门缝儿挤进来，就会抚摸他肿胀的脸。谁料她就像插在他身上的导火索，那声低唤扣动了火机，嘶啦声如蛇游蹿，惊雷炸响，顷刻间，他化为碎片。

1

阴冷的秋日上午，他又如往常一样蹲在地头，双目泛红，满嘴黄泡。菜彻底烂了，腐臭弥漫。这意味着他投的二十万块钱，他和花的辛苦化作了尘烟。已经没有任何意义，但他仍一天两趟往菜地跑，似乎奇迹会因他的虔诚而降临。他如木桩，蹲下去就是半天，等来的是愈加浓烈的腥臭。

他后悔没听花的。脑子一热，就像别人那样包地了，就像别人那样种菜了。咱赔不起呀，花苦口婆心。而他早已吃下秤砣，日夜浸泡在虚狂的梦想里。花拗不过他，在家庭大政上，一向他说了算。钱不够，花还跟她妹妹借了五万。

你还不如死了呢！

他猛吃一惊，跳起来，举头四望。天空蔚蓝，田野灰黄，目及之处看不到一个人。几百米外，两头牛在觅食。他不知声音何来。去年王庄一个种菜的喝农药自杀，留下百万巨债。他没有寻死的念头，一日日往地头跑绝不是想不开。虽说老底亏光了，于他那也是巨款，但他不会抹脖子上吊。死？他冷笑，鬼才去死。

他刚刚蹲下，那声音突又砸过来。真真切切，似乎不是幻觉，他头皮发麻，不知声音来自何处。脖子都扭酸了，仍什么也没看到。难道大白天的有鬼？去你妈的，老子不死！他大声喊出来。

这时，花打来电话，让他赶紧回去。声音颤着，遇上高兴事，或紧张过度，她就这样。他想多问问，她已经挂了。他不敢耽搁，大步往回赶。扑棱，一只乌鸦从树杈惊起，朝对面的林带飞去。他张大被黄泡包围的嘴，盯着乌鸦，直到它变成豆粒。他和花在菜地干活时，常有乌鸦飞过头顶，黄昏，成群的乌鸦总在村庄上空盘旋，它们和村里的猫狗一样寻常，可是，这只突然惊飞的乌鸦让他心里直扑腾。

踏进院门那刻，乌鸦才淡去。

原来有好事等着他。花的继父的在县医院当副院长的外甥女婿给他找了份当保安的差事。半个月前，花找了继父，继父又托了他的叔伯妹子，花也就是试试，毕竟这亲戚隔得远了些，没料人家当事办了。花个子不高，但脸相耐看，尤其笑起来，眼里的灵光一闪一闪的，就像蝴蝶飞舞。结婚二十多年了，她的笑脸仍让他心摇魂荡，但那天他像死水般沉寂。倒不是血本无归的阴影仍然笼罩，而是这差事没有任何吸引力。三班倒，一月两千块钱。七在城里当几年保安了，他和七打听过。他和七不同，七两个闺女，那是两家招商银行呀，七不干活，日子照过。他和花两个儿子，孩娃坠地，感觉中了彩，慢慢地，这彩就变成了山。长子打工，已经到了成婚年龄，谈一个不成，谈一个不成。自然各有缘由，但他知道根儿在哪儿。次子刚上技校，身边总有女娃。念书花钱，女娃胳膊也不能白挽。若不是压得喘不过气，他也不会包地种菜。本想跳个高高，却跌了个大跟头。他清楚花怕他再折腾，想找根线拴住他。他不怕拴，如果挣大钱，铁链捆都成。这保安就是块干骨头，飘点儿香味儿，啃不出肉呀。

为啥？花追问，好像他没说清楚。

他沉默。

啥挣钱？你说说！蝴蝶消失了，她的脸有些冷，但仍是耐看的圆。

他继续哑着，也只能哑着。

跑大车挣钱，开商店挣钱，建猪场挣钱，听说弄个加油站一年有上百万的收入，哪样咱能沾边？她靠着柜板，似乎没有依靠就立不住了。确实，她的身子有些抖。她从来不像别的女人那般哭闹，只是阴云一层层地肥厚，要下雨的样子。再有就是控制不住地颤抖。菜烂在地里，她也没埋怨过。她是真真的生气了。

他更加哑了。

花没再用石头一样的话砸他。静立着，望着别处。仿佛他的哑传染了她。

好一会儿，花说，费这么大周折，好歹你先干着，瓜也好枣也好，塞住嘴再说，若有更好的营生，咱随时走。

先试试吧，他说。

花的眉眼亮了亮，你这不情不愿的，要不是有这层关系，撞烂脑袋也甭想。

他问，我去当保安，你咋办？

花笑了，你跟七学学，把我也带去呀。枣笨手笨脚的，连个鞋垫都不会纳，我比她可强多了。听说她在宾馆打扫卫生，一月也有两千呢。

两天后，他拎着两个编织袋登上了去县城的中巴。编织袋鼓鼓囊囊的，一个装着他的行李，棉衣棉裤，以及那块她长年铺着的山羊皮；另一个装着洗漱用具、水杯，棉鞋、单鞋，还有带给副院长的几串草地白蘑。东西是花准备的，他连手指头都没伸。好像他不再回来了，她把四季所需全塞进去。他没说啥，装就装呗，到时再拎回来就是。他没打算长期干，之所以应下来，因为冬天就快到了，不能闲着，如花所言，先塞住嘴再说；再一个，就因他不听劝阻，他和她才被灾难的大锅扣住，她嘴角的泡刚有结痂的迹象，怕她因为这个，水泡又如蘑菇冒出来。他心疼她，当然也有些气短。那浓稠弥漫的腐臭没把他压垮，但让他矮了半截。

说妥的事自然没费周折，见过副院长，并将几串白蘑放在角落后，就由七领着去见保安的头。一个勺子状的男人，次日就上岗了。三人一组，他和七在一个组。这是七提出来的，他说咱一村，有事好照应。房也是七帮他租的，与他人合租一个院。那家住正房，他住南房，采光差，但租金低，一月四百，水电另算。

大约八九天后，适逢两人都休，七把他叫至家中吃饭。七租了个独院，两大两小，七和枣住正房，小房放着七的摩托和枣的电动车，另有半袋萝卜，几棵白菜，再无其他。他问七为什么不租出去，七说独住贵点，但是方便。傍着西院墙用木棒绑搭的简易棚内，堆放着旧报纸、纸箱及踩扁的易拉罐，旁边还有一辆三轮车。也是那天，他才知道七在当保安的同时，还兼收废品。他恭维，你不简单呀。七说，哪里，就弄俩零花钱，也是逼出来的。

两人落座，枣将花生米、猪头肉端上桌，让他和七先喝，她再拨拉两菜。他赶紧说这就够了，别忙了。枣甩过目光，就如她的身材一样，眼神壮壮的。打他进屋，她第一次正式和他对视。他突然一慌。枣说，又不是城里人，长了核桃肚，两菜够谁吃?！七说，别管她，说起来这饭还是她提的头儿，我来县的头两年，你没少照顾她。他说，顺手的活儿。立即把话岔开。

他和七同一年盖的房，就隔一堵院墙，和七两口子比和别人近些。平时你借我个箩筐，我借你把铁锨，有一次他拉肚子软得走不了路，还是七和花一起把他送到医院。不过，他帮七更多些。因为他比七手巧，脑瓜也比七好使。枣长得虽壮，但无论粗活还是细活，都不如花。论过日子，七和枣差一大截呢，两人又都是馋嘴，常常寅吃卯粮。有好几次，枣隔墙借盐。进城几年，两口子的变化着实让他吃惊。所以，他的恭维有多半出于真心。

也就混个肚圆，七说。几杯酒下肚，七的话就飘了，咱比不了有钱人，天天有肉吃有酒喝，知足了。枣炒完菜，坐在桌边，将七早已倒好的酒一饮而尽。她比他和七的酒量大，喝酒的架势也豪。七感慨地，在村里，哪舍得这么喝？她一端杯我就紧张，她喝得猛，不等我张罗，酒就见底儿了。枣截断七，租两间破房，你还吹，啥时住上楼你再吹！说着目光杵向他，告状似的口气，听我的，早发了！

枣和七初到县城后，平房还便宜，特别是城郊的。那时手里有些存款，枣想买一处。当然她没那么远的目光，只觉住自己的房踏实。七没同意，就搁下了。几年后房价大涨，若当初买一处，现在能换一套楼。枣举了好几个例子。现在虽说不愁吃喝，但没有自己的窝。无论平房还是楼房，都买不起了。临街的平房比楼还贵。

他甚是吃惊，吃惊枣嘴里的机会，吃惊她的口气。以前她不是这样。七委屈地辩解，谁能想到呢？早知我肯定听你的，现在……没准……也——枣说，那你就甭吹，有啥显摆的？还不愁吃喝，连街上那几个要饭的都不愁吃喝。七冲他眨眨眼，带了些无奈，没准哪天捡个金元宝呢。枣哼了一声，白日做梦。七说，命里有，早晚是你的，没有，急也没用。枣看着他，听见了吧？肉里巴叽的。七说，我也紧忙活呀。

他说，就是。

两人你来我往，似乎不是喊他过来吃饭，而是让他评判。他没有资格。若在村里，他是可以评判的，现在哪敢？在七和枣面前，他不过是一个白板。若非那无边无际的腐臭，他不会坐在他们面前。可是，他不能什么都不说。他寻找着插话的时机。既然必须站在其中一边，就只能和七站在一起。

七的脸罩着尴尬和得意，有公道人呢。

枣佯怒道，你这马屁拍的，别忘了，这菜是我炒的！

他又一慌，赔着笑说，都对，都对。

枣并不领情，气哼哼地瞪着他，两面派！

这时，他接到花的电话，没当紧事，几句话就挂了。

七问，花怎么不随你来？他顺口道，来了干什么？七说什么都行啊，让枣帮你留意一下。枣的目光甩到七脸上，用你操闲心！七说，也是，喝酒喝酒。

他端杯敬七和枣，那个念头冒出鲜嫩的苞芽。彼时，他当然不会知道，这苞芽会长成锋利的刀子。

## 2

花到县医院打扫卫生是初冬，自然也托了副院长的关系。第一天，他拉她去的。不久前，他买了辆脚蹬三轮。既然七可以收废品，他也可以，而且，很快他就摸到门道，运气好的话，进项甚至能超过保安。两个人三份活，好歹能存些钱。没准花还能找上第四份活，她麻利、勤快，和他一样不怕吃苦。果然，两星期后，她就在裁缝铺揽了零活。

转过年，他在城边租了一处独门独院，比原先住得远了些，但放废品方便，正房也暖和，而那两间只开北窗的南房，阴冷潮湿，两人搂着睡一夜，脚依然是凉的，张嘴说话白气如蛇。村里的房，他像七一样用泥皮封了门窗，混不下去，还得回到老窝。

一晃就是两年。

日子没多难，但也没好到哪儿去。七和枣一向不亏嘴，他和花虽没勒住脖子，但比村里还节俭。村里菜不花钱，水不花钱，柴火不花钱，城里每一样都离不了钱。冬天蔬菜贵得离谱，两人只吃白菜，就这，也不敢敞开吃，一棵白菜至少吃五天。菜少，只能多放盐，每次吃完饭，喝两大碗水才能把咸味冲淡。穿就更甭说了，两年谁也没添新衣，他换了一双棉鞋，是花从病房捡的。每年倒是能攒几万块钱，可别说给儿子买房了，连家具怕都买不了几件。

搞钱的门道太多了，他耳闻目见，知道不少。官员当然没法比，弄一块地，转手就是数百万，还是合法的，查也白查；要不入干股，大大小小的工程，明里暗里都有官员罩着，没靠山，生意难持久。合法的买卖是有，但许多不合法的事都是合法运作的。他和花虽有二职，跟别人的二职比，就是芝麻和西瓜。比如医生在医院出诊，却让病人到自己开的药店买药，想治病吗？治就照做。花的副院长亲戚就开了药店，他和花买药从不去别家。比如老师，课上讲一半，另一半要留到补课时讲，不报补课班，甭想考好成绩。

所有这些，与他和花没有丝毫关系。也就是听听而已。可听得多了，难免胡思乱想，也就想想。蛇鼠不同路，有多大本事吃多大饭，他和花也只能靠辛苦一个子儿一个子儿攒。没啥可抱怨的。

中秋节快到了，他和花盘算着去副院长家坐坐。商议带什么东西，两人发生了分歧。花的意思是买两瓶酒，另加一个礼盒，月饼或其他。他提议买二十斤本地麻油，省钱又实用。花说看人家一趟，怎么也得像点样儿，他说这就是个礼节，你带什么副院长都不放在眼里，除非金条，金条你有吗？花怪他说话硬，抬杠似的。他提起去年中秋、春节去副院长家的情形，客厅里烟酒、礼盒、干鲜果品堆得小山似的，谁送了什么，副院长根本记不住。花说看人是咱的心意，记不记是人家的事。他说看就是为让人家记住，随后讲了听来的送礼故事。

在别人都给县头儿送羊的年代，某局长买了数套吃羊肉的刀叉。某局长在酒后道出真谛，羊吃掉就没了，头头们记不住，而他送的刀叉虽然没有一只羊值钱，但每次吃肉都用得上，都能想起谁送的。局长一路高歌猛进，最后也成了县头儿。

他在酒馆听来的，给七和枣讲时，两人都感叹，怪不得人家往上爬，脑子就是好使。可花的眉毛都没动，评价道，太算计了，吓人。他说世事就是这样，会算计吃香，不会算计喝汤。花仍固执己见，说副院长是她亲戚，不能让人家笑话。他没争过她，花仍然是他的花，但比原先有主意了。

周六的晚上，他和花敲开了副院长家的门，如他预想并担心的一样，副院长根本没瞅两人拎了什么东西，甚至没朝花看，更别说站在花身后的他了。副院长正打电话，想来是个重要电话，指指沙发，径直进了卧室。客厅靠门的一角已经堆了很多，有个礼盒竟然与花拎着的一模一样。他给花丢眼神儿，我说什么来着？花不理会，将东西挨序放了，便蹲在电视柜一侧，拾捡花盆里的枯叶。副院长出来，她刚好捡完，并将碎叶揣进兜里。

副院长点点头，还好吧。他说还好。副院长说那就好。副院长心不在焉，说着话却翻着手机，显然有重要事。别看他是副院长，说话比院长还硬，据说医院即将开建的住院楼就是他跑下来的。闻听传言的那个晚上，花特意包了顿饺子。那与他和花没啥关系，但副院长鸿运当头，对他和花肯定不是坏事。庆祝是值得的。

他和花提出告辞。副院长哎呀一声，说不好意思，改天再过来坐。

他推开门，刚迈出一只脚，副院长突然叫，等等！先别走！

他和花转过身。副院长个高腿长，脸阔如板，像一把竖起的巨斧。他本比副院长矮半头，此时突然矮了半截，感觉副院长抬抬腿，就能把他和花踩到脚底。副院长上下量了他一遭，又在花身上绕了一圈，目光如探测的利器，像他和花偷揣了什么东西。

他不由发慌，正要开口，副院长笑了，我怎么没想到呢，坐！坐！

他和花挨着坐了。

副院长问，喝点水不？

他早就渴了，但摇了摇头，花抢在他前面说，来时喝过了。

副院长说，那就说正事，有一桩美差。

年过六旬的老头，两子一女均在外地，长子在广东，次子在北京，女儿在市里，都是非凡人物。女儿最次，是开发商。三个儿女是老头一手带大的，现在该他们回哺父亲了，除了月球，老头可以到任何一个地方居住，可以跟任何一个子女生活，但老头不愿离开皮城。儿女无奈，但让父亲一个人住终是不放心，需要二十四小时陪护，费用八千，管吃喝。

副院长问他俩是否愿意，他和花几乎异口同声。他听出花的声音颤着，他何尝不是呢？副院长说，那就好，待通过了，就把医院的活儿辞了。副院长话中有话，他盯着副院长，副院长说，我负责初选，拍不了板。他问什么时候能定，副院长说一会儿就给老头的女儿打电话。花突然叫了声妹夫。无论私下还是公开场合，他和花都喊院长，这声妹夫实在突兀。副院长倒没发愣，假假一笑。花说，我不叫你院长了，那太见外，我就叫你妹夫。副院长大度地，那好啊。花说，就靠妹夫了。副院长适度笑着，那是自然，我会尽力，这差事确实难找，医院不会动弹的病人，二十四小时的陪护费五千，老头硬朗着呢，顿顿二两酒，馒头能吃仨，说是陪护，其实就是保姆，做做饭，说说话，有事及时给子女们报个信儿。花把手掌放在膝盖上，他知道她又出汗了。

不过，副院长语气一转，你俩也要有个准备，老头儿脾气古怪，好骂人，哪儿不入眼，张口就来。之前有四拨陪护，三拨是他撵走的，一拨是自己不干的。

他的心不由缩紧。

如今讲品牌服务，副院长说，不然，凭啥给你这么高的工钱？怎么样？要不先考虑一下？

花扭头看他。他能读懂她的目光。关键时候，还得他掌舵。他问副院长，如果这边干不下来，还能不能回医院。副院长说，这倒没问题，但需要等机会。他立刻道，不用考虑了，干！花跟着说，有劳妹夫！

馅饼就这么突然掉下来，虽未盖到脸上，但那浓香的气息已经扑进口鼻。至于副院长所言的“准备”，他和花在回去的路上就稀释掉了。花说，他骂就骂呗，听着就是了。这也是他的想法，甭说骂了，打几下也由着老头。一月八千，想想都烫人，两人轮班，他还可以收废品。越想越兴奋，及至进了家门，花呀了一声，说他两眼像刚出炉的烧饼，他说你还说我，你的脸像抹了胭脂，是不是想去登台唱戏？花果真就唱出来。她嗓音不错，嫁给他之前，唱过二人台，那些词都在肚里埋着呢。她唱起来，胸脯就挺得高了。他本就燃烧着，此时火苗蹿得更猛了，她还要唱的，火呼地扑到她身上。

你说能相中咱不？花躺在他怀里，有些担心地问，那时他快睡着了，她的担心像把凿子，他顿时睡意全无。他比她更担心。听天由命，他说。花说，也不知啥时能定下来。他摸住她的乳房，她叫疼，他马上松开，说，不会太久。花问，你咋知道？他说，我就是知道。他当然不知道。

第二天，他接到副院长电话。半小时后，他和花赶到飞龙茶庄。副院长和老头的女儿在那儿喝茶。他估摸她怎么也得四十大几了，待见面，甚是吃惊，也就三十出头的样子。副院长做了介绍，他和花先后说黎总好，将蘸过蜜的脸展给她。黎总点点头，虽是坐着，目光却像凌空劈下来的。他不由偏了偏，马上意识到不妥，又扭正，迎接着黎总的审视。就看到了黎总眼角的鱼尾纹，只是不那么明显。脸上的蜜更浓了些，如果有孔雀的本事，他立马开屏。黎总的目光移到花身上，停留的时间久了点儿，也更锋利了些。

黎总突然站起，走到花跟前，抓起花的手。懂得剪指甲，黎总坐回沙发时说，像干净人。原来是这样，他吁了口气。论干净利落，村里没有哪个女人比得过花，半夜起来干活，她也要梳头洗脸，他还曾因这个嘲笑过她。他庆幸黎总没看他的指甲，下意识地弯曲了手指。黎总眼尖，马上发现，说，你不用藏，我看见了。他的脸腾地热了，暗想完了。不料却给他加了分，黎总赞许道，你这个年纪还脸红，难得！

黎总问了几个问题，问他是否抽烟喝酒，什么学历，耳朵是否好使，问花主要是茶饭方面。

就这么着吧，黎总说，明天体检！别操心费用。似乎直到这时，黎总才想起他和花一直站着，邀请他和花坐下喝茶。他和副院长对视一下，谢过黎总，退出茶室。

次日，他和花由一个清瘦的护士带着，楼上楼下，所有的科室所有的检查室走了个遍。他和花从未全面查过身体，头疼买止疼药，咳嗽买止咳药。他当然清楚，黎总是怕他和花有什么病，先前那些陪护都要过这一关吧。他从未担心自己的身体，那天却有些紧张。还有花，有一段时间了，触摸她的乳房，她就喊疼。他催她看医生，她不当回事。

检查结果出来了，花轻度乳腺增生，他肾上有一粒两毫米左右的结石，其他都没有问题。

悬着的心终于落地。

## 3

上门那天，黎总因事没赶回来，副院长带他和花去的。龙宫是县城最高档的小区，门口的保安比站在医院里的他还笔挺。快进十月了，街道两侧的树早就披上了黄袍，而小区还盛开着各色菊花，在肃杀的西风中愈显浓艳。

注意事项，黎总已经交代过多次，他和花铭记于心，到楼道口，副院长再次叮嘱，特别强调，叫黎主任。

他和花重重点头。

黎老头颇有几分传奇。曾是村里的炸石工，一次意外和同伴被碎石淹埋。第四天才被挖出，同伴已死，他被抢救过来，只是断了腿。村子地处坝上坝下交界处，紧挨着原始森林，他经常偷猎，某个冬天，因迷路在树林里转了两天一夜，竟然没冻死。三个子女读书的费用是兽皮换来的。他痴迷村主任，但每次竞选均以失败告终。如果现在能买，子女们一定给他买一个。所以只能送他一个称呼。黎老头深爱这个“头衔”。

对他和花来说，是最容易做到的，不要说主任，就是叫县长市长省长，叫总统国王都没问题，只要黎主任乐意。

摁了三次门铃，均无回应。副院长喊了声黎主任，正要再摁，一个厚实的声音响起，自己开！副院长从兜里掏出一把系着红绸的钥匙，拧开，将钥匙塞给他，小声说，装好了。

黎主任在客厅立着，双手后背，像藏了什么东西。满头白发，但仍然浓密，根根直竖；面色褐红，褶皱近无，极为壮实。难怪副院长说他一顿吃三个馒头，这是干活的身板。

我知道黎月给了你钥匙，黎主任说，你又不是第一次来，还摁门铃？

副院长笑笑，黎主任一猜就中，你不同意，我哪儿敢开？

黎主任问，黎月呢？

副院长说，正好有个项目要谈，她该给你打过电话吧。

黎主任说，你猜得也中，打是打过，我没接。

副院长指着他和花说，我把人带来了。

黎主任这才正式地打量他和花。黎主任的目光不像黎总那么凌厉，枝枝杈杈，漫不经心，有一搭没一搭，轻飘得如一缕烟，风吹即散。

要我批准？黎主任问副院长。

副院长笑说，黎总把过关了，做什么，你吩咐就是。

黎主任哼了一声，我就知道。

副院长交代完便离去了，他和花立着，等黎主任指令。不知黎主任咋刁难他和花，虽说做好了准备，但心里一点儿谱没有。可黎主任什么都没说，就像他和花不存在，如烟的目光瞟都不往这边瞟。黎主任转身走向阳台，双手仍然后背，手上并没有东西。右脚抬不高，像扫帚般擦着地面。阳台的方凳上放了把抓挠，黎主任抓起，像端枪一样握住带钩的一端，瞄向窗外，肩颈后缩，伏击的架势。

他屏住呼吸，正要提醒花不要出声，花打了一个嗝。她平时没这毛病，昨天就冷风吃了半个月饼，嗝了半夜，清早没听她嗝，以为好了。这嗝打得实在不是时候。果然，黎主任回过头，怒冲冲的，你把它吓跑了。花涨红了脸，我不是故意的。黎主任说，你就是故意的。他插话，真不是。黎主任叫，没和你说，闭嘴！花放低声音，那咋办？黎主任挥挥手，滚蛋！赶紧滚蛋!！他咯噔一声。花往前一步，黎总交代过——黎主任打断她，现在我说了算！花说，你说了不算，我听黎总的。他暗叫糟糕，知她这是豁出去了。一旦豁出去，脑袋就锈住了。黎主任嗬了一声，还想赖？怕你们没那本事，赶紧走，不然我不客气了。花说，就不走！黎主任扬起抓挠，别以为我不敢。他怕花吃亏，将花扯在身后，赔着笑说，你老别生气。黎主任说，别你老你老的，黄土没淹脖子呢。花说，说起来你也是主任呢，动不动就想打人，我们村的主任可不像你。黎主任竟然笑了，你们村的主任是不是给你提过鞋？肯定和你有一腿！花气得直抖，你这话哪像个主任说的？大白天的欺负人！黎主任怔一怔，语气突然温和许多，我收回我的话，你们现在就离开！

他急中生智，说这个月的工钱黎总已经给了，黎主任不用，这钱也不能退。黎主任盯住他，我不信，都是月底结账。他说黎主任若不相信，现在给黎总打电话。黎主任说打就打。四下瞅瞅，从沙发的角落摸起。他捏了把汗，甚至想扑上去抢夺。花怪责地拧他一下。他横下心，大不了离开。馅饼诱人，但太他妈噎。

孰料黎主任端着手机却没动，好像忘了号码，寻思片刻，丢在沙发上，说，她有的是钱，便宜你们了。挥了下手，后边的话懒得说了。

他愣住，半晌搜刮不出应对之语。亏了花，她说，那不成！拿了钱就得干活，就这么走不成骗子了？这罪名咱可担不起。她声音不高，话里却带着骨头渣子。黎主任显然被硌着了，褐红的脸肌弹了弹，皱着眉说，别给自己揽事儿，这可不好。

他反应过来，说，这可不是揽事儿，黎总报警，我俩就得吃官司。

花立即附和，是呀，你这当主任的不能陷害小老百姓。

黎主任放下狠话，满一月马上滚！

花说你一会儿再训人，该做饭了。他跟在花身后走进厨房。这一关暂时过了。老头不是想象中那么粗蛮古怪，只要喊主任，还是通几分情理。但他并没有松劲儿，毕竟，还没摸透老头的脾性。花冲他眨眨眼，咕嘀，顺毛捋。她让他回，他说不急，两人已分工，她白班，他值夜。怕老头刁难她，他不放心。花说他吃不了人，我能应付。花的嘴能赶得上，他信，但万一老头动手呢？两个花也不是对手。花读懂他的神色，就没再说。

花拉开橱柜门，逐个查看，然后系了围裙，开始做饭。见她舀莜面，他说该问问他吃啥，不喜欢吃，又是一顿骂。花说问也骂，不问也骂，装聋子呗，好伺候也轮不着咱呀。他想也是，就说在医院当保安，看起来穿得像模像样，其实就一受气包。那些蛮不讲理的，明知不是停车位，非要停车，一拦就骂。七因阻止一妇女牵狗入院，还被抓了两把。妇女咬定七骂她是狗。你不当回事，那就是屁，某次喝酒，七向他传授经验。

花将两屉莜面窝窝推好，黎主任探进头，气冲冲的，我说要吃莜面了？花慌了慌，立马稳住，想吃别的，我再做。他附和，快得很！黎主任没理他，直视着花，那莜面呢？你们吃？花说，你不吃，也不能倒掉。黎主任脸上闪过捉了贼似的得意，别想哄我，原本就给自个儿做的吧？花说，黎主任，你这么说可伤人呢，我估摸你喜欢，才——黎主任毫不客气，你凭什么估摸？

他没敢插话，生怕火上浇油。他能做的就是站在花身后。

花说要不喜欢吃莜面你身板哪这么结实？恭维起了作用，黎主任神色不那么生硬了，话里仍带着恼怒，我不喜欢！花说，当官都不说真话，你这毛病早就染上了吧。黎主任瞪着她，好像你啥都懂，我算啥官。花笑了笑，你是主任呀，说惯了假话，连自个儿喜欢吃什么也不敢承认，要我说，你可够累的。黎主任哼了声，你懂什么？莜面就莜面吧，汤要山药条、雪里蕻。花说，难得你说句实话。

危机化解，他大松一口气。主任这个称号确实好使，像枚定海神针。

花打了胜仗般，露出些许得意，尽管刚才她不住地抹手心的汗，我就说吧，顺毛捋。她让他吃了饭就回，不能两个人都耗在这儿。他点点头，说饭就不吃了，有事马上给我打电话。花说放心，咱一个大活人，他还能咋的？

黎主任却叫住他，说闻见饭味儿了，吃了再走。当然黎主任没那么热情，虎着褐土般的脸，但就这，也让他意外。他辞谢，黎主任说我让你吃你就吃，花直冲他使眼色，听黎主任的！

黎主任饭量果然厉害，吃了整整一屜，速度又快，饿了几千年似的。花把她和他吃的那屜移过去，黎主任抹抹嘴巴站起来，难得地夸赞，好久没吃过这么薄的窝窝了。花和他相视着笑笑，冲黎主任的背影说，对主任的胃口就好。

下午，他蹬着三轮在龙宫附近转悠。他有几个关系户，饭馆、商店、药店，如有废品，会给他打电话。平时他就一条街一条街地走，有时还到县城周边的村庄。那天，他不敢往远处去。心神不宁，一会儿一会儿看手机，中途还给花发了个信息。

离约定时间尚有一小时，他便上门了。花小声说不用这么早的，问他吃过饭没。他说吃过了，网样的目光罩住花，浑身上下摸了个遍。她脸上无伤，情绪正常，但他仍然抽空问了问，花朝外边瞥瞥，说咋说也是主任呢。然后，抿嘴笑了。他的心终于坠到该坠的地方。

黎主任早晚有走步的习惯，不是饭后即出门，看完新闻联播，还要看两集电视。也不喜欢到大街上转悠，专走没有路灯的偏僻小路。黎总的每一项交代都在心上烙着，见黎主任关电视，他立马站起来。自他进屋，黎主任就问了问他的属相，再无下文，仍把他当空气。此时却瞪着他，你要盯我的梢？他解释，黎主任毫不客气，你又不属狗，我不需要。他说，黎总交代过，我必须跟着。黎主任说，少拿她来压我！我又不是三岁小孩。他僵了僵，抛出法宝，你是主任，哪能自己单独走呢？黎主任并不买账，皇帝还微服私访呢，我遛遛腿还怕鬼吃了？他说，皇帝私访都有侍卫跟着，不过在暗处，我知你啥也不怕，但我怕呀，你就别和平头百姓计较了。黎主任盯着他，好一阵子，冷冷吩咐，别跟得太近，尾巴似的。

## 4

一日一日踩着地雷的碎片，就这么过来了。哪句话没说对或黎主任不高兴，自是没好脾气，浑身利刺，张嘴就骂，但几顶高帽盖过来，老头的鬃毛就没那么硬了。一味顺着捋还不行，该顶还要顶，因为黎总的界在那儿。只要黎主任不超过那道无形的墙，不要说骂，打几个巴掌也无妨。黎主任偶有架势，还没动过手。他和花每次交接班，都要分享经验和情报。

花自然是头功，她做得一手好茶饭，单莜面就不下二十种，每日变着花样。黎主任吃莜面有讲究，窝窝或鱼子要土豆雪里蕻汤，山药鱼要蘑菇猪肉汤，锅饼要芥菜叶汤。老头说一次，她就记住了。没特意要求的，她自作主张，也合老头胃口。她闯过祸，儿子打来电话，说得时间久了些，忘了蘑菇只洗一遍，捞出来切了。黎主任被砂粒硌了牙，勃然变色，摔了筷子，问她安的什么心。她吓坏了，小声说不是故意的。她要倒了重做，黎主任却又捡起筷子，说就仗他的胃铁打的，吃几粒砂子也没啥。仍是稀里哗啦，似乎更快了。简直就是三花脸，说变就变。肯定是怕我倒了，花在分享时说，说大方也大方，说小气多倒点油也心疼。

夜班相对轻松，黎主任遛腿回来，洗洗脚就睡了。水都是花烧好的，放在木桶旁。黎主任自个儿接水，自个儿洗脚，他只须将黎主任的洗脚水倒掉。他曾张罗给黎主任洗脚，黎主任让他滚。他说你可是主任，咋能亲自洗？他想说服主任，他来就是服务的。不料黎主任说，我明儿入洞房，不自个儿，还让你替么？他被噎得直抻脖子，半晌才说，这不是入洞房嘛。黎主任说，有两样事，多大的官也得自己来。他想了半天，也没想清楚，问哪两样。黎主任骂他榆木脑袋，数钱能让人替吗？他恍然大悟，第二样，黎主任让他想，他琢磨了一会儿，明白了。他说黎主任你可不止两样，黎主任说，我几样不用你教，滚开！他就滚开了。被褥也是黎主任自个儿拉，无须他操心。这钱挣得实在太容易，黎主任咋竖鬃毛都该。

第十一天夜里，他被黎主任拍醒。黎主任光着双腿，肩披夹克，眼睛瞪着，如刚从油锅捞出来的肉丸，带着滋滋的声响。起来起来，你快把房顶炸飞了！触到黎主任的脸，他就知道自己打呼噜了。他平时没这毛病，一旦累了，就扯得天响。白日跑了两趟村庄，村庄要拆了，哪家都有废品，若不是天晚，他还打算再跑一趟。

他赔笑致歉，说再也不会了。黎主任说马踢人牛倒嚼，这由不得你。他解释白天干了重活，黎主任说我又不是三岁小孩，你想咋哄就咋哄？他向黎主任诉苦，让黎主任体恤一下老百姓的难，两个儿子就像两个碌碡挂在脖子上，他得挣钱。黎主任说别把你们家的陈谷子烂芝麻往外倒。他说既然搅了黎主任的好梦，黎主任责罚就是。黎主任气哼哼的，若抽你一巴掌我能睡着，早就抽了。他说那就抽两巴掌，抽两掌兴许就能睡个好觉。可能是这句话打动了黎主任，黎主任不那么怒了，问要是再打呢。他不假思索地，再打我自己滚蛋。突然有些后悔。该留后路的。黎主任瞪着他，这可是你说的。

他没敢再睡，穿了衣服，在黑暗中坐着。三个卧室，黎主任住最里边那间，带卫生间。若无打扰，那门到天亮都是闭着的。他住最外那间，双人床，席梦思垫，比他和花的出租屋高了几个档次。可再怎么舒适，也只能静坐了。

第十七天夜里，他再次闯祸。那个村的废品是他意外发现的宝藏，本打算自己好好掘一阵子，可实在是远了些，一天跑不了几趟，中午还要眯一会儿；待看到别人进村，他急了，也是这时，才想起七。七也吃了几天好饭，那日非要喊他喝酒。若他和七，不至于喝多，可枣在，他就超量了。面对枣，他总有那么一点虚，而她劝酒的话又冲。当然，也没超太多，身不摇，舌不僵，陪黎主任遛腿，他在几十米外仍能听到黎主任的脚步声。黎主任熄灯，他也熄灯，在暗夜中静坐。孰料坐着双眼就合上了，直到黎主任霹雳般的声音炸响。

他再三央求，黎主任不为所动，他扣了无数帽子，黎主任的脖子快压歪了，仍叫他滚。他说走也得天亮了，黑天半夜我往哪儿去？黎主任退了一步，让他待到清早。黎主任没回自己寝宫，像他的呼噜震得胆战心惊了，抑或担心不看守着，他就会偷扔炸弹，图财害命。面对黎主任罕见的较真，他的心，他整个人如一坨泥。你是主任，身子金贵，别这么熬着，他搜肠刮肚，软绵绵的，没有气力。黎主任说，我就当打猎了。

花进门，猎人和猎物仍对峙着。花被冷风揉红的脸突然冒青，就像洁净的墙被泼了脏污，难看极了。她的目光狠狠剐着他，石头瓦块地砸过来。她从未这么骂过他，她不是泼妇，两人吵架，她的骂也是有分寸的。但他并不吃惊，甚至巴望她再凶一点儿。果然，她就更凶了。终是有默契的。黎主任或许听不下去了，说别大清早的吵得四邻不宁。花这才闭了嘴，青脸漾着笑，你是主任，和他计较啥呀，我保证，他再不会了。黎主任摇头，别废话，没用，工钱不早揣上了？又不让你们退。花笑得更灿了，像他昨夜那般给黎主任一顶一顶扣高帽。

他清楚花咋想的。干满这个月，还要接着干的。他原本也是这般打算。

你这么生气，让他走好了，我替他！我不打呼！花语气突转，满脸的笑如狂风里的秕谷，陡然间无踪无影。

他一愣，黎主任更是满脸疑惑，你夜班？

花说，黑白班，我一个人包，顿了顿，又说，钱不能白拿。

黎主任说，这倒可以。其实，你用不着这么计算。

花说，那就这么定了。

也许是花的缓兵之计，他想，但花严肃的神色又让他不安。他追进厨房，合上门。花的回答秤砣一样。他急了，不行，绝对不行！大事上，向来他说了算。他怎会让花夜晚陪护一个比牛还壮的男人？再多的钱也不挣。以往，他没有余地，花就退让。但那天花中了邪，有啥不能的？他还能吃了我？他说，吃是吃不了，可……他不知该怎么说。花斜着他，你不相信他，还是不相信我？他说，你这话伤人，我什么时候都相信你——花打断他，你相信我就行，你一夜一夜不睡，耗也耗死了。他说，你就不怕两个娃知道？花登地沉了脸，我又没干丢脸的事，你咋说这话？心急脑昏，他歉意地笑笑，埋汰自个儿闪了舌头，说话没边儿了。花说，咱不能和钱过不去，你弄一把刀，我放在枕头边。她说到这份上，他还能阻拦吗？

不知那一天怎么过来的，他什么都没干，咯噔一下就过去了。

天黑下来后，他躲伏在龙宫门口，一直等到黎主任背着手穿过马路。花没跟着。他松了口气，像往常一样尾随黎主任踏入偏僻小径，只是离得更远了些。他没有目的，既不是为了窥探黎主任的隐秘，也没想趁昏暗实施报复，机械而茫然。黎主任返回龙宫，他摇晃着往城边走。一整天没吃饭，他煮碗清水挂面。午夜时分，他又躁起来。频频看手机，但手机始终哑着。终是没绷住，他逆着西风往龙宫跑，路灯明晃晃的，偶有车辆经过，鲜有行人。空阔的大街，他极其醒目。终于到了。也就是到了。必得保安许可才能进入。他没打算进，但也没打算离开。花在里面。花守着一个又蛮又壮的男人。他守在外面才踏实。若花唤他，他能立马赶到。夜晚漫长得像往天边走，咋也望不到头。后半夜，风更大了。他缩着肩，跑了一程，又跑了一程，天没有亮的意思，他甚至怀疑太阳睡迷糊了。后来被值巡的警察拦住，差点就把他推上警车。

老天终于睁开眼睛。他进入小区，黎主任出了楼梯口，他便闪进去。黎主任双手后背，眼睛朝天。心狂跳，如行窃般鬼祟。突然就想，为什么要躲避黎主任？他来看他的花，理直气壮才是。便放慢脚步，稳稳叩门。

咋灰头土脸的？花劈头问。她系着粉色的围裙，正准备早饭。或被围裙衬着的缘故，她的脸甚是柔和。拖鞋是豆青色，鞋面上伏卧了两个打瞌睡的虎。他从头滑到脚，又从脚溜到头，多余地问，你没事吧？花佯沉了脸，你盼我有事咋的？他说，我不放心。花说，你给我发钱，我日夜守着你。他的脸就缩了，越发地灰暗。你这人，花怪责但明显带着疼惜，尽瞎想，放心好了。他说，当官的没几个好东西。花制止，行了，大清早发什么牢骚？你要是官，就不会这么说了，留下吃饭吧，我炸馒头片。他说，倒了主任胃口，我负不起责。

他每天去龙宫一次，有时早上有时傍晚，见花一面才踏实。有时有借口，有时没借口，不刻意躲避黎主任，他坦然，理直气壮。黎主任倒也客气，有时还留他吃饭。花和黎主任相安无事，他的心不再开水样翻，一日日平静，特别是给花准备了水果刀后。

第二十九天头上，黎总将钱打过来。花不踏实，让他带着卡去银行查，那个数字蹦出来时，满目金灿。所以，花说黎主任同意她接着干时，他并不是很失落，甚至松了口气，就像预谋成功，包袱落地。种菜、养牛，就连收废品也要冒风险，这也怕那也怕，活也能活，就怕半死不活。特别是想到两个儿子，紧迫与愧疚就如绞绳勒住他。他祈祷黎主任活得结实点，那样，银行卡的数字也如黎主任一样壮硕了。

## 5

他又回医院当保安了，轮着休息，仍旧收废品。七问过，他说用不了两人，花一个就够了。他没说花的陪护是二十四小时，七若刨根问底，他也会敷衍过去。不想说得那么细，虽然七不是嚼舌头的人。七问工钱，他说也就三四千。就这，七羡慕得双眼放光，说他有门好亲戚。

某日，七喊他去家里吃饭，还特意调了班。他请七和枣吃过一次，铁锅鸡，单独请七有两次，均在医院对面，饺子、啤酒、花生米。七和枣倒是来过家里，但没吃过饭。他盘算着正式请七和枣到家里吃顿饭，现在花不能回家，也只好作罢。既然没法请七和枣，再去七家就不好意思了。他说该我请了，遂让七给枣打电话。七说枣准备了一大堆，下什么馆子？想请，再碰日子。他仍犹豫，七的电话响了，随后说枣要和他说话。他挥挥手，你先走，我稍后就到。

他回了趟家，其实没什么事。花不在，冷冰冰的。回家似乎只为证实屋子是空的。去七家的路上，他买了两瓶金六福，手机响了一次，枣打来的，他没接。

我还以为你不来了，攀上高枝，连老乡也不认了！刚迈进一条腿，枣的声音就甩过来。枣不像花，削颗土豆也要先系上围裙，他没见她戴过围裙。她单有做饭的旧衣服，自然难免沾上油污。他几次来吃饭，她都是那身披挂。家里也乱，随意丢，仍像在村里那样。那就是七和枣的日子，绝不苦嘴，其他都是次要的。那天枣穿了件高领红毛衣，显然是新的，标签剪掉了，线头还在。他正要回应枣的奚落，那艳红突然晃了眼，顿了一顿，才说，我回家点点炉子，顺手将酒放在方桌上。

来就来吧，还带酒，怕没你喝的？枣还是那么大咧咧的。

他说，黎主任给的，也是别人送的，人家嫌档次低。

枣问，黎主任？没等他答，便说，知道了，花侍候的那人吧。管吃管喝，还给东西，你和花果然是撞大运了。

他说，也不天天给。

枣说，还天天？这就够馋人了。

七插话，这么好的酒，嫌赖，人家过的是什么日子呢。

他突然有些后悔，不该带酒过来，更不该撒谎是黎主任送的。没必要显摆。于是转移话题，我闻见肉味了，好香！

枣带着几分得意，说新学了道菜，忙活了几小时，差点切了手。

你要不来，那就亏大了。枣明目张胆的讨伐令他发慌，他笑笑，说真是沾七的口福。枣道，这可是为你准备的，我和七才不这么折腾，有酒有肉，就是过年了。他啊哈着，觑觑七，七专心致志地起金六福，一脸满足。

枣新学的菜是蒸肉丸子，此外还有尖椒肥肠、肉丝蘑菇、白菜豆腐。丸子足有半个拳头大，他正要用筷子夹开，枣端起搪盆往他碗里拨了两个，嘲讽，瞧你这斯文劲儿，长得鸡胗胗？他说，好东西就得慢慢品么。枣不屑地，喊，光塞牙缝八辈子也吃不出好来。七说，那是，我就喜欢大口嚼，越嚼越香。枣说，几日不见，学会拿捏了。他学七猛咬一口，嘴巴直滴油。枣夸，这就对了么，像以前一样。七端起杯，和他碰一下，仰脖灌下去。

他与以往没啥区别，枣不过是借机发挥，但为了“和以前一样”，他吃相喝相略夸张了些。她的红毛衣极其晃眼，所以他多半看着七。饭菜丰盛，自然有缘由，他清楚。谜底只有喝到半醉才可能揭晓，他急欲知道，每次端杯，不管是七还是枣和他碰，他都一饮而尽。

一个半丸子吃完，便已微醺。七说，喝得太快了，菜还没吃呢。枣说吃菜吃菜，又给他夹一个丸子。他说够了，枣问不好吃？他说当然好吃，枣说那就多吃，你一个爷们儿，还不吃三五个丸子？别的茶饭我比不了你家的花，这丸子我保证比她做得好。他说，花不会做丸子。枣说，我说是吧，咱也有长处呢，就是缺一门好亲戚。他说，隔得远着呢。枣哼了一声，你这吓的，怕沾你光呢？他说，确实——他想解释，枣打断他，再远也是亲戚对不对？他说，那倒是。枣说，你怕别人沾光，我和七脸皮厚，就想蹭个油星星。然后说了一堆在宾馆打扫卫生的不易，当然她干惯了粗活，这不算什么，主要是钱太少。她想让他托他和花的副院长亲戚，也寻一份护工的活。屙尿都在床上的就算了，枣特意强调，就找花那样的，这年头有钱人多，咋也能碰上个肥的。七补充，也不急，慢慢寻。

这就是了，他想。枣和七不知道那是意外砸到头上的，更不知道所谓的馅饼包的不只是肉，还有玻璃碴子，没那么好咽。但终究香气蒸腾，如果枣和七知道真实的工钱，还不馋掉牙！

也不知人家肯不肯，他斟酌着，话尽可能委婉。虽未过量，舌头却如踩着冬雪的生胶鞋底。

你还没说呢，就知道结果了？枣回击甚猛，抡了大棒般。

七显然觉得枣说话过头了，似怕他恼，替枣圆场，她跟你不见外，尤其喝了酒，啥难听话都敢说，你可别计较。七似要责备枣的，还没说出来就被枣顶过来，我说的不是实话？咋就难听了？哪儿难听？七冲他咧嘴，瞧瞧这脾气，蒸了一样。枣重新盯住他，求你件事，你倒踱上天了。

他难堪地笑笑，我没说不肯呀，就是，只能试试。

枣的眉眼立马有了花色，也就想让你试试，哪敢逼你，借十个胆也不敢。七说，你刚才是吵架的阵式。枣说，不至于吧，喝了酒，嗓门就高。她觑住他，不是吓着你了吧？你这胆子！……七感慨道，女人的脸就像六月的天。枣向他敬酒，七非要陪着，七实诚，总觉对不住他。

你别有压力，行就行，不行拉倒，枣劝，或是看出他脑袋沉了。不比，这日子还过得去。七已经喝多了，目光虚飘，啥人啥命，顿顿不缺肉，就是神仙日子。枣说，听见了吧，捡半碗饭觉得自个儿要上天了，我要生俩带蛋的，你还吃肉，汤也喝不饱。七指着他，两小子咋了？日子照过。枣说，你能和人家比？七支撑不住，脑袋夯拉下去，说，干吗要比？各过各的。他附和，是呀，各有难处，各有各好。枣讥讽，我终于知道了，啥叫一鼻孔出气。七嘿嘿笑，脑袋快碰到桌面了。

他对枣说，最后一个，不喝了。枣说，你别管他，你得喝好。他说上次喝高了。胸口忽然一疼。枣说，你还能喝高？我不信！他说，眼睛都睁不开了，再晚走不了路了。枣斜着他，这么大地儿还没你的住处？七头碰到桌面，仍有意识，咕哝，外屋有地儿。他没看枣，连饮两杯，站起来说不早了。枣说，咋也得吃了饭吧，我包的韭菜馅饺子，跑两个超市才买到。他瞄瞄已经扎到桌上的七，说吃肉就饱了。

枣跟在他身后，像一堵热烘烘的墙，到了门口，她扶他一把，你是晃了。

他勒令自己，没有回头，似乎回头那发烫的墙就会将他烤化。不要紧，轻飘的音儿说出来便被风吹散。

枣没再言，重重地将门合上。

然那堵赤红的墙仍尾随并烧烤着，他的骨架在高温下变形，整个人都在抽缩。直到进屋，躲进冰凉的被子下，灼烫的墙才轰然倒塌。

盛宴当然不能白吃，甭说枣和七左右开弓，就是别人，也得有个交代。有两日没见花了，趁看花的时候，和花讲了。花说抽空去趟副院长家，他问，能放你出去？花说，我得出去买菜，这空还是有的。他担心地，他若知道——花说，监狱还让透口气呢，谁还没个头疼脑热？咋也能找个借口，有时他也挺好说话，不过，去家里就不能空手。他当即道，还是我和他说吧。他没看出花有什么异样，但仍然问了。花白他，别把人往歪里想。他还是提醒她多加小心。

花皱眉，你卸不下包袱，让枣替我好了。他不怎么痛快，说我这不是操心嘛！花说，大小也是主任，水平还是有的。又抿嘴乐了，说自己封个官，还当得有模有样，都说当官有瘾，我算长见识了。他暗想，不过是个半疯子。

改天，交完班，正好看见副院长停车，他快步过去。旁边没有人，他抓紧讲了。副院长说陪护好找，但黎主任那样的难寻，他和黎总是同学，才近水楼台，如再碰到手里，副院长答应先告知他。他千恩万谢。副院长笑笑，听说姐干得不错？他怔住，说不上是因为副院长称呼了姐，还是对花了如指掌的评价。副院长说，黎总昨日回县来着，说她父亲的精神状态很好，她非常高兴。他醒过神儿，说花茶饭好，干净利落。副院长说，也该你俩走运，只要把黎总父亲伺候好，啥都不用愁。他说多亏了你。不敢再称副院长妹夫。副院长说应该的嘛，随后让他跟随上楼，将两盒土特产给了他。

他告知了匕，背过匕，又给枣打了电话。枣大概正在干活，那端呼呼地喘，你记着就好。她口气有点硬，他甚是不快，好像他欠了她多少。但再怎么不快，他也不会显露。即使欠二两米，那也是债。他心里是有虚的。

那个傍晚，他刚刚点着炉子，被蓝烟呛着，连咳数声，竟没听见门响。冷风袭背，他猛然回头，差点叫出声。那是一个人哩。她穿着暗紫色羽绒服，眼睛以下的部位用红围巾包得严严实实。她扯掉围巾，露出他熟悉的圆脸，真呛，你这是熏黄鼠呢。他仍盯着陌生的花，你咋回来了？花将围巾挂在架上，好像我不能回来。见他瞅她的羽绒服，索性张开胳膊转了一圈，咋样？黎总送给我的，说是什么大牌子，我记不住，你瞅瞅。他瞄瞄商标，但不认得。他问，她回来了？花点点头，当天就走了，难怪当老总，眼神真厉害，见了两次，就量出我穿多大的衣服。他说，那算啥，镇上的小裁缝从不用尺子，没出过差错。花没兴趣和他抬杠，脱掉羽绒服，寻找围裙。

花张罗做饭，他更愣了。就半棵白菜，她转了一圈说，亏得我带回一个肘子。他这才看见她搁在锅台的食品袋。花问他吃莜面窝窝还是白面烙饼。而他，仍木哑着，如年久失修落满灰尘的破旧门板。花追问，他才说烙饼吧。花斜着他，咋这眼神儿？他问，你偷回来的？花说，我又不是贼，干吗偷着？他再霸横，也得让我回来取东西吧？他也没那么难说话。他明白了，花回来只为给他做顿饭。冷寒的屋子突然间变成烤箱，他气就不匀了。他问，一会儿还走？花边舀面边说，倒是想住下呢。他从后面抱住她，那就别做了，我自己会。花甩了甩，没出息，我先和好面。他一把抱起她。

屋子太冷，花和他商量只脱了裤子行不。昏暗的灯光下，她的声音和样子可怜巴巴的，不像和他生活了二十余年的妻子，倒像他招来的娼妓。他嗯啊着，鼻子突然发酸，有乘人之危的感觉。然后，花的手机响了，她抓起来，喊了声黎主任，并向他竖竖手指。他赤裸着立在床侧。黎主任的抓挠找不见了，她说就在沙发梁上，她没动。那边的黎主任寻了，但没找到。她叫他别急，她一会儿就回。黎主任犯了病似的，异常懊恼，问他是不是老年痴呆了。花朗笑道，怎么会呢，几十年前的事你都记得，可能是掉到哪儿了。

花和黎主任就抓挠的下落和缘由你来我往，黎主任声音洪亮，他听得清清楚楚。那是花的职责，她不能不耐烦。他当然理解，只是，难以形容的情绪如暗流奔涌，他竭力控制，加之寒冷，浑身摇摆，牙齿没有节奏地胡乱击撞。

花挂了电话，愕然道，你怎么了？

## 6

黎总在望月楼备了酒席，宴请他和花。望月楼在野马湖边上，既可品美食，又可观美景。据说望月楼有一道菜，叫跳鲤。活着跳不稀奇，但被油炸得金黄焦脆仍活蹦乱跳，那就稀罕了。许多食客都是奔着跳鲤去的，当然更多的人只是过过嘴巴瘾。比如他，比如七。七和枣不苦嘴，买副排骨就算顶天了。

他受宠若惊。这是花挣来的，与他没啥关系。他在电话里问花，他去合不合适。他不是护工了，只是护工的家属。花说黎总特意强调了，他必须去。那么，这就是黎总的指令了。他没觉得不适，反认为黎总想得周全。

进入腊月，新年的气氛便浓了。那是从店铺、从灯光、从行人的脸上长出来的，是有根的，北风难以吹散，连街口卖烤红薯的妇女也喜盈盈的。花嘱咐过，他特意换了身干净衣服，剪了指甲。花说别迟到，他特意调了班。他从没这么在乎过花的指令，而花也从未这么严肃地叮嘱过。他乐意听令，跳鲤诱人，但更高兴的是黎总对花的认可，酒宴意味着试用期结束，花将正式上岗，就像男女不管交往多久，喝过订婚酒才算真正确定关系。如果不出意外，这陪护将长久下去，直到老头蹬腿。他有一丝酸溜溜的滋味，但想到银行卡上的数字逐月生长，酸便快速飘散。

他早早到了，但没有进门，在望月楼的停车场来回踱着。看见副院长的车驶入，他大步过去，车刚停稳，他便拽开车门，端出满满的笑。副院长问黎总到了吗，他说大概没有，我在这儿等等花。副院长说天寒地冻的，上楼吧。他就跟在副院长身后。

房间临窗，但看不见月亮，对岸倒是灯火稠密，只是人间的光亮终究平常了些。半支烟的工夫，黎总和花走进包间。花仍穿着那件暗紫色羽绒服，脖上盘着耀眼的围巾，她的头脸仿佛架在燃烧的火焰上，红扑扑的。他呆哑着，都有些不认识她了。相比之下，黎总素净了许多，黑皮上衣，灰蓝牛仔裤，也就嘴唇比花艳。

副院长问老爷子呢，黎总说他不来，拧着呢，别管他。副院长遗憾地，我本想正式地请老爷子吃顿饭，又泡汤了。黎总说咱可说好了，别抢着埋单，我做东。副院长说，在县里哪轮着你？黎总指指他和花，主角在这儿，我说过了，这丁点儿权利你可不许剥夺。黎总的目光蘸了糖稀似的，粘粘拉拉，而她的脸是生气的样子，不怒自威。副院长做投降状，我怎么敢?!

菜想必是早就点好的，落座不久，便一盘盘端上桌。盘子大，菜却少，每个盘子都有装饰，萝卜雕刻的花，冰块堆砌的山，花大概怕他吃那些个装饰，几次给他夹菜，像她也成了主人，只有他是客。他小声说，我自己来。她似乎没听见，盘子转过来，仍要先夹给他，才往自己盘子里放。他有些恼火，又不便发作，她给他夹的同时，他也夹给她。黎总和副院长相视一笑，花这才住手。

不得不说，望月楼的厨子有一手，牛肉入口即化。美中不足的是酒不对胃口。红酒是黎总带来的，说是拉菲，一瓶能换十几箱二锅头，但远不如二锅头过瘾。黎总和副院长只是象征性地，花喝的是饮料，喝酒的只有他自己。黎总瞧出来了，说他若喝不惯，换别的酒。花抢先说，不用换，什么酒他都喝得惯。他自有分寸，也说喝得惯。黎总说，白酒伤身，红酒养人，然后望着副院长，专家在这儿。副院长说着不敢，还是讲了一堆健康、营养、环境、生命的理论和事例。

跳鲤上来了，盛放在一个超大的深底瓷盘，果然在跳，还发出滋滋的声响。披着金挂，金挂上缀满花椒、葱花、椒丝、蒜瓣，像一条条链子，一枚枚钉子，若不是链条和钉子，跳鲤或许会翻出盘外，从窗户飞越出去。但现在，任凭跳得多高，叫得多响，也只能在瓷盘间。

他没被吓着，但走神了，直到花从跳鲤身上撕拽下一块放到他盘子里，同时轻踢一下，他才反应过来。他没怪花，差点出丑呢。

黎总再次举杯敬他和花。感谢的话在初次举杯就说了。不过是虚套，她出钱，花出力，就如买卖，各自称心。但虚套也是必要的，那是仪式的一部分。

黎总让他把酒喝干，也让花把饮料喝完，眼角是有笑的，却庄重了许多。他立即明白，黎总有重要下文。脚底突然一滑，他下意识地扶扶桌边，像正走在冰面上，屁股下的椅子早被撤走了。

如他猜的那样，黎总猛夸了花一顿，花这样那样的好，把父亲交给花，她很是放心。当然更重要的，是黎主任对花的信任和接纳。这次回来，她发现父亲的脾性都变了，这是花的功劳。每月的陪护费，将由月底改为月初。你好好干，我亏不了你，黎总说。花连连点头。

有件事想和你商量，黎总语气难以形容的谦和，身子却往后仰了仰，这使她的额头更宽更亮了。我在三亚给父亲买了房子，想让他每年在那里过冬，哪怕春节待一阵也行，但他不去，有一次好容易把他哄到机场，临登机他又反悔了。三亚的房子年年闲着，快长毛了，但没办法，春节我们兄妹都得回县。这次回来，看他心情不错，和他商量去三亚过春节，他竟然应了。

他和花静静地望着黎总。

我不敢高兴太早，当女儿的却摸不透他的脾气，就怕到了机场他又改主意。为防止上次的事再发生，我想让你一道去三亚，父亲爱吃莜面，我打算把莜面和咱这儿的水空运些过去，他喜欢吃你做的饭，你跟着去，这就保险了。黎总始终看着花，末了才扫扫他，补充，节假日陪护费双倍。

这两个字犹如铁锤击中脑袋，双眼金花闪烁，所以，花的目光摆向他时，他一时没有看清，她是因这诱惑和他一样欣喜若狂但又掩饰着不露出来呢，还是拿不定主意向他征询。他怕黎总不悦，替花回答，听黎总的。眩晕中，听得花一模一样回答。

黎总说，太好了，你俩干脆，我也痛快，这么着吧，你也一块儿去，好几套房呢，随便住，想住宾馆也可以，费用我全包，算我送你的过年礼物。

碰上黎总，是你们的福分，还不快谢？副院长催促发着呆的他和花，他和花慌慌端起杯。

我就不去了，他说。

黎总问，怎么？春节你们不放假？

他说，过年孩子们要回来，家里得有人。

黎总敲敲脑门，瞧我，咋没想到呢，让他们一块过去！特意强调，去就行，别的什么也不用操心。

花瞥向他。眩晕淡去，他看清她目光中的怪责。其实说出来他也意识到了，这会让黎总误解。他绝没有要心眼儿的意思，要让黎总邀请他的两个儿子一道去。两个儿子过年要回来，他只是陈述事实，他不能去。现在，他只能咬住不去。花也这么说。

然黎总竭力坚持，不让两人多心，还说不会年年邀他。黎总把话说到这份上，再推就不识好歹了，副院长也在敲边鼓，他只好应了。他和花又一次举杯致谢，黎总的慷慨大方，还有她说一不二的派式如跳鲤一样撞木了他。

长子处对象了，看来这个有戏，贵州女孩，两人要回她的山村老家过年。他和花全力支持。花和黎主任在灶王爷告天之日就出发了，他和次子晚了五天。

他第一次到三亚，当然，花和他们的儿子亦是。花和黎主任一家住他们的房子，他和次子吃住在宾馆。初到那天一起吃了顿饭，之后就各自行动了。黎总给他和次子派了个司机，随叫随到。除了初一那天，他和次子均在外面游玩，景点由次子选定。

初三那天，他和次子酒足饭饱，回到房间。次子将单薄的身子扔在床上，感慨，要是天天这样的日子就好了。他顺口道，那就努力挣钱。次子仍旧望着头顶的灯，要是努力就能挣钱，满街都是富翁了。然后问他知不知道张子强，他摇头。次子讲是绑架香港富豪李嘉诚儿子的那个人，要了十亿赎金，创造了吉尼斯纪录。他吓了一跳，警告次子勿动歪脑筋。次子说我不过说说，犯得着这么紧张吗？他说，说也不行。若话从老实的长子嘴里说出来他当然不紧张，可次子刁点子多，胆子也大，就他所知，不下两个女孩因次子堕胎。次子仍不闭嘴，说姓黎的没李嘉诚有钱，也海了去了。他火了，喝令再乱说就塞嘴。他顺手抓起枕头。次子做投降状，说要剃发当和尚，每天只念阿弥陀佛，保证心跟海边的沙子一样干净。

次子如以往那样埋头于手机时，他出了房间。有些堵，有些慌，好像胸口绑了只兔子但又没绑牢，兔子拼命挣扎，左冲右突。他在院里转着圈，新奇潮水般退去，他落寞、伤感。他想找人说说话。不能打给花，也不能打给长子，次子倒是可以，但不想和次子说，而次子也未必愿意和他说。

突然想起七。在天涯，在孤寂的夜晚，七朦胧而亲切，好像不是他的同乡，而是患难与共的兄弟。他拨通七的手机，接听的却是枣。他问七呢，枣说七喝多了，睡着呢，问他有什么事。他说没事，就想和七说说话。枣的腔调便变了，知道你们一家在海南逍遥呢，显摆啥？他脑里浮现出穿着高领毛衣的枣，讪笑着解释，他只是闲得慌，所以想找七唠唠。枣却不放过他，说你染上富人的毛病，看来离富人没多远了，他啊呀着，央求，别这么寒碜人好不好？枣说，哪敢，还指望沾你光呢，然后问海南有啥好玩的。他说也没啥，到处是水。枣说，听说那儿的珍珠项链特别便宜，真是这样，帮我买一条。他略一迟疑，枣说，你别害怕，我会给钱的。他的脸有些烫，瞧你说的，不就——枣说，七醒了。

## 7

春天如跛足的流浪汉，姗姗归来。墙角的蒲公英炸出一朵朵黄，飞廉柔嫩的叶片已生出毛刺。更醒目的是墙壁上张牙舞爪的拆字，似乎不用红圈牢牢关着，就扑出来四处啃咬了。

他所租的院落在拆迁之列，房东半月前就告知了。其实，那一片两年前就列入拆迁计划，因临街的房东要价高，谈判期间闹出人命就搁下了。在这个春节，问题解决了。

那些日子，他忙着找房。除了七所租的那个区域，县城的平房基本拆完了，租平房基本没有可能。楼房倒是能租上，但价高，而且放废品也不方便。房东限期搬家，他快急疯了。黎主任难得地给花放了假，做饭之外，她和他一样满大街跑。

他甚至冒出和七合租的念头，当然那不可行，也就是想想。某天下午，他和花从中介出来，花用一种咬碎钢板的声音说，干脆买一套楼。他吃惊地斜看她，她的口吻不像开玩笑。花说，就算能租上平房，谁知能住几天？住不了三月再搬，来回折腾。他明白花是认真的。租他都嫌贵，何况买？卡上的数字在长，与一套楼的价格比，着实可怜。花说房价不断上涨，买比租合算。他问，钱呢？钱从哪儿来？花说，借呗，大不了向黎总借。

他惊愕得像是花突然间长出翅膀，变成了金雕，她扑扇巨翅的声音让他的双耳轰隆作响。不只是她的话，还有她的语气。定了好半天，他说就算她敢张口，可黎总未必肯，这可不是小钱。花说，不试试怎么知道？他说，如果肯借，当然好。花说，用不了几年，咱就还清了。他问，试试？她说，吃不了人。

三日后，花兴奋地告诉他，黎总应了，只要看好房，立即打款。这震天震地的喜将他撞蒙，好一会儿才说，黎总太够意思了。花附和，够意思。他提醒她，老头那儿不能马虎，那是他们的财源。花说放心吧，她知道轻重，其实黎主任人挺好的，要说这借钱买房的法子还是他提醒的。他问，当真？花点点头，他自己也有钱呢，我想了想，向黎总借合适，若跟黎主任借，黎总知道了就有哄骗老人的嫌疑。他再次被花惊着，为她的深谋远虑。

不几日，他们选定一套两居室，四十八万，带全套家具。黎总说话算数，当日便将款打过来。然后过户，刮腻子，夏天结束，他搬进了新楼。做梦似的，春天还在他人的平房窝着，几个月后睡在了自己的楼上。黎主任那边也松动了些，每月放一天或两天假，他和花有了团聚时间。虽然在一天或两天的时间里，黎主任常打电话，不是这个找不见了，就是那个弄丢了，而花虽然可以不去，但还是赶了回去，空荡荡的楼房剩下他自己，他的满足还是多于失落。黎主任那儿不能出任何差错，若有意外，财源立刻就断，巨大的窟窿会把他和花吞没。

那日，花有半天假，他和花商量请七和枣吃个饭，花说她早就这么想。他去市场买了几斤排骨，花准备了几个凉菜。她从黎主任那儿带回两瓶汾酒，他又买几瓶啤酒。他暗暗祈祷，黎主任的电话别追过来，让他们吃个消停饭，就在枣和七进门前半小时，花的手机响了。花瞄瞄他，闪进卫生间。稍后，她匆匆出来，说黎主任削苹果划伤了手，她得赶过去。临出门，她说，我争取赶回来，你们先吃，别等我。

七和枣进门，他歉意地解释，七笑笑，说他在就行了。枣更是扯着嗓门，我和七可不是来看花的。她里里外外，每个房间走了一圈，感慨道，我终于知道啥叫一步登天，人比人，气死人，我和七没日没夜地受，就混个肚圆。七小声说，有啥比的？枣叹气，是不该比，一比脑袋就得装裤裆了。他指着自己发红的眼睛诉苦，堆了一身的债，半夜半夜睡不着。枣说，得了吧，谁不知你傍上了财神爷，哭什么穷？他没接茬儿，改问七喝白的还是喝啤的。枣抢过话，当然喝白的，啤的留着漱口。他走进厨房，她跟进来。他立刻感觉身后热烘烘的，像竖着巨大的烤红薯。他让她和七待着，他忙活就行。她问，真不用？他笑笑，都准备好了。枣好奇地拉开柜门查看，还拿起敞着瓶盖的花椒闻了闻，像警察在寻找罪犯留下的蛛丝马迹。他用余光瞥着她，脸上挂着淡淡的笑，心却不停地扑腾，仿佛他就是那个作案者。

他把排骨和小菜全端上桌，枣终于落座。他给花发了个信息。枣问要不要等花，他说不用，那活儿虽不累，却身不由己。枣哼道，你这就叫含着糖叫苦，馋人也不是这么个馋法。他哎呀着，你别作践人了，不过挣点辛苦钱。枣抓起排骨塞了嘴，他暗吐一口气。

酒杯端起，话题转移。喝了一会儿，枣把外褂脱掉挂在椅子上，他看到她脖子上的珍珠项链。她脖子粗，项链不够长，紧勒着肉。他移开目光，和七碰杯，七一口灌下去。枣斜看他，说七就这出息，跟我没两样，见了好酒就想干。七嘻嘻笑，旁若无人地猛嚼。他正要敬枣，枣问托他的事有眉目没，他歉意地解释，如以前那样。枣不买账，知道你就是这话。他被揭了短似的虚笑。七为他圆场，又不是他说了算。枣说，若是上心，总有机会，啃不上肥的，瘦点儿的也成啊。七说，命里要有，早晚会来。枣没好气，瞧瞧你这么点儿出息，给自个儿找理由倒是拿手。七龇牙，吃肉我也在行。他说，这也是福，趁机给七夹了一块儿。枣端了酒，兀自干了。

七说枣不痛快，他问怎么了，没等七答，枣破口大骂。原来宾馆又有两个人订了合同，去年还订过，她们都没她干的时间久，也没她干得好。她打扫的地面能照见人影，擦的马桶比菜盘还干净，年年评五星，年年能领一桶大豆油，签合同却没她的份儿。

难怪她气冲冲的，根儿在这儿呢，他松了口气，劝她想开，气出病还是自己倒霉。七说，是呀，不值。枣长叹一声，说的也是呢，要怪就怪咱没个硬关系，甭说县长，连个当副院长的亲戚都没有，也就是骂，骂骂还不行吗？不敢在宾馆骂，那样临时工也干不成了，也就背后撒撒火。他虚虚地说，也是，你撒就撒吧。七说得更绝，拿酒瓶砸我脑袋。枣摸摸七的头，像是估摸有多结实，尔后一笑，太瘦了,我下不去手。

喝到尾声,枣的情绪好了许多。他张罗下面条,她硬是抢过去,将他推出厨房。他没敢争,由她折腾。饭后她洗了碗筷才和七离去。

那晚快十点了,花才回了两字。

秋天快结束时,花陪黎主任到三亚度假去了。黎主任膝关节、腿均有毛病,南方的气候对他的身体大有益处。子女们屡劝不通,但花做到了。黎总高兴,每月给花长了两千。对花远赴南方数月之久,来年春天和黎主任才候鸟样返回,他自是不舍、不快。但他没说别的。既然要把肥肉咽吞进肚,就得接受肉上沾覆的沙粒和灰尘。出发的前一晚,花在家住的,黎主任难得地没打电话。

他的日子一如花在,只是花在时,隔三岔五能和花见个面,现在只能在手机里说话,有时他打过去,有时花打过来,他叮嘱她,她也叮嘱他,慢慢地,也就习惯了。自花去了南方,七和枣多次喊他去家里吃饭,他都寻借口谢绝了。

入冬后的一个下午,他交完班,去老大酒楼收了那里积攒的酒瓶和纸箱,从旁边的菜店买了把面条,准备晚上煮。等红绿灯时,三轮车被顶了一下,力度不强,三轮车仍在原地。他回头瞅了瞅,是骑着自行车的枣。我当是谁,吓我一跳,他笑着。枣学着他的样子,我以为是收破烂的,没想是你,都住上楼了,还这么辛苦?他说,你就笑话我吧。枣奚落,我哪儿敢呀,不比过去了,请你吃个饭比登天还难,请你的人排着一百里的长队吧?

绿灯亮了,他猛蹬几下,到了街对面,回头瞅,枣推着自行车,速度极慢,像崴了脚。等她走过,他问,枣说脚是崴了一下,并不要紧,主要是车没气了。他将三轮车往边推了推,检查她的车胎,说扎了钉子。枣说，难怪。他告诉她，前面就有补胎的。枣的目光密匝匝的，我知道，你走你的，可别影响你挣钱。她如此说，他反不好走了，笑了笑，我陪你过去，明儿好去蹭饭。枣仍寡着脸，像是他撒了谎，被她揭穿。到了下一路口，她的眉梢方长出春芽。

两辆电动车、三辆自行车等着修补，等了一会儿，他说不如去我那儿修吧。枣立即道，那敢情好，有工具不早说，在这儿白受冻！他说，你脚不是崴了么，还能走？枣呛他，我不能走，你背我到这儿的？她声音不大，他还是缩了缩脖子，像被砍着了。他突然有那么一点儿后悔。

原本打算买一楼的，价低，方便，但没有合适的，当然花的话也起了作用，最终选定了二楼。要说也是低层，可把枣的自行车扛上去，竟出了一身汗。他让枣坐着，然后找出胶水、扳手、废胶皮、气筒。枣又视察般挨屋转了，说想不到你自己住还蛮干净，再干净不也一个人？有啥意思！他说闲着落慌，找点事干呗。枣问，又当保安又收破烂，你不累？他说不累。枣说我明白了，有劲儿没地儿使呀！他突然腿软，差点扎到地上。他怕她看见脸，让她帮忙打盆水。她端给他，他的脸不但烫着，整个人亦被烤了。她问卫生间的水管咋往外喷水，他说那是太阳能的溢水管，水热到一定程度就会从溢水管喷。枣感慨着，到底是住楼好。他说平房也能安，枣被惹毛似的，声音突高，你租别人的房，会在房顶安太阳能？他的头勾得低了些，不会。枣说这还像人话，问她能不能洗个澡。他略一迟疑，她说给你水钱。他被泼了似的，周身水汽，就在迷蒙的雾气中，他装出生气的样子，我没说不行。

枣不会用，他教给她，就出来了。水流的声音响起，他顿时被摔进烂水塘，一边奋力扑腾，一边撕拽着裹糊的菖蒲和莲蓬。总算补完了，他抓过气筒，然气力耗尽，每按一下都得咬着牙。他甚是懊恼，甚是羞愧，渐渐就发了狠，气筒连同整个世界都变成了他的敌人。

啪！轮胎炸响。

怎么了？水淋淋、白晃晃的枣立在几米远的地方。

就那样发生了。那么自然，不过是数年前那个黄昏的续接。也那么不自然，整个过程，他满脑都是花和黎主任。完后他迅即穿了衣服，背心也穿反了。枣仍白晃晃地躺在床上，目光满是对他狼狈的嘲弄。他催她，她坐起来，却没有穿衣服的意思，只是将床单半披在身上。他不好发火，提醒她小心感冒，她说住楼就是好，冬天比夏天还暖和，问他有烟没。他诧异道，你几时学会抽烟了？枣说，很少抽，还没在楼房抽过呢。他说没有，自买楼就戒了。枣遗憾地，真可惜。他说出去买车胎，枣嘎嘎大笑。等他返回，她才慢条斯理地往身上套衣服。

那个晚上，他在客厅来来回回地走，像爆炒的豆子，就差蹦了。想给花打电话，却怯着，怕花听到他的声音，也怕听到花的声音，仿佛那是两股电流，一接通就会爆炸。可以不打的，但他拗住了，不打不行。于是，不知多少个来回后，终是拨出去。他问她在哪儿，花说陪黎主任散步。她的声音和往常一样，也和往常不一样。他说不清哪里不一样。他说还散呢，花说正往回走，没事吧？他说没事，便挂了。黎主任在身边，她从不多说。他看了时间，快九点了。老家伙真能遛，他恨恨地想。胸中就有东西涌上，他和枣偷情的愧慌就这样被冲淡，他似乎明白自己为何发怯，又为何非打电话不可了。

枣又来洗了几次澡，她打电话，他就往回赶。

那日，她洗澡把珍珠项链扯断了，两人折腾完，他如以往那样穿戴利索，而她仍旧披了床单，蹲在卫生间捡拾。不够数，八成冲进了下水道。枣抱怨项链质量次，不信他花了五百。他说信不信由你。枣说，我跟你一回，你咋也得送我条金项链吧。“我跟你一回”。他甚是刺耳，脸就暗了。枣哼道，都说人越有钱越小气，我不过说说，你至于耷拉脸么。他努力地让脸变得温和，我没说不给你买。枣说，你这么不情不愿的，还是算了。他说，肯定买，我发誓！枣惊喜地，你真会？他说，不就一条项链，我会！枣郑重提醒，我脖子粗，别买短了。他说，赶紧穿上衣服。她做个鬼脸，听话地穿了。

我说到做到，他对穿戴整齐的枣说。

枣笑，你也不用一遍遍保证吧。

他亦笑，只是那笑带了几分悲凉，咱俩别这样了。

枣愕然地盯着他，为啥？就因为让你买项链？

他摇摇头，和项链没关系，不好！

枣问，咋不好？

他说，对不起花。

枣不屑地嗤了一声，行了吧，你别自欺欺人。

他急了，你啥意思？

枣反问，我啥意思你不明白？

他锥子样扎着枣，枣并不躲避，挂满答案的目光迎视着他，他恼怒而又惊慌，你敢胡说，我扯了你的嘴！

枣没有半毫怯意，明摆着的，你故意装傻，我不过是替你戳破。

好像枣不但撕了他的脸皮，将他上上下下都剥了个干净，他血淋淋地疼，血淋淋地瞪着枣。

枣说，想开了，也没啥，换作是我，我也愿意。让你买条项链，你就黑个脸，像灶洞钻出来的，换作——

他大吼，别说了！

枣抓起一个苹果，猛咬一口，快速夸张地咀嚼，囫囵吞咽，仿佛借此才能将卡在喉咙的话堵回去。她动作凶狠，眼神却是怜悯的，似乎吞咽下去的话又化为雾霭，从眼神飘荡而出。

他崩裂了般，你这头猪啊！

## 8

那个春节，两个儿子都回来了，然他没滋没味的。他强装欢颜，使尽解数，每餐都变着花样，比花在家还丰盛。长子心疼他，劝他弄一两个菜就可，次子向来无视他的付出，好像就该如此。三亚之行，次子念念不忘，每次吃饭都会感慨，想吃啥点啥，神仙也不过如此。他和长子均不回应。若次子再往下说，他会制止，次子就扫兴地，嘴巴瘾也不兴过！

两个儿子对母亲没有假日的陪护倒是同样理解，没有白挣的钱。他们没问那么细，这使他松了口气，如果他们不提，他绝不涉及这个话题。出国走好几年多的是，他的花也就六七个月，不过是一趟远门，多少人砸破头都想往上靠呢，只是没机会，比如枣。他很幸运，不该是枝残叶落的样子。每每自我安慰，但疼痛不减。他尽可能淡化，如枣所言，装痴作傻。

儿子们带着节日的余欢离开了家，他又成了孤家寡人。枣打过几次电话，他没让她过来洗澡，有一次，她竟然直接找上来，他没开门。这个揭皮货！他有些恨她。

花是五月六日下午回来的，他正在班上。她说到家时，他有些蒙，问她在哪个家。花好像被问愣了，好半天才说，还能是哪个家？你还有别的家？他明白她没在黎主任那儿，回到了他和她的家，几乎喜癫。七点才换班，那时花怕又被黎主任催回去了。你最好能等我一会儿，他商量的口吻，这个点儿我调不了班。花说，我等你吃饭。

那是漫长的等待，仿佛比花在三亚的时间还长。交完班，他踩了风火轮般往家赶。打开门，香气撞扑到脸上。花系了围裙，坐在马扎上，正往花盆栽葱，她回过头，说你瞧瞧，葱快变成干柴了，你就这么吃啊。她的神态、口气，连同她的责备和过去一模一样，就像从未离开过他，不过出去买了趟菜，可这稀淡如昨的日子却让他嘬出比糖还甜的甜。他咧着嘴，任甜一绺一绺地流溢。

在餐桌边对坐，他发现了花的变化。脸似乎白了些，也瘦了些，还有一些，他能感觉到，却说不上是什么。她包的莜面饺子，土豆韭菜虾仁馅。她不知给他包过多少次莜面饺子，但没有一次放虾仁。想必这是黎主任的口味。

他没想说的，但还是跑出嘴巴，这还有虾仁呢!! 花问，好吃吗？他轻轻点头，还行，这么贵的东西放馅里可惜了。花说虾有营养，从那边拿的。她说得极其自然。他说，别往回带东西了。花说，反正吃不了。

铃声响起，花从包里摸出手机，走进卧室，合上门。她换包了，原先那个是从街边买的，十五块钱，又黑又亮，没多久皮就脱落了，这个包是红色的，没那么亮，但显然不是普通的包。黎总送给花很多东西，这包想来也是黎总送的。他久久地凝视着，直到花出来。

又让你回去了？他问。花说，别的事，顿了顿，今儿在家住。他差点就啊出声。他热热地看着她，目光带着声响。她被烫到了，扭摆一下头，像要把他红红颤颤的目光甩掉。她没能做到，那红灼的目光是带了钩的。她的脖子也红了。脖子上没有任何装饰物。

他和花早早上床了。花说是在家住，未必真能在家住。她的时间不属于她，更不属于他。他和花都不到五十，身体结实得很。只是许久没在一起了，有些陌生，但很快进入状态。如果说仍有不同，那是因为他的身体藏了探测器，在开掘的同时，探测、寻找着细微的可能的疑点。还是花的身体，仍是花的味道。他暗暗舒了口气，却又有点儿不甘心，问，他没为难你吧？花当然明白这两个字有着更丰富的含义，有些不悦，你啥意思？问一千遍了！他说，我就是担心嘛。花摸摸他的头，叹口气，成天瞎想！

那块石头落稳当了，想到他和枣，甚感羞臊。

半月后的一天，黎总来电，非常客气地问他晚上有没有时间，她想和他坐坐。他受宠若惊，连声说有。黎总说她下午回县，晚上在望月楼见面。末了强调，她只请他，他莽撞地问花和副院长也不叫吗？黎总笑着反问，我说得不够明白吗？他说明白，黎总说那就好，晚上见！他其实是惶惑的，面对电话里笑声朗朗的黎总，他没勇气说不明白。黎总是另一世界的人，和他隔着千山万水的距离。

黎总竟然先他到了。她微笑着指指对面的椅子，他就坐了。本来不紧张，可能是房间过于空阔，还有黎总过于稠浓的笑，让他有突然踩上什么却又不明白踩了什么的感觉。黎总问他想吃什么，他说什么都行，黎总说我专程来谢你的，我点的未必合你口味，你自己点。他说都行的。黎总说不行，不能让我白跑。再推缩就不合适了，黎总或许就生气了。他便从服务员手里接过菜谱，点了酱牛肉和花生米，连连说够了。黎总又点了几个，自然有跳鲤。他说吃不了的，黎总说没关系，吃不了你打包。然后问他喝酒不，他说算了吧。黎总不会不明白，但黎总说，那就算了，两人喝没意思，咱以茶代酒，来！他就端起来。

黎总又一次向他致谢，他惶然不安，说黎总客气了。黎总说她是诚心诚意的，他相信，可她没必要。然后就说到了她的父亲。他知道一些。但那晚黎总讲得更细更深情。黎主任的艰辛付出，桩桩件件，血泪滔滔。黎总的声音忽儿高忽儿低，不停地用纸巾拭泪，还叫他别笑话她。他当然不会。黎主任竟然卖过血，曾因中毒差点身亡。那一个个日子确实是踩着刀刃走过来的。

黎总和她的两个哥哥能有今天，全因有这样一位为了他们愿把命豁出去的父亲。自然，他们要回哺父亲，他们以为有能力，但没能做到，父亲似乎习惯了孤苦，直到花出现。

又要给花涨钱了？他暗想，生怕欣喜挂到脸上，他拼命压制，声音不高不低，谦卑而有分寸，要谢就谢花吧，我没帮上啥的。

黎总笑着点头，花是要谢的，但也要谢你，来，敬你！

他举起那半盏清茶。如果是酒就好了，当一饮而尽。茶喝不出气势，吞一口表示个意思。

有件事还想和你商量，黎总仍笑着，目光却有着爆炸气浪的冲撞感。

他惊了一下，黎总客气了，你吩咐嘛。

黎总说，我想让花留在父亲身边。

他有些迷惑，直定定地望着她，现在……不就……？

黎总说，我想让花长久正式地留在父亲身边，而不是以保姆的身份。

他愣住，仿佛突然间被丢到荒岛，荆棘刺穿了身体，而他不明白发生了什么。许久，他问，你啥意思吗？为了壮胆，他故意笑了笑。

黎总说，你离开花，或者说，让花离开你。

他终于明白了，满脑黄蜂。可直到此时，他仍难以相信，或者说不敢相信，于是，再次追问，黎总，你……说什么？他没笑，脸像铜板一样紧。

黎总说，离婚。

他不能不明白不能不相信了，黎总将所有可以躲藏的路封死。他想跳起，把休想两字像砖头一样抛给黎总，可坐得久了些，双腿涩麻，且未能把沉重的椅子推开，他没跳起来，只是往里弹了一下，便扑在桌边，那两个字喷溢而出，像呕吐物。

黎总稳稳地坐着，女王般从宝座上俯视着他，脸上仍挂着似有似无的笑。我还没说完，你坐下好不好？好像在和他商量，但她的声音有着非常奇怪的力量，他被镇住，缩团了身子。

当然不会让你白白离开，你可以开条件，黎总盯着他，只要我能做到。

为啥？他不看黎总，而是望着桌子中央的塑料花，仿佛和花交谈。

黎总说，我只想给父亲一个幸福的晚年，希望你答应。

他抬起头，我要是不答应呢。

黎总笑了，似乎他问了极为愚蠢的问题。你会答应的，她说，你只能答应。胜券在握的自信。

他迅速扫扫四周，以为她已经埋伏了杀手，就如电视上演的那样，他将变成块状血肉被丢进野马湖。

黎总说，你别紧张，我不会逼你，这不是和你商量么？

他不言，气呼呼地想，这叫商量?!

黎总温和地，如果你不提，那我来说。那套楼归你，另外再补偿你一笔钱，三十万，如何？可以娶个黄花姑娘了。

巨石沉湖，水流飞溅，某个瞬间，他被拖进湖中，浑身湿透，双耳作响，片刻，他惊喘地爬上岸。好险呢。

非花不可？他的声音有气无力，仿佛还没有从挣扎中恢复。

黎总说，这是我和你坐在这里的原因。

他没之前那么愤怒了，心乱得像被上千双脚踩踏的烂泥，你让我想想。

黎总说，没什么可想的。我不喜欢拖泥带水，若没达到你的心理价位，你说个数，五十万！怎样？

他又一惊，但没像之前突然被淹没，他拼命控制，抓着河岸的树根和花草。他不是嫌黎总给的钱少，条件已相当肥厚，但黎总仍一砖一石地砸过来，要把他砸晕的样子。我得和花商量，他说。他没有别的抵挡物，只能抬出花。

黎总说，花会同意的。

仿佛黎总甩过来的是一条带子，牢牢地缠了他的脖子，他几近窒息，你和她谈了？

黎总说，还没有，但她会同意。我希望顺顺利利平平和和地解决，而不是非要走到翻脸的地步。

他问，你凭什么认为她……？

黎总笑了笑。我不说，你自己去想。

被枣的破嘴说中了。他不过是自欺欺人。巨大的声响包围着他，感觉耳朵要聋了。好一会儿，他才震颤着问，花知道你来找我？

黎总摇头，我还没告诉她。

他站起来，控制着不让声音抖得太厉害，我不卖！

黎总笃定的，别说得这么难听，你会的。

他冷冷地，你等着好了。

黎总说，如果出了这个房间，条件就不由你开了。

我不是吓大的。他说。

## 9

冲出房间，他便给花打电话，叫她马上回家。她问什么事这么急，他凶狠地喊，什么事你不清楚？花说他吃枪药了，他说他吃的是炮弹，如果她不回来，他就到龙宫去。花让他电话里说，他又吼了几嗓子。

他前脚进门，花后脚就回来了，走得急，她额际腾着汗气，圆脸映着晚霞似的，红澄光艳。那是她这个年龄不该有的艳。他其实是喜欢的，可此时却如钉齿刺痛了他。他杵在当地，目如利箭。

你这是怎么了？花定住。他沉默着，任乱箭横冲直撞。花说你不讲，我走了。他这才喝出来，你给我坐下！花坐到沙发上，却没有把挎在胳膊上的红包放下，随时离开的架势。他怒了，叫她把她的破包扔一边去。花不情不愿地拿开。

你到底怎么了？疯子一样！她皱起眉头。他想结结实实揍她一顿，完后再让她交代，结婚二十余年，他和她争吵过，但从未打过她。每有暴念，她便识破，及时仰起脸让他打。她的主动反让他不忍。现在，他要开戒了。他往前一步，好让拳头击中她。花仰起圆脸，是要打我么？让我回来就为打我一顿？你打好了！他冷笑着，你就不问问我为啥要打你？花说，和疯子还讲什么道理？你随便打，只要能出气。花静得像一面湖，乱箭纷纷飘落。

说说你和那老家伙的事吧，他坐到远一些的椅子上。花问，啥事？仍然平静，但她眼里有什么东西闪过。他说，你明白。花说，我不明白。他问，你和他怎么了？花说没怎么。他冷笑着，非要我拿出证据？花说，你拿出来啊。他僵住。他尚无实实在在的证据，至此，一切都是想象和猜疑。

黎总找我了，他说，她让我和你离婚，好让你名正言顺地跟她父亲过。他死死盯住她，观察她的反应。晚霞散失，她的脸呈灰白色，真找你了？她紧张而不安。他说，就在刚才。那又怎样？花忽然生气了，你就因为这个吹胡子瞪眼？他说，如果不是……她会让我离开你？花轻轻咬牙，你脑子进水了，随后反问，你是不是还认为是我派她去的？他突然语塞。花说，我没那么大脸指派她，她干什么也不由我。叫天骂地的，算啥男人？她叫你死，你也怪罪我？每一句都像粗硬的擀杖，塞噎着他的喉咙。呼哧了半天，他才说黎总说她会离开他，他害怕极了。花问他怕她离开，还是怕黎总。他说都怕。花说，我没想离，除非你要离，至于黎总，她也是讲道理的人。他问，你和那老头真没……？花冷了脸，非要我写保证书给你？他赶忙笑了笑，说那老头喜欢上你了，我能不担心吗？花说，我管不了别人，只能管我自己。他问，黎总那边怎么答复？她说，那是你的事。他问，黎总肯定也要和你谈。花说，那是我的事。他仍担心，就怕她辞了你。花看着他，他立即道，不干就不干，大不了回家种地。

就这么化解了。那一夜，花留在家中。他紧紧抱着她，像抱着稀世珍宝。只要他和花咬得硬，谁能把他们分开？黎总纵然通天，也不敢将花明抢了去，她终究不是山大王。欠她的钱，卖楼还她。黎总丢出的包子倒是又肥又腻，某一刻他可能流口水了，但他不吃。

黎总没打电话，更没找他，无声无息。他以为她知难而退了。她钱再多，也不是什么都能买到。七八天后，副院长喊他到办公室。副院长常把过期报纸杂志给他，当然还有礼品盒。所以进屋目光先划拉一圈，没看到可能送给他的东西，茶几上倒有一杯热气腾腾的茶。副院长让他坐，他笑笑说不了。他来过多次，副院长从未让他坐，向来拎了东西就走。坐呵，坐下说，副院长拍拍沙发，口气比刚才重了。副院长似乎不高兴了，他只好让自己的屁股占据一角。副院长将茶水往他前面推推，他慌慌地护了护。

传言副院长将正式接替院长，由明里的二把暗里的一把变为明明暗暗的当家人。传言基本是靠谱的，比如关于另一个副院长和女医生的传言，就被女医生的丈夫证实，成功地将两人堵在床上。他听到这个消息时兴奋得嘴唇扭成麻花，副院长上位，意味着他能沾更多的光，至少旧书旧报礼品盒之类比原先多，装药的纸箱说不定全给了他，每天都能装满三轮车。副院长或许要将他铁定上位的消息透露给他，并指派他做心腹才能做的秘密事。想到这里，他双眼的光泽怎么也藏不住了。

副院长问了他的收入，其他经济来源，两个儿子的情况。你压力不小哇，副院长说，要不是花干的这份，你基本的生活都成问题，现在住上楼，花是头功。他发自内心地说，多亏了你。副院长摆摆手，别感谢我，要谢就谢花，她太能干太争气了。他忽然有些气馁，是呢说得软软塌塌。当然，也碰上了好人家，有钱人我见得多了，像黎总这么慷慨的可没几个，副院长说。他开始疼了，想了想，还是不说的好。

我有一个问题想问你，副院长瞟着他说，也许有些唐突，你可以不回答，我业余做心理研究，权当给我补充数据。他有些紧张，但仍抽巴巴地笑着。副院长问，你愿不愿意自己的妻子和儿子过上光鲜的日子？他毫不迟疑地，当然想！顿了顿，又说，谁不想!!副院长赞许地点点头，说得好！每个人都想，不想是怪物，问题是你怎么做到？彼时，他终于品出味儿了，再瞧副院长，目光就凉了，如茶几上那杯冷却下去的茶。他没回答，不知如何答复副院长。副院长盯紧他，说说看？你怎么做到？靠当保安的收入？你自己够吃喝就不错了，收废品？除非别人把金条当纸盒卖给你。你快五十了，再有几年就干不动了，没有存款，甭说妻荫子贵，个人生活都变得艰难。没有人是铁打的，老来难免得病，我掏心窝地告诉你，一场大病就可以让中产一夜回到解放前，这还是有医保，不然医院的门都进不去。

谈话变成了训话，然他并不反感，副院长没有胡说。

你想想那会是什么光景？儿子自顾不暇，哪有能力养活你？叫天天不应，叫地地不灵。如果仅你自己，你可以不在乎；让花和你受一样的罪，你于心何忍？副院长脸上的笑不知什么时候没了影儿，目光生硬中夹着阴冷。

他哆嗦了一下。村里的二愣，凑不够手术费，生生疼死了。

你没有能力！副院长手起刀落，毫不留情。他没怪副院长不留情面，副院长说的是实话。不只看穿了他的现在，还看透了他的未来。

所以，如果有机会，一定要牢牢抓住，为了你好，更为了花好。副院长说，错失掉，将再无翻身的可能。仿佛怕他没听懂，追问，你明白我的意思吧？

他机械地点点头。

早点儿把婚离了，给花自由！副院长更直接了，她能过上她想过的任何生活，而你，虽不是要啥有啥，但后半生衣食无忧。

因为猜到了，他并不吃惊，黎总派你找我？

副院长皱眉，她没派我，我也不受她指派，她只是和我聊了聊。如果她没许诺，她再是老总，再是同学，我也不会劝你和花离婚，那成什么了？我不当恶人。可她给出的条件，于你于花都好。黎主任连二八少女都看不上，却喜欢一个中年村妇，任谁也想不到。也亏了他，不然，你和花哪来机会？

他扭转头，看着房间一角，仿佛他和花的未来如破袋子吊在那里。真就看到了，凄凄惶惶，苦苦巴巴。好多人不都那么过来的么？凄苦也能嘬出甜汁。副院长说，好好考虑考虑。他转回头，一字一顿地答复，我不离。

副院长拉长脸，就要让花在你这棵树上吊死？

他说，花也不愿和我分开。

副院长说，别管她怎么想，你首先要为她着想。机会不是时时有，当抓则抓，错过，你会后悔的。

他说，我不会！

副院长说，别说得这么绝，你好好想想。

他站起来。感觉屁股开裂了，腿也被抽了筋，每一步都异常艰难。

好容易走到门口，副院长叫住他，说他们的谈话，不能和第二个人提起。他说你放心。副院长不叮嘱,他也不会。这不是什么光彩的事,岂能四处嚷嚷?他不生副院长的气,他只是疼,像跳蚤在叮咬,忽而前胸,忽而后背。他想到黎总神秘莫测的微笑,如爆炸气流般的目光,她还能让谁当说客?她还能有什么招数?他不知道,知道的是,黎总没有知难而退。她就像没有踪迹的风,无处不在。

他问花,黎总找她谈没有,花说没有,他略略放心。冲他来好了,他的骨头没那么容易煮!

又两天,他被勺子状的男人叫了去。第一次,是七领他去的,勺状男人给他发了服装,后来发工资也是这个人。他头大,身细,双腿跟豆芽菜似的。他不用自己的腿走路,要么轮椅,要么被人抬着。这么个人,却是保安的头。不光医院,好几个部门的保安都由他指派。原先医院的保安是自己招的,但起不到保安作用,街上的混混动不动闹事,保安都往后缩,而遇上披麻戴孝、抬棺封堵大门的家属,保安吭都不敢吭,有个愣头保安说了句粗话,被摁到棺材五个多小时,放出来脸像茄子。后来医院将保安外包给勺状男人,闹事的就少了。他见识过勺状男人的本事,被两个粗猛的刺青后生抬过去,拉着白横幅的数十人被水淹了脚似的,个个退后。据说勺状男人的哥才是老板,哥掌管大生意,鸡毛蒜皮的生意由勺状男人打理。不管年龄大小,都叫勺状男人三哥。每月领饷,他都谢一声三哥。

他站在那里,恭恭敬敬叫了声三哥。

今儿几号?勺状男人问。

他惊啊着,嘴如大勺。勺状男人喊他过来,就为问他几号?他及时控住,没让惊诧满头满脸地乱撞。

勺状男人拉开抽屉，将一个牛皮纸信封丢在桌上，十七天的钱，一分不少！明天不用去了。

没有任何理由，没有任何解释。确实，那是勺状男人一句话的事。没那么复杂，但他还是意外，傻问，我没做错啥吧？

勺状男人懒得回答，摆摆手。

他知不能再问了，走过去，捏起信封，照例说了谢三哥。牵着自己的身体，像牵着备宰的猪走出房间。

## 10

他没那么笨，想想也就明白了，不当保安也饿不死，有的是营生。当然找活儿没那么容易，好在还可以收废品，不至于吃老本。他没告诉花，怕她添堵，打算有了营生再和她说。黎总没辞花，看来她父亲确实需花照顾，这让他松了口气，但也让他有被揪吊住头发的感觉。

那天路过红红饭馆，看到一老汉正把空酒瓶往三轮车上搬，门前被踩扁的纸箱已用尼龙绳捆结实，不禁呆了。待老汉把纸箱也放到三轮车上，蹬着车离开，他方大梦初醒。他急躁躁地推开饭馆的门，像失了火等他去救。还不到营业时间，红红叼着烟，跷着二郎腿坐在椅子上。她比花老多了，但打扮花哨，脚趾甲涂得和嘴唇一般红。不过她人不错，他收废品时还给过他顾客吃剩的鸡、大饼。她一向照顾他，每有废品就给他打电话，而他也给她修过马桶，帮她拉过两次货。他没得罪她，她为何把废品卖给了别人？他自是不敢质问，在刮进门的同时，笑就鞋掌般钉在脸上。我刚才见……他顿了顿，不会忘了我的电话吧？红红哦了一声，实在不好意思，亲戚介绍的，我没办法。他说，如果你认为价低，我往高提提。红红不屑地嗤了一声，稀淡的眉毛如受了惊的虫子蠕动数下，你把我看成啥了？我指望那几个破纸箱挣钱吗？他意识到说错话了，赶紧解释。红红不再看他，目光如烟雾在空中浮荡。没必要再啰唆，他识趣地闭了嘴。红红将快抽完的烟摁到用易拉罐改成的烟灰缸——那是他的杰作，说别为几个破纸箱在她这儿浪费时间了。他明白了，仍然谢了她。红红叫住已经走下台阶的他，想说什么突然间忘记了似的，她的目光有些怪，好像被刀切割又没完全断开，落在他身上有些吃力。她终是没想起来，半笑了一下，挥挥手。

她奇怪的神情如油污的泔水泼湿了他，他背着那脏污的湿，蹬得有些吃力。忽然就有了某种预感，为了证实，他拨了常去的超市、药店、杂货店、食品店的电话。有的委婉有的直接，结果是一样的。难怪这几日没接到电话。没有这些"关系"户，零零碎碎地收，进项会大打折扣。骄阳似火，而他浑身冰寒。这是要往绝路上逼他呢。

回得早了些，骨酸肉痛，仿佛被冻感冒了。他下了碗面条，就着尖椒，灼舌烫嘴地灌进肚，灌出满头满背的汗，似乎不那么疼了。他躺了躺，正想去龙宫看看花，花自己回来了，仍挎着鲜艳的红包。花没发现他的异样，他却瞧出了她的反常。花瞟瞟他，便进了厨房，张罗洗碗，仿佛她回来就是给他洗刷的。只有一个脏碗，她洗了足有十分钟。他和她说话，她也回应，但没回头。他立在门口，说她快要把碗洗烂了，她方甩了甩手，转过身。她没系围裙，衣襟尽湿，还有两臂、前胸，甚至她的脸也淋湿了，有水珠在滚。他盯住她，问她怎么了。花撩撩头发，说没怎么。她的手在抖，他觉出来了，再问她到底怎么了。花不答，勾下头，啜泣突起。他的心迅速下沉。花浑身摇晃，要歪倒了。他走过去，试图扶她，她却出了厨房，坐到沙发上。他深吸了一口气，方轻移脚步，仿佛地面是易碎的玻璃。他在对面坐下，她说，离了吧。

猝不及防，他被炸蒙了。半晌，方吃惊地问，你说什么？花说咱离吧。她不像刚才贼似的慌慌张张，声音也不再细弱如蚊腿，所以他听得清清楚楚，明明白白。

黎总找你了？他终于转过弯儿。花嗯。他问她咋说的，花抬起头，他注意到她的嘴唇外侧又蹿出米粒大的泡，又心疼又恼火。花越发地平静了，离吧，对谁都好。他问，她咋说的？花说，别拖着了。他问，她威胁你了？花摇摇头。他问，辞掉你？花又摇摇头。他问，那是为啥？她让你离，你就离？花说，你可以娶个更好的，有了钱，黄花闺女也娶得上。这腔这调和黎总一模一样，她就是重复黎总的话。他说你别听她胡咧，就是能娶上，过日子能一样吗？花说我没那么好。他说你好不好都是儿子们的娘，这能代替吗？花说离了我也是他们的娘。他说你别害怕，大不了把楼房卖了，把钱还给她，咱回村种地，饿不死的。花说回村就能躲开？他瞪大眼，还能追到村里？你咋吓成这样？那娘们儿到底说啥了？花静默数秒，说，我不想回村，出来，就不回去了。他故意嘲讽她，你还真想留在那老家伙身边？花说是。

他没被惊着，涌上的反是浩浩荡荡的痛怜。虽然只有他和她，但她仍被恐惧罩着，口与心是扭着的。于是，他用玩笑的口吻，以便让她摆脱噩梦，彻底放松。你还真喜欢上他了？花说，他挺好的。

他的眼球顿时被挤压似的要爆裂开，你不会是认真的吧？

花说，他对我确实好，很好很好。

他终于怒了，我对你不好吗？

花说，也好，好与好不一样。

他问，咋不一样？他的好比我的好更好？

花哑了。

他冷笑，你的好指的是钱吧，他是比我好，相当的好。

花说，有钱没什么不好。

他吼，除了要钱什么也不要了？

花乞求，离了吧，对谁都好。

他发红的、怒硬的目光狂抽着她，她缩了缩肩，显得更小更可怜了，像一团揉皱的布。她的假相越发激怒了他，他突跳起来，抓住布团。他要撕烂她，撕成一条一缕。就在那时，她的目光飞速扫过他狂怒的脸，神色中似乎有别的东西。他凝固了。花没描过眉，没涂过唇，还不如枣呢，找他洗澡那几次，枣的嘴巴比平时大一圈。花只是干净，眉脸干净，衣着干净，姓黎的不会是因为这个迷上她的，该是别的。但她喜欢姓黎的什么？态度变得这么快，绝不是一个钱字。他忽然想到什么，直冒冷汗。抓着的手慢慢松开。

你干吗编出这样的鬼话骗我？他痛惜地看着她。

花被戳穿，目光惊慌，如被追赶的兔子。

他说，别害怕，天塌不下来！咱不干了，给再多钱也不干了。

花说，那是真的！

他摇摇头，我不信！

花问，如果就是真的呢？

他说，过了这么多年，我知道你，不可能！

花的脸抽缩几下，眼里却有凶狠漫出。她豁出去似的，抓过红包，猛地拉开。最先掏出的是一条金项链，然后是金戒指，金手镯，玛瑙手链，珍珠项链。掏一样，瞅瞅他，似乎提醒他看清楚了，她不是在变魔术。

都是黎主任给我买的。她喘着粗气，仿佛不停歇地割了半晌地。

他眼睛发花，脸硬如石，然后，他笑了，就算是他买给你的，这能说明啥？你骗不了我！

花气呼呼地瞪着他，要我咋说你才信？

他笑得光光灿灿，你咋说我都不信。别说了，啥也不能把你我分开。

花发狠道，我和他睡了。

强装的笑如镜片哗地碎了，他的脸渐渐转青。青中又有斑驳的紫渗洇，仿佛那不是脸，而是被戳破的颜料袋。翻腾了一小会儿，也就不动了。我不信你的鬼话，他声音发空。花蠕着嘴唇，仿佛掂量着他能不能撑住她的砖头，又像在聚焦力量，然后决绝地，睡好几次了。他被砸中，但他已经麻木，不觉得疼，就算……你是被逼的对不？那老东西逼你了？我知道，肯定是这样！花怔了怔，抹抹眼睛，放低声音，他没逼我。他固执地摇头，我不信，他肯定是逼了。花说我是自愿的，跟了他，要啥有啥。他问，你怎么和孩子们交代，你就不怕他们轻看你？花说，没啥可交代的，我能帮上他们，他们爱咋看咋看。他问，这是别人教你的吧？花说我就是这么想的。

说了半天，他有些乱，有些累，想去床上躺一会儿。他亮明了自己的态度，他不会因为她作践自个儿就和她离。他让她回龙宫，花没回，仿佛他不离她就没胆量回了。她躺在他身边，但整整一夜，回应她的只是他的后背。

拂晓，他推醒她，道出自己熬夜熬出的计划。花本来迷迷瞪瞪的，突然叫出声，你疯了？他说，我没疯，这是两全其美的法子，离开他，还能搞一笔钱。花不同意，说这要坐牢的，他说要坐那老东西也逃不了，他有罪在先。鱼死网破，花横竖不同意，然后又强调是她要跟黎主任的。他说这算最温和的解决方式了，照他年轻时的性子，早拧断了姓黎的脖子，她若不配合，他就以命换命了。花惊白了脸，哆嗦着答应了。

花返回龙宫，他准备实施计划所需的用具。花最终站在了他这边，他甚感欣慰。这说明了两个事实，她和姓黎的确确实实发生了——被枣的破嘴说中；她并非自愿。

东西半天就买齐了。花也照他的吩咐配了钥匙给他，但他没有立马动手。姓黎的健壮如牛，根本不像六十岁，他担心制伏不了，思忖着找个人。外人肯定不行，只能让两个儿子中的一个协助。长子不行，次子该没问题。在三亚的宾馆，次子就有了贼念，被他训斥才闭了嘴。然他下不了决心。就这么拖了五六日，他决定还是单独行动，若有闪失，也只闪失他自己。

他把花叫回家，商议敲定具体细节。花又一次劝他，迈出那一步，就回不了头了。他的念头犹如巨石，花没掀动一分一毫。她的恐惧写在脸上，如冬日在寒风中瑟抖的枯蒿。他不住地打气，那一枝一杆方停止了摇晃。

其实，他的紧张不亚于花，只是他压得住。他小偷小摸都没干过，何况这个。太阳落山，他压不住了，心如疯牛般东奔西窜，角挑蹄蹬，扬起漫漫烟尘。灌下三两酒，似乎好了些。又倒了半杯，没有仰脖猛灌,靠坐下去,一口一口吞咽。

九点一刻,他走进龙宫,躲藏在小区地下室的过道。再晚进龙宫就难了,太早又不易藏身。

十一点,他站在了乌紫的防盗门外。

转动钥匙的同时,他从挎包摸出水果刀。在姓黎的没反应过来的时候,要抵住他的脖子,那样老家伙就乖乖招供了。而花什么都不用做,遮住赤裸的身子,哭就行。

他轻脚摸入,正要抓电筒,灯突然亮了,比白昼还白。他立时惊蒙。

花和黎主任端坐在沙发上。花脸色灰白,而黎主任则满眼猎物入笼的得意。

## 11

黎主任没报警,没把他怎样,"看在花的分上,不和他计较了。"但警告他再动歪念,一并算账。他离开了,挎包里仍装着绳子、胶带、刀具、电筒、录音笔。没派上任何用场。然并没有平安脱身的庆幸,他垂头丧气,比挨打还难受。不该这样的,但就这样了。

失魂的花被姓黎的看破,不打自招?还是她担心他坐牢,主动告知姓黎的以求得宽恕?又或者,她确实对姓黎的动情了?他深挖细想,没有结果。次日他一遍遍给花打电话,叫她回来。她说没法回,除非他答应离婚。他不过是想知道咋就被瓮中捉鳖了,并没怪她,可她的回答激怒了他,他说我死也不离。

花说到做到，果真连着十天没有回，只在电话里简短交流。她一定向姓黎的承诺了什么，他想，不然不至于面都不露。那是他造成的，他连累了她，他又想。花被软禁了，他甚至这样想。他替花寻找着理由，不那么怒了，但仍疙疙瘩瘩，像塞了一肚子石粒。

他想找人说说话，帮他把石粒掏一掏。先是拨两个儿子的电话，拨通那刻就切断了。他不愿让儿子们棉花样地看他，他们可是自小把他当成山的。想了一圈，也唯有枣了。

数月没和枣来往，他担心枣不接电话，没料响了一声，她就接了，却是满嘴嘲讽，我当是谁呢，太阳从西边出来了?! 他问她还好吧，枣说好得很。他说那就好。枣阴阳怪气的，再好也比不了攀上高枝的，今儿吃啥了？是不是吃撑了，想溜溜嘴？他讪笑着，我确实想找你说说话。枣哼了哼，声如撞钟，少扯没用的，你到底想干啥？他顿了顿，咬牙道，我想你了。枣假装听不懂，咋的？他问她能不能见个面，枣没好气，以为攀了高枝你就成凤凰了？我是啥？鸡吗？你想招就招，说翻脸就翻脸？他说对不起，枣又哼，对不起值多少钱？他说那你忙吧。

七八分钟后，枣又打过来，说她因为接他的电话，被一骑电动车的撞倒，摔着了。让他赔她的损失。他心领神会，问清她的位置，骑了三轮赶过去，将她载回。

枣要往沙发坐，他却推着她往卧室走。枣身体壮硕，不然他就拦腰抱她了。枣热红着脸警告他，就算她受了伤，也能将他一屁股坐倒，叫他小心自己的肋骨条。他没理会，报复的火焰已将他烧得失去理智。刚挨着床，没等他进一步动作，枣猛地搂紧他。

他像她一样赤裸着。枣蹬蹬他，问他就不怕花突然回来。他说不怕。枣坐起，盯住他，问他出了什么事。他突然迟疑，和枣说就等于整个村庄整个世界都知道了。他摇摇头。枣说，得了吧，我又不傻，你明目张胆，定是出了事，是花？既然枣已经猜到，说也无妨。

他当然不会竹筒倒豆，只讲了大概。枣满脸料事如神的得意，我怎么说来着？你还骂我破嘴！他恼火地皱缩着眉。枣说，你不会认为是因为我说的才……帽子没这么扣的。他悲叹一声，说我没怪你。枣的眼神像看怪物似的，你就因为这个郁闷？他问，这不够窝囊吗？枣叫，天，撞多大的运你不知道？他说别挖苦我了，老婆被抢走了，我撞个鸟运？枣戳戳他，那能叫抢？不是和你商量吗？是你死钻牛角！甭说县城，就咱村庄，有多少离婚的你不清楚？说离就离，比折断树枝还容易，离婚没啥丢人的。你能保证花和你过一辈子？保证不了！遇不到这个，明儿也可能和你离，那时，花会补偿你？她就是有心，拿啥补偿你？现在，她撞进了福窝，你也跟着沾光。有的为争两头牛，弄得头破血流。和他们比，你是不是撞大运了？就当自个儿的房被拆迁，旧房住惯你觉得好，新房咋也比旧房强，你根本没必要拦，拦也拦不住，钉子户多了去了，还不一一搞定了？要我说，你只能装一装钉子，能多要一个是一个。过了这村就没这店了，你得抓紧！那人不小了吧，他咋也活不过你，蹬了腿，你和花还能复合嘛。

他木愣着，仿佛被钉住了。

天旱雨涝不均匀，枣又妒又羡地说，好事都让你和花赶上了，我和七咋就没这命呢？

他惊缩了一下，慢慢坐起。

他想了整整两天。什么都没干，饭都省了，仿佛张张嘴也会影响思考。那天中午，他下了碗面条，气力恢复后，拨通了黎总的电话。

数小时后，他在宾馆的套间见到黎总。她笑盈盈地，指着茶几上的樱桃让他吃。他一副谈判的架势，我不是来吃樱桃的。黎总波澜不惊，那也得坐下来啊，咱是说话，又不是打架。他就坐了，脸仍生硬着。黎总问他喝水不，他摇头，黎总猛然想起似的，笑一笑，你也不是来喝水的，想通了？

他揣了半麻袋话，那是蘸了血蘸了泪的，是从身体的旮旯里一句一句掀出来的，借以加重自己的筹码。黎总让他开条件，他不会更不敢漫天要价，他要让黎总明白，他所言有据。但黎总一句想通了，突然如绳索扎紧了麻袋的口，他不情愿，但不由自主地点点头。

黎总说那就好，三两日你和花就去办了吧。

他的目光惊晃了一下。她没执皮鞭，但他觉得被驱赶了。定了定，他问，你上次的话还算数？

黎总说，当然。

他松了口气，我的条件是……

黎总笑容失敛，我上次确实说过条件由你开，但你忘了你离开时我怎么说的？只限于那个房间，出了门就不由你了。

他呆住。他没忘记。半晌，他方冷青着脸问，那你的意思……？

黎总说，房归你，另给你三十万。

他受了辱，大声说，不行！我不接受！

黎总随和地笑笑，别发脾气，对身体不好。

他说，如果这样，我不会离。然后，加重语气，死也不离。

黎总没因他的威胁翻脸，仍大度地笑着，你急什么？嚷是成不了事的，给你看样东西。黎总将桌上的笔记本电脑翻开，对着他。他甚是纳闷，不知黎总要干什么。一分钟后，他突然被砸了一榔头，整个人往后仰去，差点晕倒。

他看到了他自己。那个夜晚，他持刀入室。

父亲没报警，并不代表我就不能报，随时可以。

声音不像从黎总嘴里出来的，他没看到她张嘴，而是从高空，从房间的角落飘荡而下，就像无数个黎总在他永远看不到的地方藏着。

他闭上眼，似乎这样那一幕便彻底消失。待他睁开，果真就看不到了。但，更奇诡的图像出来了。他看到了赤条条的他和同样赤裸的枣，看到了床上的枝枝叶叶。

他震惊、恐惧、蒙呆，前边是在黎主任家，他一无所知，所以才被拍到，而他和枣是在自己家呀，这是怎么回事？难道有人知道他要带枣回去提前藏在屋里，还是黎总无处不在的影子从门缝挤入？没有血色的脸如枯白酥脆的纸。

黎总合上笔记本电脑，见他死死盯着，恼怒得要跳起来的样子，说就算你毁了也没用，我有备份。

你凭啥进我家？他竭力控制，仍不住地狂抖。

黎总反问，我几时进你家了？你看我有那个本事吗？

这自然不需要她亲自出马，他寻思着，不自量力地喊出来，我要告你们！

黎总笑笑，和善地说，这东西可以存在，也可以不存在，可以都毁掉，也可以毁一留一，你该明白我的意思。我不喜欢被人威胁，也不喜欢威胁人，如果你不发脾气，我不会给你看的，也许一会儿我就毁掉了，就是你想看都不可能了。可是，你发脾气了。

他被黎总的话绕晕了，耷拉下头，仿佛他是旱地的麦子，而她是炽烈的日头。

你看呢？黎总问沉默了许久的他。

他满身窟窿，挤揉不出半丝力了，嗡声道，随你。

黎总看了他一会儿，说，你是好人。这样吧，我给你四十万，先打二十，你和花办妥，我再打二十，打到花的卡上，由她转给你。谈上亿的项目，我都没这么累过。

他有些不安了，虽然笑不出，还是做了个笑的样子，谢谢黎总。

黎总问，要不要一起吃个饭？把花喊出来？

他说不了。

黎总说，也好，老父亲也不愿让她出来，他是真离不开她呢，这就叫缘分吧。又推心置腹地，其实，我也不愿这样呢，不值！但为了老父亲，没有什么值不值的，你说是不？

他没点头，只是含混地唔了一声，如安了假肢样离开套间。

回家即搬了凳子，从上到下，自左向右，一寸一寸地搜寻墙壁，就像在皮肤上寻找细刺。这时，他才发现腻子刮得不那么平，摸到坑洼，他反复揉挤；遇上鼓包，他会抠掉，但也就是坑或包而已，没发现别的。然后是家具，窗帘盒，门框门板，没放过任何一处可能隐藏的机关。没有，什么都没有。他松了口气，但随即更紧张了。他无法解开疑团，换掉锁芯，聊作安慰。

## 12

那钱一分不少地到了。

当天傍晚，他跑到望月楼狠狠奢侈了一把。跳鲤的价格着实吓他一跳，他在心里快速计算着，如果猪头肉能买多少，真疼呢，但还是咬牙点了，另外要了盘花生米，两瓶啤酒。若不是那四十万撑腰，打死他也不敢到这种地方。离也就离了，没想象的那么憋屈。没过到头的夫妻多了去了，有几个像他这样狠捞一笔呢？

酒足饭饱，走在霓虹灯的光影里，腰杆似乎硬了许多。以往经过夜总会、洗浴中心，他瞟都不瞟，那是另一个世界，与他没有任何关系，那晚竟凝望了许久。

日头东升西落，没有任何变化。他没有坐吃山空，日日不闲。七告知他，能重当保安了，他没应。想起勺子状男人，头皮仍是麻的。夏秋短工吃香，先干着，待天冷再作打算。

枣到他那儿洗过几次澡，多是阴雨天。起初他是害怕的，想去旅店开房，可开房要花钱，而且，旅店未必比家更安全。壮了次胆子，没有谁把他和枣从床上揪起，恐惧就淡了。

又是一个阴雨天，枣像她向往的女士那样叼了烟。烟在床头放着，他特意为她备的。她和七打算买楼，买不起大的买小的，买不起新的买旧的。赶你赶不上了，也得有自己的窝啊，她慢悠悠的，到时你得借我点儿钱。“你得”，这两个字是有分量的。他没马上回应。你让我几时来我几时来，只要七不在家，她又说。他仍旧没言。枣便寡了脸，放心，我会还的。他说不是担心她不还，长子快成家了，要用钱。枣说得了吧，有花，还用得着你？他说花是花，我是我，当父亲的，也不能不管。枣受辱似的，我张一回嘴，你就这态度？他赔了笑说，我没说不借，到时看情况。枣猛吸了两口，目透冷光，他以为她要损他，不料，她长叹一口气，说我有花的运气就好了，掉进福窝，什么心都不用操了。

离婚后，他再没找花，也没和她联系过，那是和黎总的协定。

像她不但从他的世界消失了，而且从整个世界蒸发了，他和她之前的日子彻底成了空白，他不愿回忆，也回忆不起。枣的慨叹令花突然复活，虽然他知道复活的她仍在另一世界，和他没有任何关系了，但她的存在就如她的名字灿烂夺目了。他给花发了一条短信，问她近来咋样，过了很长时间花才回复，只有一个字：好。他没再问，她无需他操更多的心。

那日，他去超市买暖壶，忽然就看见了花和黎主任，两人竟然抓着手。仿佛看见的是一对怪物，他眼球鼓凸，像瞬间长出了角。他和花刚认识时拉过一次，婚后再没有。花不是他的花了，可他仍然被醋泡了。他们也是去超市，他跟踪在身后，有些鬼祟，直到两人拉着手走向收银台，他才止步。疑问再次冒出来，花是情愿的还是被迫的？她真的如黎主任喜欢上她一样恋上了黎主任，还是遭遇了他难以想象的什么？他曾有疑，但既然已经分开，什么原因都无关紧要了，可再次遇见，解谜的欲望巨浪一样拍击着他，突然就迫切了。

他连发了三次短信，花均没有回复。他打电话，她不接。她越是决绝，他的念头越强烈，那已不是疑团，而是啃噬他的毒虫。他不在乎她怎么回答，他就是想知道真相。她的回答未必就是真相，但他还是想让她说出来。他不敢上门找花，看不见的刀斧手埋伏着呢。他不再打短工，猎人般守伏在龙宫对面的树丛后，似乎答案比钱还重要。九月底，花和黎主任就要到三亚，或者别的什么地方，也许就再见不到花了，所以必须赶在她离开前弄清楚。

两天后的上午，终于看见了花。她从龙宫外的菜店出来，他突然跳到她面前。她吓了一跳，问他在这儿干什么。他说等你。花紧张地环视左右，问他有什么事。她并没他想象得那样掉进福窝的样子。他不知掉进福窝会是什么样，但肯定不是现在这样。当然，也没从她眼神里看出哀伤。她仍是她，与过去没大变化。她又问他干什么，他才说我就想知道。花说你快走吧，我还要做饭呢。他抓住她，花没扯脱，急了，松开！他没松，反想把花往一边拉。花没有高喊，低声呵斥。突然间，花煞白了脸，说他来了。他回头，暴怒的黎主任公牛般奔向他。他急忙松手，欲向黎主任解释，花催他快走，他如梦初醒，撒腿逃离。

下午，黎总的电话便追过来，警告纠缠花的后果。他颤着腿解释，但黎总显然没那么好糊弄，冷声说别耍花样便挂了。定了好一会儿，他发现后背黏湿了。

他终是怯了，没再“纠缠”花，也怕连累她。连着数日，他打短工，下午若回得早，就骑着三轮收废品。枣说入冬前宾馆要招锅炉工，她自作主张给他报了名，不一定能招上，招了也可以不去。两人是电话说的，她有一个月没洗澡了。他有意躲着她，倒不是怕她借钱，固然那也是缘由，主要是看见枣马上想起花，好像枣的身上有花的影子。两人长相、个头、脾性相差甚远，他不知为什么从枣身上望见花。

那天枣并没有打电话，因为下雨，他中午就回家了，饭后睡了一觉，雨仍在滴答，他仍旧躺着，望空发呆。突然就看到屋角大如牛卵的眼睛，他惊跳而起，再望，却什么也没看到。那不过是他的幻觉。可是，那眼睛一定存在过，那一幕他死都忘不了。他没敢告诉枣，她心再粗，也受不了的。他不是故意想花的，但突闪的枣将花推到面前。折磨他的毒虫又复活了，且变本加厉。

他擦抹地，洗衣服，缝上掉了的扣子，补了开裂的裤兜，这些零碎的活儿并没有驱离毒虫。黄昏，雨停了，他出去买了半斤猪头肉，半斤花生米，一瓶北京牛二。大口灌着，他想把自己灌醉。酒瓶空了，他并没有死猪样昏睡过去，毒虫兴奋得手舞足蹈。然后他就给花打了电话。她终究是儿子们的母亲，离了婚他也有见面的资格！什么答案都不可能改变结果，他只想把恼人的毒虫杀灭，收了心过自己的日子。

黎主任遛腿的时间快到了。他站起来。

他出了屋，又回过头，仿佛有谁在和他说话，劝他不要去。但他没看到也没听到，于是用力一甩。咣，门在他背后合上了。

# 落地无声

## 1

乔先赶到医院，雨已经停了。积水起哄般汪着，乔先的奔跑不那么利索。一个拎着塑料袋的妇女本能地躲着。乔先忽然偏了方向，妇女半截裤子被溅湿。她似乎要骂，张了张嘴又合住了。乔先已踏上花岗岩台阶。

等电梯的太多，乔先匆匆一掠，直奔楼梯口。依然是人，乔先边拨边说对不起。在雨中等了半个小时才打上车，乔先浑身尽湿，举手蹬腿，泥水乱飞。奔上三楼，两次右拐，狭长的走廊直通住院处。

朱燕的姨姐一脸惊恐地迎上来。乔先往右偏了偏，没和她撞上，但胳膊被她紧紧揪住。乔先回头，姨姐说快去，猛推他一把。

乔先一个踉跄,险撞在墙上。

病房门口站着医生、护士、保安,还有病人家属。乔先边道歉边挤,声音不受控制地打着战。见到朱燕那一刻,乔先的焦急突然焚化成愤怒,整个人都抖起来。

朱燕跨在窗户上,上半身和双脚悬在室外,一手捂着肚子,一手做出推拒的架势,禁止他人靠近。和乔先对视在一起,朱燕冷硬的表情突然温化,兴奋花瓣样荡来荡去。乔先欲上前,被她喝令停下,脸也瞬间板结。

乔先定住,大喘粗气。

朱燕,你这是……干什么?乔先竭力控制,不让愤怒显在脸上。

你管我干什么?我干什么和你有什么关系?你这个骗子!

朱燕语速不快,声音也不高,仿佛刚刚那声断喝耗竭了力气。也正因此,每个字都拖着长长的余音,带着咬牙切齿的恨。乔先任疼痛碾压,直至麻木。好半天,他缓上气,轻声道,你先下来,有什么话下来说。

我不下去。我没什么可说的。我活累了。

朱燕仰起头,仿佛在独语。乔先悄然往前移动,她突然回头,你再往前,我就跳下去!她的身体往外一凸,乔先身后一片惊呼。朱燕威胁的目光再次和乔先绞在一起。乔先停下,又退后一步。

这么多人瞅着,你别闹了好不好?乔先乞求。

我闹?你觉得我脑子有病,不和你闹难受?朱燕声音突然拉高,你以为我闹上瘾,没事找事吓唬你?

你就是闹上了瘾。乔先几乎脱口而出,但他不敢。朱燕对闹上瘾,却不是吓唬他。结婚二十年,她没有一次仅仅是为了吓唬他。她割过腕，左腕一次，右腕两次。割左腕那次，因为在半夜，她又把自己关在卫生间，几乎送命。喝过两次药，一次安眠药，一次毒鼠强。还跳过楼。因为是二楼，仅仅摔折小腿。用她的话说，不是她嗜死，都是他逼的。以往的闹剧——这个词对她的凛然赴死似乎是玷污，但乔先想不出更合适的词，乔先回避自杀二字，害怕凶手这个词汇最终会粘上自己——仅限于他和她之间，限于他们的房间和小区，至少是私密半私密的。这次，她提早将舞台挪至医院，这么多人围观，他被迫和她一起置于舞台中央，实在令他无地自容。但他不敢流露一丝半毫，怕激怒她，也怕激怒自己。两个人同时失去理智，肯定不会有好结果。

我错了。顿了顿，乔先再次道，是我错了。根据流程，先对峙，尔后乞求，妥协，发誓。不管她怎么闹，只要他按流程走，别拧着她，危险终会化解。当然，他得小心，稍有不慎，她会让他吞食恶果。

你错了？朱燕的眼神透着嘲讽，你还知道认错啊。

乔先垂下头，做出悔过的样子。我知道错了。

昨晚咋不认错？朱燕捂着肚子的手移到窗户边沿。

乔先说，我不是东西，我是骗子流氓畜生……乔先把能想到的肮脏词汇砖头一样往脑袋上拍。不全是让朱燕解气，也有对自己一次次妥协的鄙视和恼怒。既然明白结果是妥协，昨晚就该投降，早上她就不会住进医院，他就不用在众目睽睽下丢这份人。

我没冤枉你，你和那女人不是一天两天了。朱燕撇起一丝冷笑，完全是看透乔先的得意。

乔先低声道，是。

你说吧，怎么办？朱燕语气平和许多。

乔先说，我发誓，绝不再和她来往。

快接近尾声了。朱燕凌厉的讨伐会柔软成对乔先的大度和宽容。我再信你一次，我不想知道那个女人是谁，也不想见她，只要你能改，我就放过她。乔先已做好扶朱燕下来的准备，她的话音落下，他就冲至窗前。扫尾当然还有许多麻烦，比如，她会在某一天问他和那个女人的事，尾其实是扫不掉的，但总归会消停下来。这类波澜，乔先早已见惯不惊。

可能是舞台转移的缘故，朱燕改了套路。冷不丁道，她是谁？

乔先突然傻掉。他半眯了眼，嘴巴则被撬着似的大张着。好大半天，总算反应过来，眼睛恢复原状，嘴唇却没有合上去。

朱燕再次问，她是谁？

没错，她就是这么问的。每个字都迸射着寒光。他仍然难以相信，朱燕的思维会发生偏转。她不该这么问的，他完全没有准备，措手不及。

你不说是吗？保密是吗？朱燕暴躁起来，似乎要扑到乔先身上。演得太倾情太投入，她忘记自己斜跨在窗户上，身子往里栽了栽，猛然后拽。拽得有些猛了，整个人吊在窗外。幸亏她没放手。乔先往前奔两步，再次被她喝止。

朱燕的脸忽青忽白，她是谁？

乔先明白自己没了退路。好吧，既然投降，那就彻底缴械。只是……乔先回头，似乎觉得应该跟他们说点什么。成排的探询和猜疑压过来，他突然有些慌。他们不会允许他和他们站在一起，他们是观众，他则必须站在舞台中央。不知不觉中，他的身份已从配角变成主角。

我……悲伤洪水般漫过，他被呛着，连咳数声。停了几秒，他稳住自己，声音却像枯黄的叶子，透着难抵风雨的憔悴……说了你也不认识。他在脑里迅速搜索，如果朱燕一定要听到名字，他就得说出来。

你把她叫过来，我见识见识。朱燕缓缓道。

乔先惊叫，那怎么可能？

朱燕冷笑，不可能？她有多大架子？她是公主还是王妃，我偏要见！

乔先几乎跺脚，根本就没这么个人，让我去哪里叫？

你们听见了吧，这个骗子，骗了我二十年，骗上瘾了，自己吐出的痰，非要当口香糖舔回去。朱燕神情怪异，似有潮水来回奔涌，但转眼间便凝固了，声音则异常冷静决绝，你听好，乔先，你不把她叫过来，我就跳下去。

乔先乞求，别……朱燕！

朱燕喝问，叫……还是不叫？

乔先抬抬手，又垂落下去，那几个字，攀岩一样悬吊在唇边。

## 2

昨晚喝多了，清早起来，头隐隐作痛。每次失眠，童小蕾都得靠酒助睡。昨晚喝酒不是因为失眠。她先在外边喝了，未能尽兴。和男人是第二次见面，得拿捏点了。放开喝很可能把他吓跑。这样的情形不是没发生过。她对他印象不错。他长得粗粗黑黑，但心挺细的。第一次吃饭，问她有没有忌口，她随口说没有。菜上来后，她把蒜片一片一片捡到碟子里。他什么也没问。昨晚点过菜，他特意叮嘱服务员不要放蒜。她什么也没说。一个人在乎不在乎你，嘴巴是最不牢靠的。说心心相印自然可笑，至少，两人有那么一点点默契。一点点已经够了，没有太高的奢望。两人各喝一瓶啤酒，因为记挂女儿，她喝得有些快。他问要不要再喝点了，她摆摆手。也就一个多小时吧，他执意要送她，说她喝那么多酒。童小蕾没再推辞。下车，童小蕾说我女儿常常扒着窗户等我，他就定住。

女儿自然没有扒着窗户等她。女儿刚上四年级，已有写不完的作业。童小蕾和女儿打过招呼，坐在餐桌前。两年前，女儿已能帮她洗刷碗筷，碰上她有个头疼脑热，女儿还能煮个面条拌个凉菜什么的。女儿没时间看电视，童小蕾自己也不看。独坐一会儿，突然有些躁，嗓子痒痒的。她知道自己怎么了。她打开一瓶白酒。只有应酬时才喝啤酒。也不喝红酒。她当然知道红酒养颜，不是喝不惯，是收入不允许。没什么菜，醋泡黑豆，千年不变。想起男人说她喝那么多酒，她无声地笑了。女儿做完作业，那瓶酒已被童小蕾亲吻得一滴不剩。

女儿出门后，童小蕾像往常一样给女儿备好午饭。家在城市北边，太平山脚下，单位则在城市南端，途中要倒两次公交，即使不堵车，单程也得一个多小时。备好饭，童小蕾就不用急匆匆往回赶，女儿中午也能休息一会儿。

童小蕾事后回想，那早的疏忽可能与头疼有关，抑或，那是某种征兆，上苍在冥冥中暗示过她的。合上防盗门，她下意识地往包里摸。没摸到，蹲下来翻一遍，还是没有。钥匙锁屋里了，确定无疑。有那么一段，童小蕾总是忘带钥匙，开锁公司那个师傅都和她混熟了，还给她免费开过两次。越害怕越忘记带，门一合就心惊肉跳的。这个毛病在女儿脖子上挂了钥匙后总算痊愈。忘带也不要紧，可童小蕾仍有些沮丧，有些不安。好久没犯了，怎么就……？更让她懊恼的是，上了公交，突然想起给女儿准备的蛋炒饭忘了放盐。她拍下脑袋就往门口挤，一只脚迈出去又缩回来。真是太蠢了。就算返回去也进不了屋。一路自责，等车转过弯，她方意识到错过了站。

自然迟到了。倒也不打紧，不是要害部门，没那么严格。童小蕾原来在财务室，后来挪到行政科。非要害处室，又松散一些。只要没什么特别的事，童小蕾绝不迟到早退。她也想如别人那样松垮散漫，但不敢。她没背景没来历，没有资格。小心翼翼并非她本性如此，而是没有选择。单位聚会，童小蕾滴酒不沾，对任何可能的是非，都躲得远远的。

如果仅仅忘记带钥匙，还可以自我安慰一下，居然忘记放盐，两桩事叠在一起，童小蕾心绪不宁。半上午，男人发来短信，问她什么时候有时间，菜园街新开了一家重庆面馆，挺不错的。男人在为第三次见面做铺垫。如果没有清早的失误，这条短信或许就是一缕细雨，能滋润到童小蕾心里。这个时候，男人发这么一条短信，童小蕾极不舒服。她不可饶恕的遗忘是因为头疼，头疼是因为喝酒，喝酒是因为和男人没喝尽兴，潜意识中的推理把男人留给她的印象打了折扣。最近单位事儿多……写下这行字，忽又觉得过于冷淡，毕竟她喝酒不是男人逼的。不能把路堵死。于是改成：我不知道呢。男人回复：我等你消息。童小蕾没理他。过一会儿，男人又发来一条，是一则笑话，童小蕾仍然没理他。

快十一点的时候，童小蕾和科长打过招呼，匆匆离开。上车那阵儿太阳还在天空吊着，走了没多久，黑云杀过，眨眼豆雨噼噼啪啪地滚下来。车窗浸了水，世界一片模糊。童小蕾祈祷千万别停下来，摇晃一阵，公交车还是定住。足有二十分钟才蹒跚前行。童小蕾紧紧攥着吊环，似乎攥得紧，就能帮上司机。她的身体也在下雨，手心手背汗津津的。终于到站，童小蕾冲下去，想打个车。雨天的出租格外难打，童小蕾已经淋透，总算过来一辆空车。还未停住，一个后生从童小蕾身边蹿过，拽开车门。童小蕾反应还算快，抓住后生的胳膊，强调她先拦的。后生则说他先招手的。若在平时，童小蕾绝不会如此低能地争执，但今天不行。后生欲先入为主，童小蕾死死拽住他。手上用力，声音却变软了。后生终于让步。

童小蕾赶回去，女儿刚刚吃完。童小蕾顾不上水往脖子里淌，急问女儿饭里放盐没有，她忘放了。女儿的回答让童小蕾一愣。童小蕾盯住女儿，我放盐了？你确定我放了？女儿笃定地说，我肯定你放的不是糖。童小蕾越发糊涂了，怎么回事？女儿扯过毛巾递给她，童小蕾笑笑，把脸埋进去。

童小蕾是在返单位的路上接到乔先电话的。雨过天晴，童小蕾心情不错。上车后，她给男人发过一个用符号拼成的微笑。一分钟后，手机欢呼雀跃。童小蕾以为男人打过来的，想他倒够快。看是乔先，愣了一下，方接通。乔先说我是乔先呀，童小蕾说知道，存着你的号呢。乔先问她在什么地方，又问她可不可以帮他个忙。没待她答，乔先的话就冲过来，你得帮我个忙，我实在找不上人了，你得帮帮我！乔先语速快，童小蕾根本插不进去。童小蕾听出他的急切，脑里晃了晃，也只是晃了晃。乔先终于卡住，童小蕾问帮他什么。乔先说三言两语说不清楚，找机会给她解释，并再次强调，真是找不上别人了。童小蕾问怎么帮，乔先急速道，你过来现在赶紧过来。

童小蕾赶到第一医院，乔先已在大门口候着。他杵着嘴巴，腮帮子一起一落，像饿急了，只能啃拳头充饥。他整个人也像极了饥民。个子虽长，却难以形容的单薄，如果不是那副大骨架子，一阵风就得飞了。乔先似乎想牵她，碰到她的手指，迅速抽回。他边走边说，遇到个麻烦事，实在找不上别人了，谢谢你能来。

乔先几乎在飞，童小蕾跟着一阵小跑。上了三楼，乔先忽然顿住。他看着她，满脸忧愁。童小蕾问他怎么了，乔先忽然说，我老婆要跳楼，嘴唇似乎拉不开了，下边的话费了些劲儿才挤出来，在窗户上好几个小时了。

童小蕾懵懂不解，我能帮什么？

乔先说，她怀疑我……她非见不可……露一面，只要她从窗户下来，你就离开。

童小蕾似乎明白了一点儿，又不是很明白。只记得头隐隐疼了一下。

乔先说，你觉得不合适就算了。没了电话中的坚定，乔先犹豫起来。但他的目光挂着乞求，如冬雪后沉甸甸的枝条，稍稍一碰，便散落得满天满地。

童小蕾的心疼了一下。心真的疼。一个大男人，要怎样绝望才会有这样的目光？于是反客为主道，啰唆什么……哪个房间？

乔先指了指。力气似乎已经耗竭。

童小蕾与乔先擦身而过。几分钟后，她便知晓乔先的妻子在什么地方了。那些人很默契地让出一条道。他们看着她，目光肥硕而放肆，仿佛饥饿已久，终于等到美味。童小蕾的从容迅速蒸发,呼吸变得急促。走了很长时间,中间似乎摇晃了一下,被一只手托住。

终于到了。

童小蕾抓着门框稍作喘息,然后站到屋中央。窗户上那个女人自然是乔先的妻子了。圆脸,短发,略胖。似乎在哪里见过。童小蕾盯住她,试图检索出什么。但女人的敌意把童小蕾的目光逼退。女人脸上跳荡着难以形容的颜色。

你就是?声音有那么一点儿鬼祟,仿佛怕人听到。

童小蕾没说话。她琢磨着要不要说什么。女人一声暴喝,猴一样跳下,蹿至近前。没等童小蕾反应过来,脸上便结结实实挨了一掌。

## 3

朱燕睡着后,朱燕的姨姐说明天进货,得赶回去。乔先劝不住,只好送她下楼。她住在城乡接合部,离乔先的小区二三十公里。她开了家杂货店,确实忙。但乔先清楚,她执意回去,不止是因为忙。如果不是朱燕突然住院,他又正好有展览,是不会给她打电话的。他不轻易麻烦人。

朱燕的姨姐自责道,都怪我,没看好她。乔先苦苦一笑,怎么能怪你?不过是被你赶上了。姨姐说,那会儿我心都不跳了,若她有个意外,我……乔先歉疚道,让姐受惊了。姨姐张张嘴又合上。乔先明白她的意思,说那不是真的。顿了顿,又坚决地说,那不是真的。姨姐含义复杂地叹息一声。

出租车停在路边，乔先掏出一百元钱欲塞给司机，姨姐夺过去，生气地往乔先怀里一摔。乔先不想欠别人的，对欠几乎病态地排斥。可悲的是，他始终未曾远离。如影随形，形影不离。

乔先没急着上楼，徘徊一阵，思谋良久，缓缓摸出手机。有些晚了，也许不合适。可如果不打这个电话，这个夜晚会被自己折磨疯。当然，即便打了，即便童小蕾说我没事你放心吧，他也不可能坦然。但至少，他致歉了。童小蕾捂脸离去时，乔先顾得拖拽朱燕，没来得及说什么。不，他说了。走！真是急昏了，忘了她是他的救兵，竟然冲她大吼大叫。

好一会儿，童小蕾才接。

对不起。乔先虚弱不堪。

没关系。

你没事吧？乔先恨不得给自己个嘴巴，对不起，我……她有病，我只能……实在是找不上别人，要不她真会跳下去，真会跳。

真的没关系！童小蕾声音硬邦邦的。

乔先想象童小蕾愠怒的样子，虽然她一再说没关系。

改天……乔先稍顿，童小蕾抢过话，我说了没关系，手机没电了。

乔先轻手轻脚打开门，整个人丢在沙发上。刚发了会儿呆，朱燕幽灵般竖在面前。她竟然又穿起衣服。乔先失声道，你怎么醒了？朱燕反问，咋？影响你了？乔先瞄瞄钟表，这么晚了。朱燕说离天亮还早呢。乔先明白暂时的消停宣告结束，另一场戏已经拉开序幕，只不过换了舞台，没了观众。不是每个日子都伴随着猜忌和审讯，但这些猜忌和审讯铺展开，几乎覆盖住乔先的春夏秋冬。

朱燕去了厨房。叮叮当当的声音，油烟机的恶叫。油烟机用了十多年，已经老化，每次都马达般轰鸣。不一会儿，葱花的香味飘过来，乔先的肚子痉挛般抽了抽。

朱燕哈着嘴，小心翼翼地把面条放茶几上。又取了筷子，饿了吧？乔先没接。确实饿了。那一通折腾，哪有胃口？现在真饿了。朱燕说，还让我喂你？乔先接过筷子。漫长的审讯很耗费人，朱燕如此犒赏也是担心他体力不支吧。据说犯人临死前可以吃顿大鱼大肉，他和他们何其相似？埋下头，乔先有种滑稽的悲壮。

面条上卧着荷包蛋，这是朱燕一绝。蛋黄均匀地被净白圆润的蛋清包裹，简直像艺术品。当然，朱燕拿手菜还有很多，比如酱猪蹄，比如红烧茄子，比如玉米面拨鱼。朱燕做饭也极有耐心，两三个人吃饭，包饺子也会整出四五种馅。确实，乔先是有口福的。但再好吃的东西消化不了，就是折磨了。

乔先吃面条，朱燕很细心地擦拭花盆。有半截叶片黄了，她剪下来，再剪成块状撒到花盆里。她认为黄叶是最好的肥料。朱燕平静得近乎祥和，很难想象心里正酝酿着风暴，数小时前还骑在窗户上，欲从三楼跳落。

乔先吃得很快。既然躲不过去，磨蹭有什么用？之后，视线随着朱燕移动。朱燕似乎遗忘了沙发上还丢着嫌疑犯。

乔先憋不住了。他想起一个段子，一个人被执行枪决，第一枪哑，第二枪仍然哑，放第三枪前，那个人哭叫，大哥行行好，给我来个痛快的，捅我一刀吧，太他妈吓人了。

朱燕回头，略带嘲讽，咋？紧张了？

乔先说，非要等天亮？明天我还得上班。

朱燕这才拍拍手，幅度很大地捋捋头发，似乎一根发丝也会阻挡她的目光。

那个女人叫什么？声音仍然是平静的。

乔先道，根本就没那回事，当时我怕你犯傻，找朋友帮忙的。

朱燕说，这么说，她只是个替身？

乔先叫，什么替身？你想得太离谱了！

朱燕说，那就是她喽。

乔先急得差点咬了舌头，好一阵才说，我说没有就没有，你怎么就不信？

朱燕说，就算她是替身，总该有名字吧？名字你都不敢说？非得逼我站到楼顶上？

乔先的脖子突然被折了，迅速软下去……童小蕾，她叫童小蕾。

朱燕偏偏脑袋，似乎在分析这个名字的含义，哪个单位的？

乔先急速道，不知道，这个真不知道。

朱燕眯了眼，看穿乔先的样子，你心里没鬼，就不会躲躲闪闪的。咋，我能活剥了她？

乔先沉默。

朱燕轻蔑地嘁一声，你今天不说明天也得说，明天不说后天也得说，躲过初一躲不过十五。就算你死都不讲，我也有法子知道，屁大个地儿，她能藏哪儿？到时候你可别后悔。你不是心里没鬼吗？干吗还装着？

乔先奔跑了几百米似的，粗气大喘，你捅了我吧。

朱燕冷笑，你想为那个女人殉情？你不是没有吗？尾巴都露出来还装什么？

乔先哭笑不得。这是什么逻辑？不要说跳进黄河，死都说不清了。

朱燕忽然问，你还饿不？

乔先怔忡数秒，缓缓摇头。

朱燕说，你要是没吃饱，我再给你做夜宵，你想吃什么我给你做什么。

乔先不怀疑，从不怀疑。朱燕绝对任劳任怨，无可挑剔。也正是她的做牛做马让他心中有愧。朱燕要的就是这种效果吧？这么说很不地道很无赖很无耻很没良心，但朱燕的无私奉献确实成为他的重负。

朱燕问，那个女人也像我这样，你想吃什么给你做什么？

乔先说，我困了。

朱燕说，可能她会，不过这个事她不会如你意。你不会告诉她你的胃切除过四分之一对不对？你不会告诉她你胆囊里长了息肉对不对？你不会说这些。她不知道这些，就摸不透你切除过的胃爱闹什么别扭，不清楚胆囊长了息肉要忌讳什么。朱燕如思维缜密心灵手巧的裁缝，凭着一针一线，把乔先缝进不透风的袋子。乔先一阵窒息。

可你还是喜欢她对不对？朱燕声音走样，眼泪直落下来。

朱燕哭，乔先就慌，还烦。他叫，我哪会喜欢她？随后意识到话有漏洞。改口，不是不喜欢……越发慌了，急辩，不，根本谈不上，从来就没有！

朱燕说，你嚷嚷什么？以为我怕你？

乔先投降，好吧，随你怎么说。

朱燕站起来，你困我也困，我去睡了。走了两步又转过来，明天要上班，你不睡了？……早就想和我分居对不对？我知道你的心思，要是……她停住。竟然停住了。

乔先身体散着，像被肢解的稻草人，再没了拼扎起来的可能。似乎有一阵风，这些零碎就会消失不见。要是……乔先当然知道朱燕要说什么。审讯暂告段落，朱燕才搬出母亲，也实在难得。如果母亲活着……乔先知道，也不知道。知道他肯定在被审判的位置，不知道的是母亲和朱燕采取什么联合方式。

明天展览正式开始，得睡一会儿才是。乔先没有睡意。朱燕欲言又止，不是那句话多么难以启齿，而是无须说出。她明白他懂。她很自然地推开那扇门，他不进去都不行了。那个长廊展览着他四十五岁的人生，丢掉不能，背负不甘。他闭着眼摸索了一会儿，突然厌烦而愤怒地砸自己一拳。

他抓起手机翻看一会儿，给童小蕾发出两条致歉短信，再次闭上眼。

迷迷糊糊中，突然听到朱燕凄厉的喊叫。乔先直弹起来，他不是稻草人，而是敏捷的武士。他奔进卧室，几乎不用看，便准确地抓住朱燕的肩。朱燕常被噩梦纠缠。

朱燕喘了两下，猛地抱住乔先。乔先张开胳膊，不是装样子，很自然的。此时，他就是她的世界。

## 4

走到楼下，童小蕾突然想起忘了买东西。犹豫一下，还是返出来。现在不买，晚上还得往外跑。古宏庙大街有二三十家烟酒商店，买酒比买菜方便。以前，童小蕾从超市买，一瓶两瓶的，多了包里塞不下。必须要塞包里。她怕碰见熟人，那样就得额外费些口舌。后来，她发现路边烟酒商店比超市便宜，如果整箱买，还给送到楼上。童小蕾不像别人习惯固定一个地方，每次都要换。她怕和店家混熟，被店家记住。

进屋不久，童小蕾接到男人的电话。她喂一声，男人说是我。她浅笑着弹出短促的哦，男人语气神秘，猜猜我在哪儿？童小蕾说我怎么猜得到？男人说，就在你楼下。童小蕾的心迅速一沉，立刻感觉嗓子里卡了东西。童小蕾休息两天了，男人发过几次短信，打过两个电话，童小蕾当然不能和他见面，也不能说实话，只道忙得要命，有空就会联系他。他竟然寻上门，又不是毛头小伙！

男人觉察到童小蕾的不快，解释到她单位来着，听说她病了，想她身边没个照顾的人，就冒失赶过来。

男人这样说，童小蕾再板着脸就不近情理了，可她仍有那么点不舒服，像身体某个地方扎了毛刺又拔不出来。童小蕾说，只是感冒，没大碍。男人问，真的不要紧？童小蕾说真的。男人问能为她做点什么，童小蕾说不用。男人不死心，提出见见她，确信她没事，马上就走。童小蕾说，除了我女儿，我不会让第三个人看到我没洗脸的样子。男人还算识趣，说这就走，有事喊他。

童小蕾躲在窗帘后，看着小区通往古宏庙街那段路。男人拎着东西，看不清是什么。

几分钟后，电话又叫起来。童小蕾有些慌，以为男人折回来了。是乔先。童小蕾没接。第二次响铃，她抓起。乔先结结巴巴的，童小蕾几乎能想象他的窘样，她耐着性子听着。

离女儿放学还有两个多小时。她答应见面。他央求几次了，她得给他这个面子，还有，她要让他彻底相信，她并未生气，没有特别在乎那件事。

一点儿不生气不在乎是假的。被一个女人蹂躏那么久，且众目睽睽，怎么可能无所谓？特别逃出门那一刻钟——她在厕所躲了好半天，确信那个女人没追上来，才贼一样溜出医院。回到家仍然心惊肉跳，一口气灌下大半瓶酒。她第一次在白天破戒。

当黄昏悄悄舔过脸颊和耳侧，童小蕾已经彻底平静。乔先没有骗她，尽管他有些含混，但她基本听清楚了，她该料到可能的不测。事实上，脑里是闪过什么的。她只想着帮他。他求她，以那样的语气，再直接点说，他给了她回报的机会，她必须抓住这个机会。

几年前，单位在会展中心搞了一周宣传展览，童小蕾认识了在那儿工作的乔先。她没见过那么单薄的男人，刀片一样。印象深，还有个原因，他几乎不笑。童小蕾刚刚走出阴霾，对心事重重的人格外敏感，但丝毫没有探究的欲望。无非又一个哀伤的故事，躲还躲不开呢。展览结束，就把他丢到脑后。

再次见他是在移动大厅。移动搞交话费赠充值卡活动，童小蕾看到另一个队列中的乔先。他也看见她，还点点头。人声嘈杂，点头是最合适的方式。童小蕾从来不凑热闹，但不敢错过这样的优惠活动。单位没福利，只有自己替自己搞。像任何一个普通中国人一样，她在乎那一点点天上掉下的饼渣，哪怕沾着尘土。

队伍凝滞不前，不断有人插队。童小蕾敢怒不敢言。反正是星期天，倒也不怕。乔先所在的队列同样缓慢，又有两个人径直走向窗口时，乔先喊了一声。童小蕾挺意外。从哪儿都看不出乔先有侠肝义胆。两个小年轻回头看看，根本没把乔先当回事。乔先闪出队列，喊他们去后面排队。那两个青年突然冲向他，也就几分钟，乔先倒在地上。小青年骂咧着离开，没一个人阻拦。零星的抗议和愤怒在乔先倒下时突然归于沉寂。乔先挣扎两下没爬起来，童小蕾走过去。如果不是认识，她可能会和其他人一样袖手旁观。

两人都没交成话费。他鼻口流血，她陪他去了医疗点。完后他谢过她，离开。三天后，他突然去她单位，把她喊到走廊，要把那天打车的十块钱给她。童小蕾瞪大眼，你大老远跑来就是还这十块钱？乔先说，不能让你花这个钱。童小蕾突然火起，你觉得我缺这十块钱？乔先固执地说这和缺不缺没关系，你不能破费。童小蕾不想因为十块钱和他推来推去。因他侠义之举而生的敬意荡然无存，童小蕾有些鄙视他。

其实，童小蕾完全可以不再理他。不知什么心理作祟，抑或，她觉得那是对自己的污辱？改天，她去会展中心，当面把十块钱一点点撕碎，丢下一句我真不缺这十块钱，转身离去。乔先追上来，向她解释。他说了什么，她根本没听进去。他一路跟着她，她上公交他也上。童小蕾突然问，你要跟我回家？乔先愣了一下，往车门口挤去。车已启动，乔先喊我上错了。司机不理。到下个站点，他跳下车，还回头张望。他未必看得见童小蕾，但童小蕾看得见他。刀片一摇一摇消失在人海，童小蕾悄悄笑了。

女儿上学遇到麻烦。童小蕾买这套二手楼就是因为离学校近，报名时却被告知不在招生范围。童小蕾急了，同学朋友，凡能扯上点儿关系的，四处托人。某天晚上，童小蕾揣五千块钱敲校长家门。校长开了条缝，没等她说几句话便不客气地合上。童小蕾摸出楼道，眼泪疯涌出来。她几近绝望。再次翻拣认识的人，想起乔先。她苦笑着摇摇头。实在是找不上人，宁可碰了。乔先不冷淡，当然也不热情。他说有个同学在教育局，可以试试。童小蕾一下觉得抓住了救命稻草。隔一天,乔先告诉她行了。童小蕾大喜过望。乔先吞吐着说,可能得五千块钱,末了又解释,不是他要这个钱。童小蕾说没问题,不要说五千,一万她也舍得割。

女儿入学不久,童小蕾请乔先吃饭。竟然是乔先帮了她,挺不可思议。她是打心底感激他,那阵子她差不多要疯了。坐下不久,乔先再次道,那钱真不是我要的。童小蕾忘了他是第几次强调。她哎呀着,你再说就没意思了,知道你帮我多大的忙?她告诉他,她曾经怎样的奔波。那五千块钱似乎成了他的心病,必得挂在嘴上才心安。童小蕾有些烦,强忍着没露出来。毕竟她是致谢的。这样一个迂人,竟然悄悄结了账。他走在她前面,她喊他,他竟然兔子般逃了。

童小蕾没把饭钱还他。再约,他死活不肯出来了,但童小蕾没把他忘掉。每个假期,她都要带女儿到会展中心看展览,逢年过节,必发祝福短信。而乔先,也习惯了这种不远不近的关系。偶尔给女儿买支雪糕什么的。

乔先很少主动和童小蕾联系。联系她,必定是告知假期有什么新展览。所以,那天接到乔先的电话,童小蕾既惊且喜。我实在是找不到别人了——他这样强调。童小蕾就想到自己没头苍蝇般乱扑的日子。她怎么会犹豫,又怎么会生气呢?

## 5

从什么时候开始的?记不清了。不过那个春暖花开的日子,永远刻在乔先脑里。

乔先揣着母亲给的五元钱去买酱油。路上，碰见两个同学，他们喊他看电影，电影院正播一部红遍大江南北的功夫片。乔先动心了，如果他们再说出一条理由，他就随他们去了。他们没再劝他，急着跑了。乔先的情绪顿时低落下去。他朝电影院走去，只想瞅瞅，并没打算进去。台阶上放着音箱，每个经过的人都能听到刺激的叫喊和打斗声。乔先把那五块钱掏出来，又小心翼翼地放回去；掏出来，再放回去……

返回的路上，沉浸在兴奋中的乔先并没太多的紧张。他编了个谎，觉得这个谎足以哄住母亲。

母亲扑过来，死死抱住乔先。突然，母亲往外一推，两手抓住乔先双肩。母亲眼睛红肿，脸色铁青。

你去哪儿了？母亲的目光在火炉里烧了太久，碰撞着嘶啦啦的声响。

钱……丢了。

去哪儿了？母亲的眼睛似有烟雾冒出。

乔先没了底气，嗫嚅着。

母亲突然扬起手，乔先下意识地躲开。巴掌落在她自己脸上。极响，几乎超过电影里的打斗。你这个……呀！母亲紧咬牙关，两手轮番扇自己左右脸。多年后，乔先明白母亲把自己的脸当成他。母亲不忍打他，她的脸成为替代品。啪！啪！一下比一下狠，一下比一下响。母亲的嘴角流出血，鼻孔也流了。血染红了她的下巴。

乔先呆若木鸡。当母亲的脸颊也沾了血，他才意识到自己闯了怎样的大祸。他想抓母亲的胳膊，但不能动，他想哭，却发不出声。他像一根冻硬的面条，孤零零地晾在案板上。母亲始终没动他一个指头，是他自己瘫下去的。

暴风雨过后，阳光灿烂。母亲不是揪住错误不放的人。乔先做了保证，她便戴上口罩买菜去了。

乔先始终低着头，机械地划拉着筷子。他不敢看母亲肿胀的脸。菜照例是两样，一样是乔先爱吃或母亲认为乔先爱吃的，肯定有几片肉，另一样是给她自己的，多是上顿的剩菜。她再掺点儿新鲜的叶子。我不是不让你看电影，你总得告诉我一声啊。买酱油的钱是计划好的，不能随便花。母亲语气温和，循循善诱。乔先默默流泪，频频点头。

初二下学期，乔先收到一封情书。他又惊又喜，也十分紧张。乔先暗恋女孩已久，仅仅是暗恋而已，和女孩对视的勇气都没有。女孩活泼开朗，那是阴郁寡言的乔先永远不可能有的。情书成了烫手山芋，乔先不知如何保存。书桌肯定不行，书包也不合适，母亲经常检查，家里更不安全，那几乎就是交到母亲手里。想来想去，乔先觉得只有揣在兜里，时时刻刻贴着自己最好。

乔先揣了一个星期。某天夜里，他听到响动，蓦然惊醒。母亲光着膀子站在灯光下，捏着那封情书。乔先吓坏了，试图和母亲争夺，但母亲的眼神制止了他。他就那么半张着嘴，傻着。母亲穿着看不出颜色的背心，靠近胸窝的地方破了好几个洞，花白的头发偏下来，三分之一的脸被遮住

她叫什么名字？半晌，母亲抬头。

乔先沉默。

你还是说出来好。母亲声音出奇的平静。

心跳如擂，但乔先依然沉默。打死也不说。打死也不说。

你说出来就行。

乔先躲开母亲的目光。

那两页纸飘落到被子上，乔先听到一声叹息。乔先惊愕地抬起头，难以相信母亲饶恕了他。母亲又叹息一声，缓慢向门口移去。砰的一声，她的头撞在墙上。然后，她加快速度，连续猛烈地撞击。眨眼间墙壁就红了。

乔先跳起来抱住母亲，但无法阻止母亲撞击。

乔先哭叫，我说，我说还不行吗？

母亲摇晃两下，倚靠在墙上。

情书被母亲处理掉了。乔先不知母亲撕掉了，还是退给了女孩。不久，女孩转学了。

乔先从不怀疑母亲的用心。她恐怕是世界上最疼爱儿子的母亲，如果乔先提出吃她的肉，她会毫不迟疑地割下来。那年冬天，乔先冻了手背，母亲打听到獾子油有奇效，还没副作用，便到崇礼乡下购买。晚上应该住在县城，但她选择步行回市区。数九天，走了整整大半夜，结果母亲的手和脸严重冻伤。亏得她买回特效的獾子油，即便如此，她脸上还是永久地留下两朵紫花，老年斑都难以覆盖。

母亲对乔先的疼爱，和她的自虐一样，成了乔先的负担。他知道这是对母亲的不敬和污辱。母亲从来不说乔先应该怎样回报她，但乔先清楚，母亲的爱他难以回报。那是超出他偿还能力的巨额债务，他活着，就必须背着。看到哪吒割肉还母剔骨还父，乔先竟产生某种冲动。如果他死了，母亲必活不成了，他几世都还不清的。这样的冒险也只是想想。

乔先约童小蕾出来，想当面致歉，张开嘴，滑出的却是母亲。乔先没和任何人说过。他不知自己怎么了，似乎在颠覆母亲审判母亲，这很危险很不可思议。他斜着身子，目光偶尔在童小蕾脸上停驻，多半时间盯着门，那情形像童小蕾挟持了他，随时准备夺路而逃。他没从童小蕾脸上看到厌烦、质疑或者惊愕，他揣不透那是什么表情。终于，说到朱燕，和他生活了二十年的女人。她和母亲，她们，是他生命中的太阳和月亮，照耀着他的每个白天和夜晚。思维会出现间歇性阻塞，他一次次停下，说对不起。他第九次说对不起的时候，童小蕾皱了眉。乔先忽然慌了，不，是更慌了。对不起，他说。

童小蕾站起来。就在那一刻，乔先阻隔的大脑忽然接通，他伸出长长的胳膊，在童小蕾前方圈起半圆的栅栏。那不是预设的陷阱，不过是游戏，无数游戏中的一个。我得陪她玩陪她演，因为那是生死游戏，我不能沦为杀人犯。二十年，她为我付出太多，太多，多到我再也背不动。我打了几个电话，没一个打通，实在是没办法了。让你无缘无故挨打受辱，我很抱歉，也很难过。这个——乔先把准备好的信封掏出来，里面是一千块钱。是我一点儿心意，我知道你不是冲这个帮我的，就是多出十倍也不能报答你，你总得让我谢谢你。

童小蕾愣了愣，忽然后撤。你真没意思。

信封摔在地上，乔先迅速捡起，拦着童小蕾，往她包里塞。准备这个信封，乔先就知道不妥，再三犹豫。没有哪个女人为一千块钱受辱，这很可能让童小蕾更不高兴，但他想不出更合适的办法。也只能做点儿经济补偿。一千块钱抹不掉他的愧，至少让他的包袱轻些。

童小蕾抓出信封，往角落狠狠一丢。我生气了！别让我看不起你！

乔先像秋风中的树叶，无根基地翻抖，求你了。

童小蕾恼恼的，我是冲这个吗？

乔先说，我知道你不是，可……你买点药，买点礼品。

童小蕾越发不耐烦，我不是伤员，不是纸糊的。

乔先仍然拦着童小蕾，他想再试试。他求她，求她收下。

童小蕾往后退退，我必须收下？

乔先可怜巴巴的，你收下吧。

童小蕾说，我本来是不生气不在乎的，经你开导，我明白自己当了冤大头，不生气不在乎都难了。咱们交往不是那么深对不对？我没必要没理由当冤大头对不对？大庭广众下受辱，已经严重影响到我的生活，你拿个破信封就想打发我？

乔先听出自己的声音打了滑，多……少？

童小蕾伸出五个手指，仿佛怕乔先不明白，五万！

乔先瞪大眼，五……万？

童小蕾说，毕竟咱们认识一场，就五万吧。如果你多给点儿，我也没意见。还有，让你老婆给我当面道歉。

乔先慌了，别……你知道，她……

童小蕾说，那是你们之间的事，与我无关。

乔先的头被蒸了一样，不停地胀，油汗疯狂地奔涌。事情突然转向，童小蕾不像吓唬他。他结巴着问她能不能商量，她干脆地说不能。乔先拦着不让她走。她的眼神充满挑衅，你想绑架我？我女儿要放学了。乔先缩回胳膊。

天黑透，乔先从茶馆出来。点了一壶茶，两人没怎么喝。没时间喝。乔先独自灌下一杯，他有些懵。茶水落肚，忽然火烧火燎，饥渴得要命。他不停地灌，一壶又一壶。他的身体如龟裂的土地，怎么也浇不透。

乔先发觉自己腹胀如鼓，整个成了蝈蝈。他托着肚，叉着腿，慢慢挪。

后来他上了公交。他小心翼翼地躲着周围的乘客，以免肚子受挤压。正是下班高峰期，不被碰撞的可能根本没有。走了一站就坚持不住了。他挤出车门，四下张望。人来人往，街边除了商铺就是商铺。走了十几步，实在憋不住了，就那么站定，冲着电线杆解开裤子。憋得太多太久，前方的红绿灯变换了两次，总算泄尽。乔先几乎虚脱，浑身瘫软，抱着电线杆喘息了好一阵。

手机响了，是家里的号码。朱燕不用手机。她用不了复杂的玩意儿，她的脑子很简单，似乎只有一根笔直的线。但乔先知道，虽然只有一根线，那线却不笔直，不光滑，打着一个又一个结。乔先摁了键，并不说话。朱燕听到声音就够了。

摇回家，已经很晚。肚子瘪下去许多，脸仍然发暗。朱燕问他为什么不接电话，乔先反问，你没听到大街上的声音？你听不清我说话的。朱燕转了脸，让乔先猜她做了什么。乔先直直地说猜不出来，他也不饿。狐疑顿时从朱燕眼角飘出，你吃过了？和谁？乔先的头突然晕了，一种鱼死网破的恶意从心底升起。他说，我和童小蕾一起吃的，刚刚吃过，吃撑了。

朱燕愣住。可能没料到乔先的直接和赤裸，她更习惯乔先的遮掩和辩解。好一会儿，她问，吃了？乔先答吃了。乔先有些幸灾乐祸，同时，他已开始担心和紧张，神情就显得怪异。她问，你约她还是她约你？乔先说，我约她。你还想知道什么？还想问什么？朱燕忽然神经质地笑了，声音怪怪的，不可能，我不信。乔先想朱燕可能会跳到窗户上，可能会冲进厨房寻找菜刀。他暗暗责备自己的冲动和愚蠢。朱燕没有，她在他身边坐下，柔声道，你说谎了对不对？

乔先看到朱燕眼里的惶恐。她眼角的鱼尾纹已经不是一条两条，而是一群。如一洼扎在浅滩中的鱼，头在水里，尾巴乱摇，抖出细碎的光泽。光泽下卧着椭圆形的暗影。老年斑，朱燕已经有老年斑。昨天似乎还没有。至少，前阵子还没看到。乔先的心忽悠一颤。他叹口气，说没骗你，确实和童小蕾在一起，不过不是吃饭，想知道怎么回事吗？朱燕配合地点点头。

五万？朱燕往后撤撤，显然被惊着了。

乔先点头。

还要我当面道歉？

乔先点头。

朱燕问，要是不理她呢？

乔先说，不知道。你非要逼我，这下好了。

朱燕问，真冤枉你了？

乔先反问，你说呢？

朱燕慢慢靠拢过来，神色飘忽不定，我现在给她道歉，她还要钱吗？

乔先张着嘴，下巴几近错位，目光紧裹住朱燕，可能太用力的缘故，她的脸抻长许多。

朱燕捶他，你说话呀？

乔先仍迟疑着，你真的……会？

朱燕神色恶狠狠的，她不要钱，我给她磕两响头都成。

## 6

从茶室出来，童小蕾几乎笑喷。乔先被她吓住了，肯定被她吓住了。他僵硬呆傻的表情，就像突然听到自己被宣判极刑。原来当法官这么过瘾，童小蕾心上滚过近乎恶毒的快感。谁让他冥顽不化，固执地羞辱她？这是对他的惩罚。她把他当朋友，不然何至于一个电话就被他招去？虽然那番蹂躏伤她不浅，可人命关天，她的所为还是挺悲壮的。最起码，她帮了他。他怎么就不明白？猪脑子吗？一再道歉已经够她烦了，竟然又掏出那么个破信封。他糟蹋的不只是友情。好吧，那就尝尝她的厉害。她还没这么厉害过呢，她不算太长的人生没有过这两个字。

夜已至深，童小蕾依然毫无睡意，她摸出卧室，缩在沙发角落。酒是昨天开启的，已喝掉大半。童小蕾搂着酒瓶，像搂着自己另一个孩子，喝一口，舌尖很仔细地舔舔瓶沿，酒是自己买的，不能浪费。若别人看到平时柔弱腼腆小心翼翼的童小蕾这个样子，会不会惊得跳起来？她不会让人看到的。这是她的秘密，是她的狼狈和幸福。

黑暗中，乔先僵硬的脸晃出来。童小蕾又笑了。这个傻子！她从他断断续续的讲述中听明白了，他怕，怕负债。可他怎么不想想，他也帮过她，那是多大的忙呀。那时候，如果有人提出和她睡一觉就保证女儿入学，她都会感激涕零。乔先给绝望中的她一根稻草，如果他这么在乎这么算来算去，那么，她和他正好两清。

童小蕾拿起手机，想给乔先发个短信。她随口说说，他不要当真。犹豫一会儿又放弃了。太晚了。当真又怎样？那个疑心重重的女人会给她道歉？他会包五万块钱给她？她不催，他自然会明白。

童小蕾把乔先从脑里逐出去，给男人发了条短信。男人很快就回了。说明他也没睡，没睡很可能在等她报平安。她深知这和一个人的品性没有任何关系，对一个习惯且擅长伪装的男人，嘘寒问暖太平常不过，她上过很多当。但她还是有那么点点在意。不是她不可救药，而是觉得如果最起码的问候都忽视，是不会把她当回事的。她的错误不是因为别人说什么，而在于她的识辨能力常常走偏。

果然，童小蕾看着男人的短信，悄悄笑了。到童小蕾这个年龄，尤其有过那样的经历，对甜言蜜语警惕并排斥，赤裸是不需要识辨的。她喜欢含蓄一些的，不直接，却能说到心里。男人还是懂得分寸的。

两人聊了一会儿。男人约她明晚吃饭，童小蕾应了。对男人的印象还行，有走下去的可能，不能太冷淡。男人的条件还好，参公单位副处，没什么权力，但基本生活是有保障的。童小蕾不奢望找有钱人，只要对她和女儿好，能过平静日子，她就知足。

第二天，童小蕾上班。休了几日，一大堆工作等着她。有科长派给她的，也有别人转给她的。其实是有分工的，童小蕾该干的就那么几项，可科里常有零活，童小蕾干得多些，久而久之，零活就成了童小蕾一个人的。除了忍耐和谦卑，她再没有任何资本。她从没抱怨过，与个人狼狈不堪的生活相比，这算什么？某些时候，忙碌反成了她抵御和忘却的武器，是她白日的酒，可以麻醉神经。

临近中午，童小蕾接到乔先的电话，说他在门口，让她出来一下。乔先不是以往那种商量口吻，语气中有那么点点不容置疑。童小蕾想起他僵硬的脸，哑然失笑。他来送钱，还是带着老婆道歉？就算他当真，也不会这么痛快吧？不是小数目。带老婆道歉更加没有可能。他的口气也不像来求她，那么，和她商量数目？童小蕾又笑了。

从大楼到门口有五六十米距离，左边是停车位，右边是自行车棚。童小蕾立刻瞄见那个瘦影子。他躬着腰，一手扶着伸缩门，站立不稳的样子。走到一半，童小蕾发现他身边多了个人。童小蕾认出她，尽管没穿病号服。那张熟透的圆瓜脸牢牢钉在童小蕾脑子里。她似乎是突然冒出来的。童小蕾慢下来，但没有停下，她不想让他们看出她的胆怯。

童小蕾站住，揣测的目光在乔先和女人脸上游荡。女人似笑非笑，神情混杂。童小蕾嗓子有些干，目光也失去水分。

乔先上前一步，三个人呈三角状。乔先冲童小蕾笑笑，又冲女人笑笑。他的笑是夸张的，像极了被风摧残变形又四处散落的花瓣。我妻子朱燕……她……乔先又冲女人笑笑，给你赔个不是。声音压低，仿佛只是让童小蕾听见。

童小蕾惊愕地张大嘴。

朱燕扬扬脸，童小蕾？朱燕说话的时候，鼻尖微微向一侧偏移。

童小蕾点头，说你好。

朱燕说，名字蛮好听。

童小蕾笑笑。

朱燕问，要五万？

童小蕾忙着摇头，不是，是……

朱燕问，还要我道歉?

童小蕾觉得不对劲，迅速扫乔先一下，说，只是个误会，我只是说说，算了。

算了?想算了?朱燕往前杵杵。

童小蕾想说什么，朱燕猛往前扑，你个不要脸的，想算了?乔先挡了一下，朱燕没扑着童小蕾。童小蕾反应还算快，跳开了。朱燕被乔先抱住，仍用力往外挣。她的脸涨得紫红紫红，不堪入耳的叫骂铁砂似的往外喷。童小蕾试图解释，但心跳如擂。朱燕狠狠咬乔先一口，从乔先怀里挣脱。乔先冲童小蕾喊，童小蕾撒腿就跑。童小蕾知道逃跑是错误的，是天大的错误，但不跑说不定会被朱燕吃掉。

奔进楼道，童小蕾明白自己犯了另外一个错误，她应该往大门外跑。逃回来等于在单位示众，而且这根本就是死路一条，会被朱燕瓮中捉鳖。所以她没上二楼，拐进一楼卫生间，手忙脚乱地反锁上门。那天在医院，她也在卫生间躲了一阵。

朱燕在门口踢，踹，叫，骂。童小蕾从窗户跳出，溜出大门，没敢在门口停留，急走一阵，拦了出租。司机不停地从后视镜瞄她。她摸摸脸，像刚出炉的红薯。车停在巷口，童小蕾想起没带钱。钱、手机、钥匙都在包里，包在办公桌上。童小蕾让司机开到楼下，她上楼取钱。司机用异样的眼光看着她，问她住几楼。童小蕾说四楼，我不会骗你的。司机说会耽误拉人。童小蕾说误一分钟赔你一块钱。司机没再言语。

打发走司机，返回屋，女儿已吃完饭。童小蕾没打算中午回来，没给自己预备饭。女儿午休，童小蕾怕弄出声响，悄悄洗了一个苹果。孰料一个苹果下肚，更饿了。从未有过的饿，像几百只蚂蚁在噬咬肠胃。她手有些抖，腿也打颤。灌下两杯水，啃了三包方便面，吞下一个冷馒头。已经咽不进去，仍然感觉饿，蚂蚁似乎发了疯，已经不是啃，而是撕咬撕拽。童小蕾迅疾抓起抹布捂在嘴上，不能叫出声，不能让女儿听到。因为捂得死，声音没从嘴巴跑出来，愤怒地在身体里乱窜。她想躲到卫生间，自己家的卫生间。她担心自己支撑不住，蚂蚁和声音会撞出来。她动不了。两只脚深深扎进地板，无法抽离。

## 7

卖石头饼的是位胖胖的中年妇女，拼接的围裙几乎盖住脚面。她忙活时，便将三条腿的圆凳往边踢踢，明显是让乔先坐。乔先也不客气。两条腿酸麻着，早就撑不住了。圆凳上有片椭圆形污垢，乔先第一次坐的时候试图拭去，努力半天没有成功。污垢已经和凳子融为一体。妇女眼观六路，颇不屑道，弄不脏你的。乔先冲妇女的背影笑笑。

乔先连续七八个中午买妇女的石头饼。起先两张，妇女把凳子让给他后，他就买三张。两张就饱了，另外一张算感谢，也可以说是交换。乔先已经习惯算账。这种习惯接近病态。乔先太在意太小心避免自己负债，任何方面的。孰料总是事与愿违。

借着饼摊儿的掩护，乔先可以看清楚出进大门的每辆车每个人。如果朱燕来，乔先可以迅速冲上去将她拖走。朱燕来童小蕾单位闹过几次，保安不再让她进去，她就在门口骂。朱燕并不天天来，但乔先每天必到，距中午还有一个小时，他便救火一样急赶到这里。童小蕾说他猪脑子，想想真是高抬他，他哪配得上猪脑子。

陆续有人上班，中年妇女开始收摊。朱燕没来，危险的中午总算结束。乔先大松一口气，疲惫枯枝败叶般席卷过来。随后，他拖着沉重的躯体往单位赶。不断有人从身边经过，没谁注意他。这个世界有谁在意他呢？他死了，单位讣告都不用发，他不在那级别，顶多单位的头儿去家里慰问一下，不用三天，就会有人顶他的缺。少一个人，多一个骨灰盒而已。如果有人在意他，只会是朱燕。母亲不在了，只有朱燕，唯有朱燕。很滑稽很荒谬很像圈套。事实如此。

乔先第一个女友是低他一级的同学，毕业两年后，他才把她领到母亲面前。是不想让母亲把关。违拗是危险的，但未尝不刺激，未尝没有惊喜。终究是要见母亲的嘛。女友勤快，善良，母亲没挑出什么，吃饭时还给女友碟子里夹菜。女友把一片肥肉放到乔先碟子里，就因为这片肥肉，两人的关系被母亲终止。女友不吃肥肉，给乔先很正常，母亲不认可。母亲说乔先必须找个能心疼他的女人。难道乔先不能心疼人，只能被人心疼？乔先的质问缩在喉咙里，如同碎裂的玻璃器皿，只把自己划出暗伤。

朱燕是母亲看上的。彼时，朱燕白天在床单厂上班，晚上做陪护。她陪护的那个人是母亲多年的相识。第一次上门，朱燕有些拘谨，乔先看她，她笑笑便将脸扭开。乔先不理她，她却偷偷打量乔先。

朱燕的确能干。乔先必须得承认，朱燕做的饭菜非常可口。但乔先不是找用人。所以没说行也没说不行，沉默是无奈的反抗。乔先闷着气，有点破罐破摔，既然母亲大包大揽，就由着母亲。母亲偏偏不说。朱燕在母亲和乔先的较量中来来往往，安之若素。直到有一天……

几年后，乔先伤感的回忆生长出诸多疑问。母亲的膝盖粉碎性骨折可能不是意外。没下雪没下雨，风和日丽，母亲磕倒在楼道台阶上，很不符合常理。这么揣测实在有些狼心狗肺。但疑问的种子始终埋着，在时间的润泽和怂恿中，时不时地重整旗鼓，破土而出。母亲躺了三个月，朱燕伺候了三个月。捎带伺候乔先，包括乔先的裤头袜子都是朱燕洗。母亲能行走时，乔先和朱燕领了结婚证。朱燕成功地彻底地入驻乔先的生活。

不是因为朱燕的付出，不是因为愧疚乔先才和朱燕结婚，虽然有这个成分，但绝不是这个。很大原因是对朱燕有了好感。朱燕会疼人，单这一点，不得不佩服母亲的法眼。比如吃饭时间，她掌控得恰到好处。北方的秋天，风任性而放肆，乔先或许是个子高的缘故，格外招风，几十分钟的路，总是被吹得灰头灰脸。他进屋，朱燕早已备好温水。等他洗刷完，清清爽爽坐在餐桌边，朱燕正好把饭菜端上。多数是他一个人吃，她和卧在床上的母亲共餐。如果天气晴好，他进门，饭菜已经在桌上候着。她和他单独面对的时候不多，她有意的吧，确实避免了许多尴尬。她的身份是模糊的，像女友，又像保姆，还像杂工。某个晚上，下水道堵了，乔先束手无策，是朱燕疏通的。乔先是一块冰也该温化了吧。

有母亲护着，有婚姻拴着，很快地，朱燕的目光不再低垂。那个从背后偷偷打量他的女人没了影子。好在除了胆怯与羞涩的消失，朱燕与以前没有任何变化。若说变化，就是更能干更孝顺了。母亲的手指脚趾都是朱燕修剪，很及时。母亲有哮喘，朱燕倒腾来十几个偏方，这个不行试那个，不厌其烦。母亲瘫痪后，朱燕干脆搬到母亲屋里。但并没有忽略乔先，没让他吃过一顿冷饭。朱燕绝不是装的，这点可以肯定，装一日可以，一年可以，不可能经年累月地装。也没有必要装。

朱燕是功臣，乔先从不否认。汗马功劳是朱燕的资本，朱燕的骄傲，也是朱燕控制乔先的利器。

朱燕第一次爆发缘于乔先的同学聚会。饭后去了舞厅，不外乎唱歌跳舞。乔先难得地疯狂了一次。回家有些晚了，朱燕端来早已泡好的蜂蜜水，催促他喝完洗脚。朱燕闻到乔先身上的香水味，脸顿时垂下来，问哪儿来的。乔先怎么知道？他交代和女同学跳舞……朱燕打断他，跳舞不可能染上香水，他一定干了别的。朱燕说我不在乎你做什么，但你不能欺骗我。乔先编不出来自己做了什么别的。朱燕向母亲告状。

母亲和朱燕坐在沙发上，乔先坐对面，一把塑料矮凳。没靠背，乔先本能地躬着腰。审判方式从此固定下来，即使在梦中都无法剥离。面对母亲和朱燕的联合阵线，乔先依然咬定仅仅唱歌跳舞。母亲叹息一声，起身走向厨房。乔先太明白母亲要做什么，抢过去拦住母亲。

最终，乔先“交代”了。

母亲的目光混合着垂怜与责备，你不能对不起朱燕，如果你有点良心，就不能做任何对不起她的事。

朱燕很宽容，也很大度，只要你以后不再犯，就好。

母亲说，男人不能花心，花心家就散了。

撒手锏是母亲传给朱燕的，还是朱燕本来就有这个资质，先前一直隐忍着？在会展中心空荡的大厅，乔先常常想这个问题。两人的手段惊人地相似，如果有区别，就是朱燕变本加厉，青胜于蓝。

## 8

离单位尚有一百米远，童小蕾的脚步不自觉地慢下来，警惕地扫视着周围。朱燕从未在早上堵过她，但她不敢掉以轻心。石头饼摊前空无一人，煎饼摊前排着两个学生娃，一辆出租车在油条摊前停着，长凳上坐着三个男人，一个拎着菜兜的老人缓缓走过。心回到身上，童小蕾低头疾走。童小蕾愤愤地想，那个女人让她成了逃犯。她刚从不堪中逃出，阴影还未彻底散去，像摆脱雷雨追逐的燕子，刚刚喘上一口气，羽毛上的水珠还没抖净。没想到会撞进另一个故事。那不是简单的误会，简直就是泥潭。如果早知道……是啊，早知道多好，就不会替乔先解围了。难道这是她的命？不算长的人生，总是在逃。

童小蕾拖了地，拖了走廊，清了废纸篓，把该干的不该干的都干过，离上班还有半小时。平时她工作干得多，也没这么卖劲。科长也没让她兼勤杂工，干得太多，会引起注目和猜疑，以为她别有用心或另有所图，比如先进。她没当过一次先进模范，没兴趣。童小蕾没这样的想法，但怕别人认为她有这样的想法。所以，她只干该干的和别人认为她该干的，尽可能适可而止。童小蕾和所有同事都保持着适度的距离，就是怕被注意到。被人注目，不仅仅不自在。她害怕。

多年苦心经营的成果被那个半疯癫女人搅得踪影全无。她成了特别醒目的人。她竟然是破坏别人家庭的第三者。平时不言不语装好人，谁能想……童小蕾不用动脑子就能知道同事在怎样议论她。童小蕾有了新的身份，一个虚拟的虚假的身份。可令她非常丧气的是，这件事不能解释，也无处解释，那势必是越抹越黑。现今的世道，第三者也没什么要紧。童小蕾的不同在于，第三者，还倒打一耙，敲诈五万块钱，并且登鼻子上脸，还要把人家原配拉下马，要人家道歉服软。办公大楼共五层，童小蕾所在的单位占据两层，另外三层住了四个部门。朱燕闹得鸡飞狗跳，别的部门也跟着不得安生。

童小蕾的麻烦是帮别人惹上的，但是无处诉说。那个女人最终没从三楼跳落，她的行为几乎算得上见义勇为。个人的麻烦殃及单位，这是她最大的愧疚。童小蕾劳模一样工作，也是想补救一些。

水房挨着餐厅，在大楼西侧的平房。童小蕾拎了四把水壶，水泥砌成的池面上有六个水龙头，童小蕾从不敢如别人那样把水龙头同时打开。她如往常那样接完一壶再接一壶。接第三壶的时候，暖水瓶砰地炸了。童小蕾吓一大跳。大夏天的，怎么会炸呢？蹲在门口抽烟的锅炉师傅过来问怎么回事，童小蕾结结巴巴的，不……不知道呀，怎么……炸了？锅炉师傅拎起暖壶，把内胆的碎片倒掉，折回来，童小蕾仍呆呆地站着。师傅看她，她稍稍醒悟过来。还有个空壶，师傅帮她接了。童小蕾说声谢谢，拎起壶还未转身，师傅突然哎一声，问童小蕾哪个部门的。师傅压低声音，哪个女人姓童？楼里这些人，我没一个对上号。师傅五十几了吧？褐色的额头盘了几条又深又长的皱纹，干涩的脸如同龟裂的土地，头发乱糟糟的，落着一层煤灰。每次打水，童小蕾都会碰见他，但从未这么近距离。师傅这样问并不奇怪。童小蕾没有答，不是因为慌乱，那一刻，脑子里一阵狂鸣。

童小蕾敲开科长办公室，报告碎了一个水暖。科长早早谢了顶，眼袋厚重，衰老得着急了些，其实年龄并不多大。科长轻描淡写，从办公室再领一个。童小蕾原本想说赔的，猛然意识到这么说不合适，买一个就是，没必要说的。那个女人使童小蕾成了惊弓之鸟，一点点过失，都感觉闯了大祸。童小蕾歉意地笑笑，问科长没别的事吧。科长说没事，我能有什么事？科长的语气重了些，也可能童小蕾过于敏感了。

童小蕾没有离开。犹豫着要不要向这个管着她的男人解释一下。

你没事吧？科长问。目光从厚重的眼袋里攀出来，如捕捉猎物的爪子。童小蕾马上摇摇头。科长说没事就好，还说把手头的事弄完，童小蕾可以请几天假。童小蕾强调自己没事，科长说那就好。

从科长办公室出来，童小蕾稍有些晃。科长到底是领导，用关怀批评了童小蕾，也可以说，是对童小蕾的警告。请假扣工资，童小蕾请不起。

上午装订材料。如果朱燕中午不来闹的话，童小蕾打算出去买个暖壶胆。朱燕叫阵，童小蕾只能躲在屋里。缩头乌龟，多么恶心的词汇，见不到童小蕾，朱燕就隔着大门一次次扔进童小蕾耳底。童小蕾对这个疯女人束手无策。

童小蕾突然一抖。她听见了那个声音，尽管隔着窗户隔着几十米跨度。办公室有人向外张望，童小蕾只管低头做事，心无旁骛心如止水的样子。她不能接招，她没有招。装样子并不那么容易，几乎把牙关咬碎。几滴汗砸在桌面上，抹掉，马上又有几滴滚落下来。终于，那声音弱下去，童小蕾缓了口气，把材料抱给科长时，童小蕾才发觉后背湿淋淋的。没几分钟，科长把她招去，指着那堆材料让童小蕾自己看。童小蕾翻了几下，明白科长为什么生气了。科长问童小蕾怎么搞的，童小蕾红着脸说她马上返工。科长不客气地挥挥手，油光的脑顶乌紫乌紫的。

整整一个中午，童小蕾重新装订完，又一份一份翻过，确认没有错误，才摞在一起。下午，童小蕾翻阅着过期的报纸，边往干裂的嘴巴里灌水。直到下班，科长没招她，她才彻底放了心。

昨天和男人约好晚上一起吃饭。已经和男人吃过几次饭，这次不同，是她约男人。童小蕾几次失约，她主动有致歉的意思，也有隐秘的心思。和男人结婚，她的麻烦该会少些。能不能和男人走到一起，不是由朱燕和那个麻烦决定，但朱燕的穷追猛打死缠滥打让童小蕾的心理发生了微妙的变化。不是男人的分量重了，是她太无助了。

童小蕾给男人发信息，她得先回趟家。男人回了一串微笑的表情。衣服湿了干干了湿，总不能穿着散发酸味的衣服约会。童小蕾潦草地冲了澡，从衣柜拽出那件藕色圆领衬衫，冲着镜子比画几下。

童小蕾订的餐馆就在古宏庙街，离家不远。到门口，童小蕾看看表，比约定时间晚了差不多一小时。童小蕾道歉，男人说没关系哦，有时候等也是一种享受。童小蕾笑笑，解释，天热，冲了个澡。男人湿漉漉的目光漫过来，童小蕾马上意识到自己的解释愚蠢至极。男人已经点好菜，让童小蕾检验是否合适。童小蕾瞄一下，都是她喜欢吃的。菜单后面特别注明不放葱蒜。男人挺有心的。童小蕾再次笑笑，男人适时咬住她的目光。童小蕾的笑便带出慌张。

手机突然狂叫起来，几乎吓童小蕾一跳。是乔先。童小蕾皱皱眉，毫不客气地挂断。乔先肯定是道歉，朱燕白天纠缠童小蕾，晚上乔先必定道歉。童小蕾烦透了。没一分钟，乔先又打过来，童小蕾仍旧挂断。童小蕾低着头，但知道男人的目光浸泡着她。

没当紧事吧？男人关切地问。

童小蕾脑里忽然闪过一个镜头，黑帮电影中常见的镜头。结果先把自己惊着，啊了一声。

男人盯住童小蕾，童小蕾虚虚地笑笑。还没到那个份儿上。

男人说，随时听你差遣。

童小蕾说，喝酒吧。

往常，一瓶啤酒下去，童小蕾就不喝了，男人也不再让她喝。那天，男人问要不要再来点，童小蕾轻轻点头。既然男人愿意，多喝点也没什么。男人算个规矩人，但此刻也贼兮兮的，酒一点点喝下去，他的目光泛起啤酒样的泡沫，直勾勾的湿。

饭局持续一个多小时，和以往差不多，显得匆忙。童小蕾欲埋单，男人摁住她的手，我来。童小蕾说讲好的么，男人说国际条约还能修改呢。男人入心入肺的霸道让童小蕾暖烘烘的。起身时，童小蕾摇晃了一下，像从科长屋里出来那样。当然不是因为喝酒。男人及时扶住也，问不要紧吧。童小蕾说没关系的。但她腿软着，所以整个人向下缩去。

去我家里坐坐？她明白这句话的意思。听着颇含蓄，实则极露骨。男人冒失了，童小蕾却恼不起来。她洗澡，穿低领衬衫，狂饮，还有不自觉的摇晃，这一切难道不是赤裸的暗示？

童小蕾没言语，男人扶着她往外走。有些话没必要说。无言就是默认，男人自然这么认为。童小蕾想，到门口前，得想出婉拒男人的理由。今天不行。改天，改天好吧？她得让男人有想头。

她想和他往下走。

可直到上了出租车，童小蕾也没说出来。嘴巴像塞了乱麻，鼓胀，干涩，就是说不出话。她可能哆嗦了，一定是的。她碰到了男人。男人摸过来，握住她。她试图抽离，他的手掌厚墩墩的，她放弃了。还好，他的手不是搁她腿上。他的暧昧仍然是有分寸的。她听他给司机指路，建国大街水榭花都。她知道那个地方，有一阵子，路边的巨幅广告彻底被那几个字霸占。

男人的房子比想象中的大，显得空阔。男人说一个人住，有些乱。男人话外有音，她当然明白。她僵涩地笑笑。男人说，你坐一下，我也洗个澡。童小蕾有些恼，洗就洗吧，还也。也是什么意思？对她的回应？童小蕾说那你忙，我改天再……男人反应出奇的迅速，扯住她胳膊，坐一下，坐一下好吗？他的喘息加重，喉结上跳下蹿。童小蕾说不早了。男人说就一会儿，一会儿行吗？男人口吻是商量的，脸上也漫着哀怜，手上却藏着狠劲儿。童小蕾几乎被他胁迫着，一点点退到沙发上。她陷下去的同时，男人覆盖上来。童小蕾说不行的不行的。她不情愿，一万个不情愿。那团乱麻又塞到嘴里，她只徒劳地发出轻微的呜呜声。她的态度对男人来讲，更像是迎合。去他娘的！隐在心底的渴望突然喷薄而出，火山爆发一般。不是对男人的渴望，是彻底焚毁的欲望。

## 9

八月的清水河不管不顾地放肆。已近黄昏，乔先仍努力分辨着被浑浊的河水挟裹的木板是三角形还是长方形;漂荡的水瓶是装过矿泉水还是可乐。清水河胃口生猛,每天不知吞多少东西。无论垃圾还是鲜活的生命,一概来者不拒,照单全收。

乔先俯在大桥栏杆上好一会儿了。他想找个地方静一会儿。在街上浪荡很久,最后还是停到这里。没人的地方未必心安,相反,有些去处看似喧闹,却能逮着片刻的清静,比如大桥。因此,乔先常来。身后不时有人走过,没有谁对浑浊的河水感兴趣。乔先又往前探探,身体呈直角状。角度再小些就会坠落。这个城市的报纸每年都会刊登几则消息。自杀或意外,报道均称为遇难。乔先觉得这个词不是很准确,对于死者,谁能断定一定是难,说不定是解脱呢。当然,乔先只是自己想想,从未和任何人探讨。一个人的隐痛,在另一个人看来,不只是滑稽,还是愚蠢。

胳膊突然被擒住,乔先未及回头,整个身体因本能地挣脱而往前倾。乔先听到惊呼,同时腰被勒住,脚从底部的横杆抽离。站定,腰仍被抱着,他用好大力才掰开。一个壮实的中年妇女立他对面,乔先听到她粗重的呼吸。乔先愕然,你干吗?中年妇女大咧咧的,兄弟,有什么想不开的。乔先愣一下,突然笑了,大姐你误会了。妇女说你甭想骗我,我瞧得出来。乔先说你真误会了。他怎么能死?怎么可以死?母亲还在世时,他冒过这样的念头,但没有勇气。赴死尤其需要勇气。乔先也不是自私的人。若他从这里栽下去,朱燕未必会悲痛而亡,但她从此会生活在阴影中。他知道,一定的。

乔先强调只是看看。妇女反往前贴贴,似乎防着不测。臭水有什么好看?然后说两年前,一个女孩从这儿跳河,当时她就在旁边。女孩也说是看看。妇女痛心道,你说说多可惜,挺好个女孩,转眼就没了。我住得不远，逮着空就过来走走。我有经验，你别哄我。

乔先招架不住，转身离开。

没几分钟，手机响了。朱燕现在才打来电话，也实在难得。平时，他在她掐算的时间内没到家，她肯定要打。竟然是童小蕾，乔先惊喜交加。他打过多次电话，童小蕾根本不接。现在……手抖得厉害，结果摁了断开键。乔先暗骂该死，连拨几次，每次都是提示对方正在通话中。乔先静等了一会儿，手机响起。乔先刚努出一个音，便被童小蕾掐断。她语速极快，即使在电话里，乔先也能感觉她的狂躁。朱燕寻到她家里了？乔先脑袋一声闷响。她怎么找到你家的？童小蕾恶狠狠的，我怎么知道？把你的疯女人弄走，不然我报警了！乔先再次打过去，他不知道童小蕾住哪儿。

车停在巷口，乔先往里狂奔。准确地说，是朱燕的叫骂引着他。她的声音很特别，长音短音轻音重音纠缠在一起，透着你死我活的急切和狂怒。左右各有一栋楼，朱燕在右边那栋的出口站着，旁边围了几个长长短短的人。楼的外墙角吊着一盏白炽灯，昏暗的光恰好罩着朱燕。即便在这样的地方，朱燕也能找到舞台的感觉。

朱燕眼尖，乔先还未靠近，便冷笑着哈一声，你们瞧瞧，这就是我男人，让小娼妇灌了迷药的男人。

几绺好奇的目光蛇一样游过来。

你来干吗？我还没怎么她你就心疼了？朱燕脸上的暗影飞速变幻，像化妆没涂匀油彩。

乔先不说话，揽住她往外走。在舞台中央，她的思维总是出奇的敏捷，他不是对手。

朱燕往后撤，一只脚抠着地面，另一只脚向后勾。放开！我凭什么走？你叫她下来！

乔先往上提，朱燕的脚脱离地面。她又蹬又踢，大声号啕。乔先趔趄着，拼全力往外拖。几步之后，朱燕动作小了点儿，乔先走得飞快。朱燕一百五十多斤，平时他根本夹不动她。

出了巷子，又走了七八十米，乔先松开。嗓子着了火，烤得腮帮子快焦了。

为什么护着她？朱燕依然气咻咻的，但不像刚才那么疯了。确实，那一刻朱燕就是疯子。离开舞台，还算个正常人。

乔先说，你太过分了。

朱燕叫，我过分？竟然是我过分？

乔先扭过头。怕自己控制不住。他打过朱燕一次。一个耳光，朱燕绝食五天，离临界点一步之遥。

朱燕忽然走开，乔先惊疑之际，朱燕的身影已消失在旁边的小超市。出来时，抓着一瓶营养快线。乔先不理。她说，还让我喂你？乔先暗叹一声，接过已经拧开盖的营养快线。她就是他肚里的蛔虫，知道他什么时候渴什么时候饿什么时候冷什么时候热。乔先懊恼着她的贴心贴肺，无数次努力挣脱，无数次缴械投降。

乔先慢慢喝着，慢慢平静着自己。朱燕默不作声地立着。车辆来来往往，喇叭此起彼伏。两个男人试图翻越路中央的隔离栏，经过的车没有一辆减速，反加速通过，其中一个冒险跳落，在车辆愤怒的鸣笛中躲闪穿越；另一个迟疑着，跨在栏杆上张望。

乔先和朱燕不约而同地对视在一起。两人从对方目光里看到相同的告诫。默契得惊人，他们不像是在争吵的间隙中小憩。乔先有些难过，也有些绝望，他成了她的一部分，她也成了他的一部分。一瓶营养快线喝下去，乔先脑袋反耷拉了。

跟我回去，还是去那个女人那儿？朱燕问。

她开始卸妆，他无须回应，跟着她就是。

到家，朱燕麻利地炒了两个菜，煎了一盘馒头片。乔先狼吞虎咽。新的审讯即将开始，躲不过去，那就早点儿。她审他，他当然也要审她，尽管他的审混杂着无奈，更像乞求，但毕竟有质问的成分。他不能一味投降，那会毁了童小蕾的生活。把一个善良无辜的女人牵进来是大错，若再有个什么……乔先狠狠绞着手指，强迫自己不要胡思乱想。

朱燕却慢条斯理的，一个馒头片几乎嚼了半小时。乔先问她能不能快点。朱燕说我怕噎着，你想报复就明着来，要阴谋诡计算什么本事？乔先负气地说我没本事，你慢用。

乔先进卧室不到片刻，朱燕搬一把椅子坐到门口，似乎怕乔先逃掉。

怎么着？要和我吵架？世道真是变了，胡嫖乱搞倒有理了。朱燕抱着膀子，面无表情。

乔先气道，谁胡嫖乱搞了？

朱燕略带嘲讽，你没有？

乔先反问，你说呢？

朱燕问，没有你干吗承认？

乔先噎住，好一会儿才喘上气，你逼的，你逼出来的。我从来就没有过。

朱燕冰冷的目光直刺过来，你敢说？

乔先恶狠狠的，如果有过，我死后没全尸。

朱燕冷笑，真不要脸，为了别的女人咒自己。你这么咒我就信了？

乔先说，你要我怎样？

朱燕说，很简单，别护着她。

乔先几乎崩溃，由着你胡来？

朱燕说，我没胡来，不过讨个公道，讨个正义。我也不能任凭别人把你夺去。朱燕带出哭音。

乔先痛苦地说，所有的一切都是我编的，是你逼我编出来的。

朱燕说，我没那么好哄。我对你太宽容了，你认个错就饶过。从现在开始我不再让步，再饶你，你能把那个童小蕾领到家里。

乔先说，以前你没那么逼我，你逼，我也得找个女人救急。我能看着你送命？

朱燕哈一声，说对了吧，我以前对你太宽容了，男人都属牙膏，不挤不行。我早下狠心就对了。

乔先的脑子又是一阵轰鸣。朱燕总是能轻而易举地让他落入她编织的逻辑陷阱。好半天，乔先没底气地问，你不相信我？

朱燕说，我信你太多了。

乔先说，童小蕾是无辜的，不管你信不信。对我，你杀也行剐也行，但不要骚扰童小蕾。

朱燕说，我不会动你一个手指头。你犯天大的错也是我男人。那个女人我不能放过。你心疼了对不？

乔先说，这和心疼没有关系，你这是犯法你知不知道？

朱燕冷笑，我犯法？让警察抓我啊。还说和你没关系，没关系她和你要什么分手费？没关系我到她家那么一会儿你就去了？

乔先知道肯定说不清楚，他所有的解释在她那里都无效。他泄了气，你想干什么？

朱燕说，我不干什么，她让我不痛快，我就让她不安宁。

乔先彻底败下阵，乞求，别去纠缠她好不好？

朱燕说，不好，你越心疼我越不放过她。

乔先说，罪在我，和她真没关系。

朱燕说，我不会把你怎么着，这个世界上，没有谁像我拿你当个宝儿。朱燕再次哽咽，声音透着苍凉。

朱燕的难过不是装的，乔先明白。乔先也哽咽了，咱们还是分开吧。

朱燕似乎不懂乔先说什么，瞪大眼，分……开？

乔先说，我什么都不要。

朱燕的脸暗下去，这么多年，你一直揣着这个念头对不对？

乔先说，其实，开始就是错误。

朱燕盯着他，久久无语。乔先心里阵阵发毛。突然，朱燕恍惚着站起，摇摇晃晃往外走。

乔先扑上去，抱住她。

## 10

商量解决办法？乔先道出他的意思，童小蕾爆出一个短促的尖音。这太滑稽，也实在让她恼火。好像她也有责任。她不过是无端被扯进去的受害者。她心力交瘁，每天消耗一瓶白酒才能入睡。童小蕾真想如那个女人那样，劈头盖脸将面前这个人痛骂一顿。但她实在不具备泼妇素质。再说，骂乔先有什么用呢？这是他造成的，却不是他的本意。

求你！乔先深深鞠躬，眼睛的红光将脚底的路面染得色彩斑斓。一个可怜的男人。童小蕾叹口气。她有些同情他。长年与那样一个女人生活，换成别人早就疯了。那个女人堵过四次家门了，不只糟蹋了童小蕾的生活，也影响到女儿。童小蕾想，真能研究出方案，至少能节省部分酒钱。

服务员把两人带到雅间，不大，正好两三人坐，落地窗，视野不错。乔先快速地瞄童小蕾一眼，问服务员能不能找个不临街的。服务员说客人最喜欢这个包间，剩下的在角落，没窗户。乔先马上说没窗户也行。乔先那点心思，童小蕾不动脑子也能明白。其实，她同样担心。没窗户的包间更小些，对面坐着，两人的脚几乎碰到一起。乔先快速抽开，似乎被咬着了。这样的情景，根本就是两个鬼祟的人在密谋，和商谈半点联系不上。

乔先点了四个菜，白萝卜炖羊肉，胡萝卜炖牛肉，炸蘑菇，白菜炒木耳。白萝卜和胡萝卜不宜一起吃，童小蕾最终没说。乔先让服务员先把账结了，怕她跟他抢？可笑！来瓶酒！童小蕾不看乔先，服务员问白酒啤酒，童小蕾答白酒。服务员递过单子，童小蕾直接说要最贵的。服务员报三百八十八，童小蕾说好。童小蕾始终不看乔先，总得让她撒撒气吧。乔先付了款，童小蕾嘲弄，没心疼吧？乔先窘迫地笑笑，怎么会？

童小蕾熟练地打开，倒了满满一茶杯。她还没在外人面前喝过白酒。问乔先要不要来点，乔先说从不喝酒。童小蕾别有意味地说，你活得真够亏的。乔先讪讪一笑。

童小蕾憋不住了，你倒是说话呀？我不是跟你约会的对不对？

乔先说，对不起。

童小蕾恶心地摆摆手。你不是商量吗？直接说你打算怎么办。再这么下去，我也得让你那疯老婆弄成疯子。面对这个曾经帮了她又把她拉进泥潭的男人，童小蕾惊讶地发现，她竟然有攻击性。她习惯了躲避和逃离。她没有硬刺，却刺猬一样缩着。

乔先说，是我的错。

童小蕾猛然起身，我来听你废话的？

乔先跟着立起，没站稳，往前一倾，几乎撞上童小蕾。好……好……不说废话。他给自己一个耳光。

童小蕾直视着他，你把脸撕了有什么用？

乔先缩下去，仍坐不稳的样子，如秋风中的茅草。你得相信我，如果我料到她这么……绝不会……

童小蕾问，你会看着她跳下去？

乔先脸上漫过痛苦。

童小蕾声音软下去，好吧，已经这样，别假设了。说说你的办法吧。

乔先有些吞吐，但童小蕾听明白了，刚刚熄灭的火腾地燃起来。他竟然让她搬家。再被朱燕寻到呢？再搬？童小蕾曾有过那样的日子。从一个地方搬到另一个地方，从一个噩梦进入另一个噩梦。现在，这个男人诱导她回到过去的生活。就算能搬到朱燕寻不到的地方，女儿呢？让学校也搬还是转学？脑子进多少水才能想出这样的主意。或许气懵了，她竟然彻底哑掉。

乔先说租房钱他出。

童小蕾终于笑出来，凭什么，你说说，凭什么让我逃？

乔先低下头，我想不出别的办法，我怕毁了你的生活。

童小蕾叫，已经毁了！乔先惶恐地掠童小蕾一眼。童小蕾觉得心被利器刺中，疼痛弱下去后，童小蕾说，我可以搬，前提是你给我买房，不用太大，一百平米就行。

童小蕾当然知道他办不到。

你很爱她吗？童小蕾挺好奇的。

乔先点头，随即又摇头。神情痛苦而茫然。

你为什么不离婚？

乔先脸色暗下去，讲了几次离婚的结果。

童小蕾说，她知道你的软肋在哪儿。不过，我不觉得她聪明，她有病，你该带她看看医生。

乔先答得倒快，她没病，除了疑心重，别的都好。

童小蕾说，我看你是吃砒霜上了瘾，你讨厌她捕风捉影，又享受被当作宝贝捧着对不对？

乔先叫，没有，绝对没有。

童小蕾说，那为什么不离婚又不带她看病？婚你舍不得离，病你也舍不得给她看吗？怕花钱还是怕她治好不再拿你当宝？

乔先无言，好半天才说，不是……

童小蕾一声冷笑，你还是舍不得，舍不得被她捏着又端着这样畸形的生活对不对？你真变态！童小蕾突然凶起来。

乔先惊恐地看着她。

童小蕾再次站起来，平静地说，我们不要耽误工夫了，我有事。

乔先急得双臂挥舞，不是你想的那样，没那么简单！

童小蕾突然来了兴趣，坐下去，冷冷地盯着他。乔先似有难言之隐。但他错合几下嘴巴，只是干巴巴地说，真没那么简单。

童小蕾说，简单也好复杂也好，那是你们的事。我和你们没关系对不对？你允许她毁你，我不允许她一而再再而三地撒野。说来听听，婚不能离，又舍不得送她进精神病院，你有没有别的办法让她不再纠缠我。

乔先突然道，别喝了，你喝得太多了。

童小蕾轻蔑地哼哼，别怕，喝醉我也不会往你怀里倒。赶紧说！不然你还得破费一瓶酒。一瓶三百八，两瓶七百六，你怎么跟你的疯老婆报账？童小蕾暗暗吃惊，这是她吗？

乔先的目光落在汤盘里。酒精早已燃尽，两个炖肉的盆子里浮着厚厚的油。

乔先要喊服务员加酒精，童小蕾制止，咱不是来吃的对不对？

乔先的脸寡白中翻卷着大片的黄，他扯过一张餐巾纸，机械地神经质地擦嘴巴。

童小蕾说，我不会搬家，别从我身上打主意。你为什么不搬？你可以搬到国外去，欧洲美洲非洲，世界这么大，没你去的地儿吗？听说每年移民海外的几十万，他们能你为什么不能？国内也行啊，随便找个山沟就能藏一辈子。

乔先更低地垂下头。

童小蕾说，我突然琢磨出个办法，你想听吗？

乔先的目光炸开，几乎灼着童小蕾。

童小蕾冷静地说，杀了她。

乔先猛往后撤，肯定被童小蕾吓着了，脸盐末一样白。

被酒精烧着，童小蕾舌如莲花，我没那本事，雇个人杀她。不杀也可以，卸她一条胳膊一条腿，挑断她脚筋，她就没了疯狂的资本。怎样？雇人的钱你得替我出。

乔先连连摆手，使不得使不得。

童小蕾目光炯炯，有什么不妥吗？

乔先说，那就更毁了你。

童小蕾哈一声，你还是舍不得她对不对？

乔先说，那不是办法。

童小蕾嘲弄道，办法呢？说来听听？

乔先艰难地抻着脖子，我可以给你补偿。

童小蕾努力压制住恶心，补偿？怎么个补偿？补多少？

乔先说，补多少对你都是伤害，我会尽力。

童小蕾道，听你的意思，就由着你的疯老婆胡闹了？

乔先说，她闹够，自然就不闹了。

童小蕾盯他好一会儿，缓缓地说，不等她闹够，我就疯了。

乔先说，我还会想办法。猛然把酒瓶抢过去，你不能喝了，千万别再喝了。

童小蕾让他交出来。乔先捂得死死的，满眼都是乞求哀求。童小蕾的心忽然软下去。再这么拉锯没有任何意义。奚落羞辱嘲讽于他，恐怕早已是百毒不侵。她好歹喝了一瓶酒，吃了几口菜，他就是饿着肚子挨宰。让他一个人耗着吧。

童小蕾摇晃一下，乔先做个扶的动作，但没碰到她。只是手臂挡着她的去路。

童小蕾问，怎么，要绑架我？

乔先说，你可以打我，在我身上出气。我罪该万死！

童小蕾厌恶地斜着他，让开！你的脑子也有问题。

乔先满脸哀怜，打我吧！

童小蕾猛一推，没曾想乔先那么不经推，纸片一样弹到墙上，立马又弹回来，砸向童小蕾的同时往旁边晃了晃，上半个身体重重盖在桌面和菜盘上。

# 11

乔先中午往童小蕾单位跑，晚上下班先去童小蕾所在的小区窥看一遭。守株待兔，据说有些地方政府就是这么防治上访人员的。不同的是，乔先没有公车没有补助。截堵朱燕其实挺蠢的，反而会助长她的疯狂。可乔先能怎么办呢？

离婚行不通。不是舍不得，是不能。童小蕾不会明白的，他也解释不清。乔先不会把什么都告诉童小蕾，他其实是找过医生的。医生没问几个问题，乔先跑出来。除了对他的怀疑，朱燕没有其他不正常。而且无论医生给出什么结论，乔先也不可能把朱燕弄到医院，提都不可能提起。他曾劝朱燕打麻将，有了占手分心的，她的注意力会从他身上移开。输了几次钱，朱燕被挖了肉似的，再不去了。有那么一阵子，他常带朱燕去公园，怂恿朱燕跳舞。乔先的目的不可示人。朱燕有了外遇，自然会离开他。想想吧，乔先无耻荒唐到什么程度。跳了几次，朱燕也失去兴趣。乔先极力游说，朱燕目光咄咄，你什么意思？就差劝朱燕吸毒了。

截堵更加证明他的无能和懦弱，但总不能袖手旁观。

这几天，乔先到中介登记了房屋信息。距大境门不远有母亲留下的一处平房，母亲去世前一年过户到乔先名下。乔先和朱燕现在住的是二十世纪九十年代初建的楼板房，北方风沙大，一刮风屋里全是尘土。后来换了窗户好些。水管子也是三天两头漏水。乔先原打算平房拆迁后，旧楼也卖掉，换一套。现在，他得卖掉平房。他说补偿童小蕾不是虚言,可钱从哪儿来?母亲瘫痪那年,朱燕就请了长假。厂里规定,长假没工资。朱燕不需要请假了,大批工人开始下岗,朱燕在列。朱燕干过不少零活,确实挺辛苦的,但挣不了几个钱。乔先呢,主要靠工资,补助极其寒碜。家里的存款更是少得可怜。至于以后怎么跟朱燕交代,只能走一步算一步。

朱燕对母亲做的一切,他这个当儿子的绝对做不到。母亲去世后多年,某天乔先在空荡荡的会展大厅独坐,突然被一个念头偷袭:朱燕拼全力延续母亲的生命,只是为了维持和母亲的同盟。控制他的同盟。乔先脊背阵阵发冷,这样的念头无耻至极,他试图灭掉。但这个念头和他打游击,不时跳出来骚扰一下,每次乔先都被搞得冷汗淋漓。

等了两天,没有回音,乔先给中介打电话,中介说急了卖不上价,又问乔先是不是急用钱,他们可以办抵押贷款,乔先忙说不急。中介都是高利贷,乔先哪敢?但乔先急于向童小蕾表示诚意,想了想,硬着头皮找做电脑生意的同学。乔先很少借钱,这是有记录的第二次,第一次是母亲病危之际。负债,哪怕一元钱,对乔先都是极大的负担。和同学平时没什么来往,一年也就聚一两次,乔先不好张嘴就借,拐了一个又一个弯子,结果把同学都搞急了,问乔先到底什么事,然后拍着满头大汗的乔先说,不就两万块钱吗?瞧你这个样儿!

乔先揣着两万块钱在巷口不远的地方等童小蕾。他没给童小蕾打电话,那天见面后,童小蕾又不怎么接他电话了。每次见面,不但不能使童小蕾消气,反更让她恼怒。问题出在什么地方?主要是他光跑嘴皮子,道歉有什么价值?不能阻止朱燕,总得拿出点儿别的行动。

每有公交车，乔先的眼睛都瞪得核桃一样。终于看见童小蕾。她的包不像别的女人挎着或拎着，是吊在胳膊上。她没有马上往巷口走，而是四处张望。乔先明白她在找什么。乔先看不清她的神色，但猜得到。环视一会儿，童小蕾越过马路，仍然不敢掉以轻心，来回扭头。乔先侦察过了，没有朱燕的身影，他真想喊出来。

两人的目光勾在一起。童小蕾定住，竭力朝乔先身后探去。乔先突然发毛，不由回头。没看到什么，乔先松口气。童小蕾像吓傻了，一动不动。乔先走到近前，她才低低喝道，你来干什么？乔先说有事，咱们找个地方说。童小蕾说没时间。乔先拦住她，五分钟，就五分钟行吗？你在前面的药店等我。童小蕾没好气，我为什么听你的？乔先说，你不去我就追到你家。他的低声下气似乎让她格外来火，他只好来点硬的。童小蕾小声说，难怪你们是一家子。

童小蕾在药店门口几米远的地方立定。乔先想抓童小蕾的包，童小蕾敏捷地躲开。你干什么？乔先不答，再去夺。童小蕾跳开，声音提高，你要干什么？乔先说，这两万块钱你先拿着，过几天，我会再……乔先往前靠，童小蕾推他一把，干什么干什么？乔先说给你的补偿。童小蕾叫，你给我滚！拎起包似乎要砸乔先。乔先把钱丢她脚下撒腿就跑。跑过几家店铺，拐到另一个巷子，停住。心狂跳，倒不是多累，而是担心童小蕾不捡那钱。几分钟后，终是不踏实，贼头贼脑地溜出来。童小蕾不见了，钱也不见了。钱不见不能证明是童小蕾拿走了。乔先有些后悔，刚才的行为过于鲁莽，可他实在想不出更好的法子。打电话询问当然不妥，童小蕾应该打电话给他。直到深夜，电话也未响起。乔先越发懊悔。

第二天早晨，镜子里的乔先脸色煞白，眼睛周围团着乌青的大圈子。朱燕自然瞧出来，炒了两颗鸡蛋。朱燕控制很严，每天只准乔先吃一颗鸡蛋，多了不吸收，反而会升高胆固醇。朱燕掌握不少养生知识。乔先叹口气，几分悲凉漫上心头。

整整一天乔先都在等，童小蕾没给他任何讯息。反正他是给了，他是诚心的，童小蕾捡不捡是她的事。这么一想，终于轻松一些。

乔先没像往常那样去童小蕾的小区，实在太累了。也没急着回家，在空旷的大厅独坐。特别疲劳时，他就这么坐几个小时，不吃不喝不动。当然，脑子里念头狂奔。折磨纠缠他的问题排着队让他检阅。他没有答案，从来没有答案。也没有人可以诉说。那次，他打算和一个关系还算不错的同事探讨一下，又不知从何说起。同事怪异地瞅他一眼，他马上封住嘴。生命中两个最重要的女人，母亲和妻子，她们毫无保留地为他付出，难道不应该感恩吗？还有什么不知足的？可是，他无法遏制怀疑与恐惧，她们的付出压垮了他，他的生活被巨大的阴影罩着，暗无天日。

电话响起，乔先倏然惊醒。挂断，踉跄着跳起来。没开灯，乔先晕头转向，奔了几个来回才找到出口。单位在市中心，傍晚时分，人流车流裹在一起，如一锅翻滚的粥。乔先用了二十多分钟才溜到路边。上了出租，司机问清乔先要到大境门派出所，说这是单行线，须从前方的路口调头。乔先顾不上说别的，只说快点。

乔先腿发软，甩不开大步，但走得很急。派出所大门口，乔先和童小蕾迎面撞上，她身后跟着一个男人。童小蕾头发凌乱，看不清楚她的表情。双方稍顿一下，乔先想说什么，童小蕾迅速走开。那个男人却盯住乔先，要把乔先射穿的样子。足有三分钟，男人叫着小蕾，追上去。

乔先从窗户看见坐在角落的朱燕，只她一个人。她的腰挺得笔直，脑袋左扭扭右转转。她在做颈椎操。朱燕的舞台无处不在。乔先没有直接进去，敲开另一扇门。警察问明乔先的身份，劈头就是一顿训。警察和乔先年龄差不多，显然和乔先是两个品种，壮实得十级风也无法撼动。乔先垂着头，任警察一砖一瓦地拍过来。警察突然笑了，问乔先是不是很受用？乔先惶然，没……没有啊。警察的脸又板结成一坨冰，吃着碗里的看着锅里的，社会风气就是被你们这种男人败坏的。乔先知道辩解完全无用，只盼着警察快点告诉他处理意见。

警察让乔先签字，把朱燕领走。乔先挺意外，很蠢地问，现在就能走？警察愕然，咋？还想住下？乔先赶紧笑笑，他以为会拘留朱燕。警察说如果感情上的纠纷也管，我们甭活了。乔先说给你们添麻烦了。警察说只要报案，我们还是会出警，或许哪天，你老婆就回不去了。你是关键，想想怎么解决吧，少添麻烦，我们会感激你的。

朱燕反而是难以掩饰的兴奋。如同意外考了好成绩，急于向家长邀功的学生。警察开始对我还挺横，我讲了原因，他们的态度马上变了。警察还分不清楚谁有理没理？

乔先不理她，低头疾走。朱燕紧紧跟着，嘴巴也不闲着。朱燕忽然哎呀一声，乔先顿住，转过身。朱燕蹲着，双手抱腿，龇牙咧嘴。乔先返过去，问怎么了。朱燕说崴脚了。乔先问两个脚都崴了？朱燕说一个还不够，你这么咒我！乔先要拦车，朱燕不让，再走两站就有二路车了。她伸出手，乔先扶她站起。没几步就走得稳稳当当。崴脚是装的，不过是迫使乔先停下。乔先早就瞧出来，但不能撇下她。不是他非要配合她玩这种弱智游戏，而是对意外的担心。万一朱燕真有个闪失呢？这种可能是有的。

一个搀，一个偎，昏暗的大街上演着独幕剧。

## 12

从噩梦中醒来，童小蕾的眼睛瞪成灯笼。死巴巴地躺着，很折磨人的，所以童小蕾从不强迫自己。她爬起来，先溜到厨房，再缩至沙发，猫一样悄无声息。酒真是好东西，如果没有酒，童小蕾简直无法想象，她如何吃掉这漫漫长夜。

童小蕾以为已经逃离过去。确实，很长一段时间，噩梦不再纠缠她。当她引火烧身，当她的生活陷进谩骂和羞辱中，她沮气而惊悚地发现，过去并没有远去，从来没有。不过是沉睡在地下，那个叫朱燕的女人帮她唤醒，过去开始造访她的白天和夜晚。童小蕾默默承受，她无力回天，时光不会为她逆着走。现在成了过去的帮凶，现在正成为过去的翻版。但童小蕾不甘束手就擒，她与他们没有任何关系，凭什么承受这些？

童小蕾决定反击。必须反击。就算她是只蚂蚁，也不能如此窝囊地被踩死。她和乔先的友情早已不再，她没有什么顾忌的。怎么反击呢？童小蕾淹在黑暗中，边喝酒边琢磨。

那天报警与男人有关。童小蕾去过男人家几次，她不会把男人领回来。可那天，男人没打招呼突然上门。他应该明白，她不愿意他上门的。他那么懂得分寸。不知他怎么了，童小蕾很是不悦。既然来了，就不能一味冷脸。毕竟，她和他的关系和过去已经不一样。男人或许是仗着这个“不一样”追上门的，眼神满满漾着暧昧。童小蕾假装不懂，神情明确地告诉他，她绝不会把他引到自己床上。女儿不在她也不会。即便什么也不做，他突然登门也让她不自在。还有，也担心朱燕叫阵，男人可能误会。

朱燕还真来了。边踢门边叫骂。男人的目光压过来，那个时刻，童小蕾没工夫解释。她骂这个疯女人，便报了警。其实，报警一定程度也是向男人证明她的无辜。做笔录时男人就在身边。但从派出所出来，男人突然变得沉默。

后来，两人在大排档吃拌面，是她先招呼的。他说吃就吃吧，很勉强的样子。童小蕾忍着不快，给他倒满啤酒，又给自己倒上。她对自己的下贱感到吃惊，好像真背着这个男人干了什么勾当。其实，她并不是想吃什么。她觉得男人有话，派出所时间短，她说得太简略。她给男人制造机会，也给自己制造机会，询问和解释。男人每根目光都带着钩子，就是绝口不提。童小蕾看出来，男人等她坦白。如果男人问，童小蕾会告诉他。但绝不会主动招认，没必要向他忏悔。童小蕾由急而恼，由恼而愤，在男人惊讶的目光中，连喝三瓶啤酒。男人只是象征性地拦了拦。再喝，他怕就会落荒而逃。童小蕾没有再开啤酒，倒不是怕吓跑他，而是怕自己被酒精刺激得真会招供。

就怕男人误会才报的警，没想到不但没洗干净，在男人浑浊的目光中，反染了别的东西。警察很明白地告诉童小蕾，除非对她造成人身伤害，他们才可以对朱燕采取措施。至于精神伤害，需要证据。童小蕾不敢和警察争执，警察怎么说怎么好。这次警报亏了，亏大了。

如果朱燕再来纠缠辱骂，还报不报警？还得报，警察不能把朱燕怎样，至少可以把朱燕拖开。当然，警察也不能解决她的麻烦，她须另外想办法。只能自己想。乔先把那两万块钱丢到脚底那一刻，童小蕾明白，这个把她拉下水的男人是彻底指不上了。挖空心思，全是下三滥的主意。扔给童小蕾几百万，童小蕾横下心辞了工作也值一回。两万块钱算怎么回事？补偿？赔偿？还是替老婆购买辱骂权？和这样一个男人联手，是自取其辱。

童小蕾想到男人。如果男人帮她一把，把她拽出烂泥潭，她就跟定他了。不管他有过什么样的历史，不管他有什么样的毛病，有多少资产，是否和别的女人保持密切关系。只要他肯，她不在乎那些。男人的表现令童小蕾失望，但童小蕾还是想到他。现在她就是一池浑水，除了已经伸进半只脚的男人，谁还肯蹚呢？

童小蕾咬着嘴唇。她必须证明，自己虽然不是清澈见底，但绝不浑。她不是死皮赖脸地和他在一起，但现在，他不能滑走。

第二天，童小蕾先请了假，睡了一小会儿，快十一点的时候，给男人打电话。男人竟然也在家。童小蕾说你等着，我过去和你商量个事。童小蕾说得那么自然那么随意那么亲近，把自己都羞着了。原来，她也会无耻。对着镜子涂口红，她忽然想，也许自己真昏头了，要用无耻铺路，试图从泥潭脱身。

童小蕾第一次主动上门，摁铃时，脸还是有些烫。

微笑的男人做个请的手势。他竟然穿着睡衣！童小蕾还未来得及换拖鞋，男人拦腰抱起她。童小蕾马上明白，男人的睡衣是刚刚换上的。她说来，他就做了和她睡觉的准备。她当然是来和他上床的，商量事不过是借口，他肯定这么想的。有事就是有求于他，那就更得上床。不快旋风般在童小蕾心里刮得尘土飞扬。男人剥她衣服，她整个人僵着。但她听之任之。难道她没想到男人要和她上床吗？只是没想到男人如此突然如此直接，没有前奏没有过渡，比妓女和嫖客还简单。好吧，那还装什么？又不是第一次。她的身体渐渐柔软，还无耻地发出呻吟。男人垂下头停止动作的时候，她的手臂还揽着他。她觉出他的背在挣脱她的手臂，而不是如往常那样在她身上伏着。她松开胳膊，男人说口渴。借口不怎么高明。男人捏着矿泉水，一丝不挂地站在地下。他还没这么赤裸过。那个东西耷拉着，极其丑陋。至少该遮住吧。他并不是炫耀，而是不在乎。不在乎在她心中的形象了。因为她的形象已经打了折扣，他没必要再那么在乎自己。童小蕾听到碎裂的声音。她不害怕结束，但恼怒男人无端的猜测。她在派出所的陈述，他以为她在向警察扯谎？

童小蕾就那么在床上摊着。目光从男人身上缩回。看够了。

男人提出出去吃饭，童小蕾说就在家吧，简单吃一口，还有事和你说。她不是来和他睡觉的，必须让他明白。

炒米饭，炒萝卜丝，男人家现成的东西只能做出这些。还有两个洋葱，童小蕾不吃这类东西。吃饭时，男人切了一半。他不再避讳。他曾经那么细心地在菜单后面注明不放葱蒜。他以为握住了童小蕾的短。

童小蕾在他嘴巴大放厥味的间隙，说打算起诉朱燕，让他帮她找个有名气的律师。男人直白地说他和律师没有任何交往，童小蕾问你的朋友呢，他们……男人截断她，不可以！或许感觉太冷酷了，男人挤出僵硬的笑，干吗费这个周折？街上那么多律师事务所，随便找个就可以。童小蕾问，可靠吗？男人重重地看童小蕾一眼，当然可靠，只要有证据。童小蕾没有躲避他的目光，证据当然有，就是不知道律师要什么样的证据。童小蕾以为男人会趁机问些什么，男人却大大地咬一口洋葱。

饭后，两人在五一路寻见一家律师事务所。到门口，男人停住。童小蕾问，你不进去？男人指指嘴巴，我在外边等你。童小蕾马上明白，男人嚼洋葱原本就是蓄谋。他不想掺和她的事。他等待她主动招供，只是想看清楚浑水中浸泡和掩藏的东西。他不会轻易蹚的。风暴掀过，童小蕾的脸有些走形，但她只是笑笑。她从来就不会耍泼，而且，她也没这个资格。

律师是个胖子，油汪汪的表情似乎为自己的职业做着活体广告。屋子不大，童小蕾在律师对面坐下时感到重压。不知是律师午饭也吃了大葱还是感觉作祟，童小蕾鼻翼间飘荡着辛辣的气味。童小蕾说明来意，律师开始询问。童小蕾讲朱燕一次又一次的漫骂和伤害，律师打断她，朱燕的丈夫为什么偏偏给你打电话？童小蕾哑住，脑子出现短暂的空白。她怎么知道？律师说，你必须和我说实话，诉讼才有赢的可能。童小蕾仍然哑着。出问题了，可又摸不出问题出在哪儿。律师讲他刚代理的一个案子，丈夫妻子第三者谎言，一个个词从嘴里往外蹦。律师果然好口才，满脑子的油并没有影响他的思维。童小蕾的脑子乱了，理不清这个案子的人物关系，当然更不清楚律师代理的案子和她有什么关系。律师依然在滔滔不绝，喷出的味道把她重重包围。她现在确信他是吃了葱的，比门口守着的男人多吃一倍不止。童小蕾被他说晕，也可能是被熏晕。头伏下去，几乎撞到桌角。

你没事吧？律师顿住。

童小蕾没有回答，拖着麻木的四肢，踉踉跄跄往外走。

男人不见了。逃了，抑或躲了。其实逃和躲也没什么区别。也好，她不想让男人看到狼狈的样子。童小蕾沿墙根走了几十米，胃里滚涌如潮，终是没忍住，将身体蜷缩在花池旁，一阵狂吐。九月的花池不再灿烂，一两朵覆盖着尘土的菊花反让凋零更加触目惊心。童小蕾扯些枯枝盖住不受欢迎的肥料，觉得没人经过了，方直起腰。

手机上有两条短信。男人单位有急事先走一步，她咨询后告诉他。虽然是不用戳的谎言，但假惺惺总比冷酷好。

另一条是乔先的，这个周末有画展。他竟然还记得。童小蕾盯着那行字，恍若隔世。就是从这行字开始，她走近了这个叫乔先的男人，为以后的麻烦埋下伏笔。可是，她并不仇恨这行字，即便此时，仍然带着余温。童小蕾怔忡良久，回复：谢了。乔先很快回过来：我会努力的。温暖突然崩塌，寒潮汹涌而至。童小蕾没再理他，乔先没再输送廉价的承诺和保证。

那天下午，朱燕再次上门。她像个顽劣的学生，三天打鱼两天晒网，她的散漫和随意让童小蕾防不胜防。朱燕先前没在下午登过门，她怎么料定童小蕾在家？也许是冒打误撞，运气好，撞也能撞上。朱燕的骂没什么新鲜内容，来来去去就那么几句，童小蕾差不多能背下来。骂的同时，或擂或踹，让缩头乌龟滚出来。童小蕾闭门不出，是可以挺过去的。她骂不过朱燕，借两个嘴巴也不可能把那些脏字脏词脏句还给朱燕。她的沉默使这个女人气势汹汹地来，得意扬扬地去。

那个下午，童小蕾突然就怒了。她早就怒了，只是忍着不让她的怒崩裂。现在她要反击，就不能这么躲了。她没报警，没证据警察对朱燕也没办法。童小蕾从厨房拎起菜刀，拉开门。当然不是砍朱燕，她没这个胆子，怒崩怒裂，也不会疯狂到砍人。只能被砍。她体内流着挨宰的血，这个世界从来不是她的。朱燕这么恨她，砍下去，她就有证据了。

朱燕正骂得来劲儿，看到拎着菜刀的童小蕾，突然呆了。她的嘴抖着，分明要说什么，但恐惧扼住她的喉咙。

童小蕾把刀往朱燕手里猛塞，怕朱燕不明白，杀气腾腾地解释，砍吧。

朱燕反应过来，妈呀一声，转身就跑。她有点胖，头也晕了吧，步子不那么利索，弹球一样在墙壁与栏杆之间碰撞。

童小蕾一步一步走下去，沉稳得如同手里的刀。

乔先赶到时，朱燕刚跑出楼道七八米。她叫着扑进乔先怀里。童小蕾站在楼道口，得以目睹那个场面。筛糠的朱燕仍往里拱，似乎要钻到乔先身体里，乔先揽护着那团肥肉，他的动作他的神情把他的意思表达得很清楚，谁也别想碰她，砍我好了。

童小蕾惊得脸都变形了。呆呆地看着他们说不上是拥还是抱的姿势，直到两人撤离，还久久地盯着那个空荡荡的地方，仿佛他们的影子还在那儿竖着。返身上楼，愠怒才重新回到身上。乔先一直是朱燕的从犯，从来就是。很奇怪的，童小蕾恼怒的同时，感到暖暖的东西在心里爬，就像看到乔先的短信。童小蕾绝不羡慕，但那暖也是货真价实的，冲淡了同时升腾而起的悲凉。

这个世界生来是不公的。朱燕那样的女人有人护着，童小蕾活得小心翼翼，连个打伞的都没有。静下来，想起那个和她上了几次床的男人，给他发短信：咨询清楚了，见面再告。男人回好。只一个字。他把能省略的都省略了。直到夜晚，男人也没有任何消息。凄冷再次不期而至，童小蕾听到骨头被吞噬的声音。

两天后的夜晚，灌下半瓶酒，童小蕾发出一条短信：你爱我吗？直接得无耻。这当然不是她，是被酒精燃烧的童小蕾，学会反击的童小蕾。

爱！

愿意为我做什么吗？

愿意！！

童小蕾从双排感叹号望过去，看到男人的犹豫。此时此刻，童小蕾就是传说中的鸡肋，男人逃又不舍。

让我做什么？在找到替代品之前，童小蕾还是不错的。

杀人！把那个女人砍了！

按下发送键，童小蕾仿佛看到自己眼里的凶光。她是不会凶的，假象都不会。男人没回复。半小时后，童小蕾断定男人不会回复了，他彻底逃了。童小蕾尝到报复的快乐。她和男人因朱燕加速，也因朱燕结束。男人不会遗憾，童小蕾是个麻烦，是是非缠身的女人，相反，他可能觉得自己幸运。童小蕾更不会遗憾，和这样的男人交往，糟蹋的不只是感情，还有已被日子戳出深坑的心。

## 13

半夜时分，朱燕腾地坐起。即使睡得正酣，乔先也会及时惊醒，条件反射般精准。

又做噩梦了？乔先依旧问着废话。废话也要问，他要让朱燕听到声音，他就在身边。

朱燕说，那个女人砍我！

乔先问，喝点水不？他摸着朱燕津湿的后背。

朱燕说，世界颠倒了，做了亏心事，还比谁都凶。

乔先说，她什么也没做。

朱燕发狠道，你还护着她。

乔先说，我护谁心里有数。亏得那天我及时赶到。

朱燕抱着头，乔先知道她在酝酿重大决定。几分钟后，她说，我不去找她了，不过，她得给我写个保证。

乔先惊道，凭什么让人家写保证？

朱燕说，她不写我不踏实。

乔先跳下地，转到床头另一侧。终于有收场的意思了，他得使把劲儿。我写，我写好吧，让我怎么保证都可以。

朱燕说，你保证一百次了。

乔先说，你看我身上哪块不顺眼，削下去好了。

朱燕说，我只让她写。

乔先忍着没让自己喊出来，那就睡吧。

朱燕没一会儿就睡着了。她从来不失眠。乔先却睡不着了。曙光冒了个头儿，又被乌云遮住。保证？乔先无奈地叹息，这和火上浇油没什么区别。但他知道朱燕身体里蕴藏了怎样的能量。

次日上午，乔先犹豫着要不要先和童小蕾说一声，童小蕾意外地出现在他面前。乔先起立，椅子带倒了，像整个展厅的柜子都倒了，声音惊天动地。乔先手忙脚乱地把椅子扶起来。同时拉过一把椅子，用袖子擦了又擦，让童小蕾坐。

童小蕾没有坐的意思，板着脸把一个牛皮纸袋丢给他。

乔先认得那个袋子。里面装了两万块钱，还有他的不安和愧疚。我是真心的。他恨不得剖开自己。

童小蕾冷冷地说，我不出卖自己。

乔先急辩，不是那个意思。

童小蕾转身，乔先抓起袋子追上去。童小蕾步子并不快，乔先几次到她身边，又几次后撤，和她保持着必要的距离。出了会展中心，乔先才和她并排走在一起，并试图把纸袋往她包里塞。童小蕾威胁，你再追我就喊了。乔先可怜巴巴地，找个地方坐坐行吗？我有几句话。童小蕾像刚认识他似的，目光从头滑到脚，再从脚扬他脸上。

不能在这儿说？

乔先依然可怜巴巴地，坐坐吧。他不是硬要装可怜相，实在是没底气。

两人走进附近一家奶茶店。店不大，没有顾客，倒也显得空。穿着芭比制服的女孩给两人各泡一杯奶茶，整个脸又埋到手机上。任何一个公共场所都会碰到这样的女孩，她们生活在手机中，不会在意身边的人和事。乔先祈祷不要再有人来。

我打算把大境门那儿的平房卖掉。乔先直接进入话题。

这和我有关系吗？疑惑从童小蕾眼中滑出。

乔先说，两万少了点儿。

童小蕾突然站起来，你把我坑得还不够？

乔先拦住她，不这样，我还不清。

童小蕾冷笑，你以为这样就还清了？你背着吧，你天生就是背债的主。

乔先从童小蕾恨恨的话中听出点儿别的意思，又捉摸不出是什么，目光在童小蕾身上拨来拨去。童小蕾重新坐下，我不靠这个挣钱。实话告你，律师我都请好了，不是为了让你赔钱，是找回清白，找回清静。让你那疯老婆疯闹，所有的人都认为我有问题，邻居也都躲我。你老婆把整个小区都闹得不得清静。

乔先说，朱燕说不会再缠你了。

童小蕾冷冷一笑，你老婆的疯话你也信？

乔先说，我相信她说的是真的，因为……乔先不知怎样启齿，吞吞吐吐的。

童小蕾目瞪口呆，好半天才喘上气，写……保证？

乔先知道自己捅了受伤的马蜂窝。既然说了，索性说彻底吧。就当再演一场戏，糟不到哪儿去。

童小蕾眼球上的血丝格外粗大，不演这场，第一场就永远不会结束是不是？

乔先说，就当她是病人。

童小蕾说，你打算卖房，就是想收买我，让我配合你演连续剧？

乔先叫，没有更好的办法，写几个字，从此谁都消停了。

童小蕾没发作，或者不屑发作。法庭上见！她摇晃着站起，乔先想拦，她横扫他一眼，他马上撤开。那是和他拼命的眼神。她的奶茶没动，他替她喝了。应该料到的，这会更深地伤着她。他狠狠揪着稀稀拉拉的头发，替她惩罚他。很突然地，他的手停在半空，惊恐地望着四周。是母亲和朱燕的灵魂附体？还是他已经彻底扭曲？他的自虐与母亲朱燕如出一辙，一脉相承。他傻着，久久地，如同被自己点了穴。

下班后，乔先把两万块钱还给同学，急急出来。仍然先到童小蕾的小区溜一圈，这是必须的。她要打官司了，是他造成的。他不会怪她，没有资格怪她。

沿着古宏庙街往东走，一对牵着手的母子从乔先身边经过。乔先漫不经心地瞟过去，忽然被吸引住。男孩竭力挣脱母亲，几乎是拽着母亲走。母亲没有松手,街上太危险了,车辆树坑无盖的下水井,哪样都是要命的。男孩却不甘心,叫声蝴蝶,一下子挣脱。九月末了,还能见到蝴蝶,惊喜格外灿烂。乔先随在母子身后,跟得有些过,母亲警惕地瞪他一眼。

乔先停住。

半小时后,乔先来到大桥。依然是腹部抵住栏杆,上半身竭力探出,呈直角状。九月的清水河不再丰腴,但胃口未变,依然那么生猛。借着次第亮起来的灯光,乔先辨认着水瓶、木桶、泡沫、木板上的字。乔先想象自己落下去的情景。无论手机、电脑、玩具或是活生生的人,对于清水河,都是垃圾。乔先不想变成垃圾,没有勇气变成垃圾。无数次想象自己坠入河底,无数次从想象中抽离。他的人生就是一道错题,纠结而无解。有的人为梦想而生,有的人负重前行。天生就是背债的主,童小蕾的咒骂把他打回原形。这个身份支撑他活着,也支撑他继续活着。这是他的不幸,或许也是他的幸运。

又一个浪卷过,乔先瞥见漂浮的方便面盒子。他想看清上面的字,以判断是康师傅还是来一桶。他又往前探了一截,盘旋了皱纹的脖子抻得更长了些。

就在此时,手机狂鸣不止。

# 浮影

## 1

春节过后，马西得了一种怪病。其实，说病也不妥。他不疼不痒，不抖不颤，既无肿块，又无溃破，就是吃过晚饭后困得厉害，往沙发一靠便鼾声如雷。午夜之后又会突然醒来，直到天明，再无睡意。去了几趟医院，各种检查，均未有明显异常。最后挂的是神经内科，那个眉心长着朱砂痣的女大夫建议他再做个经颅多普勒检查和颈部血管及锁骨下动脉超声。他抱着侦破疑案的决心任由大夫开单，终于在右锁骨下动脉起始处发现 7.1×1.8mm 的低回声斑块，然女大夫说此斑块不会造成血管堵塞，后一个数字代表厚度，极薄的，假使有一日脱落，也只能落进胳膊，而不是心脑。斑块与他的昏睡就更没有关系了。他有些丧气地问，那是咋回事？女大夫写了个纸条给他，让他去那里瞧瞧。那是龙门的精神病院。马西暗暗骂娘，出门就将纸条撕碎。

困就困吧，也碍不着谁，包括何清。何清在铁路工作，准确地说，是列车员。慢车，跑三天，歇三天。那三天，她多半用来睡觉。每次把那个茄色的包挂到钩上，踢掉鞋，衣服都来不及脱，便倒在床上，仿佛慢一拍瞌睡虫就将她定住，再不能动弹。她凌晨五点十分进门，睡到中午随便吃口饭——她穿衣不太讲究，吃更不挑剔，马西准备什么她吃什么，当然，马西会尽量做对她胃口的，比如面皮、麻辣兔头、猪蹄、蒸瓜——午后，睡觉才正式开始，洗漱过，简单化妆，换上睡衣，稳稳地枕着枕头，而不像清早那么仓皇，有时脚丫还在床外耷拉着。黄昏，她爬起来，填填肚子，又接着睡了，直到次日早上。除了必须的外出，她基本是躺在床上的，不睡也是躺着，她把这叫喂精气神儿。喂得足足的，在火车上就不至于因犯困而被列车长呵斥。某个凌晨，何清的姿势有些特别，蜷着腿，臀部拱凸，如扣着的西瓜。正巧马西从卫生间出来，顺着弧线摸了摸，突然就控制不住了。他摇了摇，何清睁开惺忪的眼，问他干什么。马西不言，两手上下忙活。何清坐起，将自己剥了，说你快点啊。马西心中不快，故意放慢，也就七八分钟吧，何清竟然在他身底睡着了。她嘴巴半张，吐着鱼泡般的气息。马西甚是懊恼，正要拍她，火车的笛声刺进来，手便僵在空中。顿了顿，他垂了胳膊，翻身下来，给何清盖好被子，穿戴妥当，走进厨房。

那是三月初了，马西蓦然惊醒，试图描出梦的轮廓。但与以往一样，各色各样的梦就如快速爬行的蛇，他本来望到了蜿蜒的身影，可眨眼就没了踪迹，比风还快，留给他的只有沙沙的声响和起伏翻涌的蒿草。片刻之后，那也消失得干干净净。灯光刺目，马西闭了闭，又缓缓睁开。下意识地溜溜，墙上的木质挂钟，零点二十分。

马西泡了杯铁观音，盯着，等叶片像舞女一样旋转着舒展、盛开。他享受那个过程胜过茶香，所以即使不渴也泡。

夜是漫长的，好在他藏书颇丰。历史、地理、天文、经济，他涉猎繁杂，与专业人士不同，没有多么深的研究，只重趣味性，如《万历十五年》《人类简史》《破解古埃及》《疯狂实验室》《私密的神话——梦之解析》等等。读累了，他就立在窗台旁朝外瞅，权作休息。

马西住六层，东西楼，正对着火车北站及站前广场，楼与广场间隔一条略斜的马路。路很宽，车流汹涌，每天都是肠梗阻。午夜时分是畅通的，一点、三点、五点半均有列车出进，但乘客没那么多，没有公交也极少私家车。

起先，马西只是随便看，滑来滑去，除非特别情况才会集中注意力。比如那一对男女，男的要进站，女的不让，两人撕撕拽拽，几乎要打起来了。但撕了半天，又抱在一起。直到马西离开窗户，他们还抱着，像被胶粘住了。

后来，马西的看有了变化，他会盯住广场或马路上的某个男女，猜着他们的年龄、性格、爱好及出门缘由。这使他的观察有了趣味，如他读的那些书一样。

再一次将书扣在沙发，马西立于窗前，被广场一背着婴孩的妇女吸住。他看不清婴孩，但判断婴孩睡着了。妇女来来回回地走，鼓鼓囊囊的提包一会儿换到左手，一会儿换到右手，显然不轻。春寒料峭，妇女不进候车室，肯定在等人。她不像上班族，该是进城打工的村妇，第一次出远门。妇女不打电话，也不朝任何一个方向张望，又像在思考重大问题，似在做艰难决定。难道，她要与人私奔？到了火车站，忽然犹豫不决？

妇女不张望，马西却忍不住了，以妇女为中心扫视着周围，试图圈定“嫌疑人”。一个穿着米白色上衣，黑蓝长裤的女人双手插兜，由北向南，不疾不缓。她不是奔着广场去的，是城市的夜行者，马西排除了她的“嫌疑”，可她的身形，走路的姿态总觉有些熟悉，马西滑移的目光又拽回来。她似乎有第六感觉，偏转头，冲楼上的马西一笑。就如核弹引爆，马西突被掀翻，旋转了几百下，头晕目眩。终于立住，已弹出两三米。惊魂未定之际，他又猛然前蹿，脑袋撞在玻璃上。顾不得疼痛，他双手扒着，急急地搜寻着站前大街。

身影已经消失。

马西趿了运动鞋，仓皇下楼。四楼的声控灯坏了，而眼睛阵阵发黑，拐角处踏空，跌了一跤。他吸着冷气爬起，壮胆般咳了几咳，扶住栏杆往下移。老楼，物业差，每星期才打扫一次，也只限于台阶，栏杆覆盖着陈年的灰尘，在他手指的进攻下，蛾飞蝶舞。

扑出楼道，马西腿脚没那么疼了，步态稳了许多。小区大门在整幢楼的顶端，从未锁过，随便出进。马西没耽搁，除了那一跤，也就三十秒，从看见她到跑到大街不超五分钟，他相信能追上她。二百米后，路如裤裆一样分开叉，叉口处是龙门移动公司，马西略一迟疑，选定右侧。右侧店铺多，灯光更亮一些。也是此时，马西意识到自己既急迫，又怀着深深的恐惧。若非灯火稠浓，或许没勇气追赶。

奔到下一路口，马西仍未发现她的踪影。环顾左右，除了一辆出租车，没看到任何人。右手有一公交站牌，旁侧的长凳上竟然蹲了一只猫。猛然对视，马西被它黄铜色的目光刺得毛发倒竖，某个刹那，他差点认为是她幻化而成。正待逃开，却又为自己的胆怯懊恼，他直视着黄灿、警惕的瞳孔，颤着打声呼哨。它先怕了，跳下长凳，落荒而逃。

马西向左拐，边走边回头。路口再左拐，返至叉口处，绷紧的神经松弛下来，仿佛他不是追寻，而是被跟踪，终于将尾巴甩掉。他放慢步子，一走一摇。

广场上背婴孩的妇女已经不见。她的去向，她等待何人，马西已不感兴趣。他的脑袋已被侵占。他无力，也不愿驱逐。他在广场溜达了几圈，有目的但又茫然。后半夜更冷了，他匆匆下楼，没穿外套，薄毛衣难抵寒意。卖馄饨那两口子还穿着羽绒服呢。马西不饿，还是要了碗馄饨。御寒，也为磨蹭时间。吞下去，闲聊了片刻，才起身往回走。

茶已凉透，马西重新沏了，端至窗台，凝望着站前大街。彼时，他已然清醒。不可能是她，绝不会是！不过极像而已。让他惊异的也在于此，怎么如此相像？那身影、那容貌就像一个模子拓出来的。

马西目不转睛，就算是另一个人，马西也想弄清，她为何在午夜的街上行走。之前的看只是想象、猜测、推断，于他只是消遣，对错没那么重要，瞥过便弃之脑后。而这个米白色上衣的身影，牢牢地钉在马西脑里。马西固执地等待着。也许她只是偶尔经过，但也许她是有意为之，虽然马西说不上这个有意是什么。

东方渐白，大街稠密如织，声音如浪翻涌。马西眼睛酸涩，终于离开瞭望台。

## 2

马西在群团部门编文学内刊。二十世纪八十年代，杂志尚有刊号，不但在龙门，在全国也排得上名号，发行一百五六十万册。就发行量，不比《收获》《十月》《当代》差。老编辑每次说起来，枯木逢春、桃花绽放。上班的第一个任务不是看稿，而是数钱。那是龙门报刊摊交上来的零钱，分分角角都沾着文学的汗味。汗味有马西的，他每期必买。彼时，马西在师专中文系就读，且是校文学社的骨干。某天下午，他与文学社的成员去编辑部朝圣，一位眼镜比瓶底还厚的编辑接待了他们，并给每人泡了一杯茶，认真而严肃地回答了他们如今想起来感觉好笑的问题。那个印有字母的纸杯及杯里的茶叶，马西没舍得扔，他带回宿舍，藏到箱子里。毕业时，他想拿出来瞧瞧，仍没有处理的打算，但怎么也找不到了。虽然不像失恋那般忧伤，但也怅然了很久。数年后，马西辗转调至群团部门，杂志已被取消了刊号，印刷不足一千册，除了赠送，余刊堆在库房，与灰尘为伍。但马西仍有激情，约稿、修改、编辑，因一个字一个词甚至一个标点是否妥当，与作者反复沟通。有的作者打听到马西的妻子在铁路工作，经常托马西买卧铺票。马西有求必应。有时，县里的作者赶不上回去的大巴，一个电话，马西就骑着自行车，将作者接到家中。当然只限男作者，女作者不在这样的事上求他。热度日退时减，马西发觉时，已是遍地灰烬。两月一期，从未间断，虽然资金断过半年，不得不从企业乞讨，但从设计到内容没有残次。尽管如此，刊物在马西心中的分量还是轻而又轻。与老枪刻印章一样，杂志只是马西谋生的工具。

吃过早饭，马西磨蹭了一会儿才出门。从家到单位两公里，他不再骑自行车，全程步行，沿河边北上，快走一刻钟，慢走也就二十分钟，有时在文物、旧书摊逗留一会儿，到办公室也不超一小时。三个编辑，一老编辑常年告病假，另一年轻的女编辑主要精力在老公的广告公司，偶尔应个卯便很快找借口溜掉。没人监督马西，迟一些早一些都没关系。其实不来也可，至少不用每天到，马西也非恪尽职守，只是不到编辑部，能去哪里呢？他没有兼职，也不喜欢旅行，当然条件也不允许。他的世界只限于龙门，准确地说，只限于狭小的空间。

晚饭后那一觉还真是管用，不只午夜之后，就是次日上午也没有困意。而那一天，他头脑昏沉，看了会儿稿子，视线渐渐模糊。苏文秀打来电话时，马西眼皮竟黏合在一起。不过几分钟，甚至数秒，米白色的身影再一次飘过。马西快速追上去，如踩了风火轮，眼看就追上了，结果被铃声拽回来。马西说不出地恼火，铃声再度嚎叫才接听。

老枪又犯病了，昨天晚上被120拉到急救室，刚刚转到病房。苏文秀粗厚的声音透着恼怒和无奈。他不是糟蹋自己，是要我的命呀，如果他再这么不顾死活，我就不管了。好像马西是老枪的家长，苏文秀边泄愤边威胁。

马西能想象苏文秀此时的样子，包括她的神情。老枪那边稍有风吹草动，她就向他倾倒。马西心里翻江倒海，极想给她几句难听的，但终是忍住。这个女人没治了，这种时刻，还是不要火上浇油为好。

苏文秀是老枪的前妻。老枪是诗人，可以说，从八十年代至现在，龙门无人能出其右。他隆鼻宽额，双目挂帘，从不正眼瞧人；肩下骨瘦如削，瞧着都硌。苏文秀则矮胖如墩，偏又爱穿裙子，两条粗腿走起路来咚咚作响。老枪和苏文秀从哪方面来说都不是一路人，两人竟然组合在一起。婚后第二年，老枪辞职，专职写诗，苏文秀也下了岗，摆摊养活她和他。离婚后，苏文秀慢慢成了小饭馆老板，而老枪仍旧吊儿郎当，艰难度日，刻章收入有限，常靠苏文秀接济。作为怪异的组合，离婚后也是奇怪的，因为苏文秀太照顾老枪，她结过两次婚，都又离了。马西说不清两人算什么关系，在龙门，马西和苏文秀、老枪算是走得近的，也是交往最久的。其实，老枪不是马西的作者，老枪不屑于在内刊发表作品，马西也不勉强。他喜欢老枪的诗，这一点与苏文秀相像。她说过，她读不懂，但就是喜欢得要命。苏文秀供着老枪起码一半的花销，与此不无关系，但仅仅这样，又太简单了。马西问过苏文秀，苏文秀说老枪就是个魔鬼。马西以为老枪私下勒索或威逼她，苏文秀说老枪从不找她，是她主动。马西问她既然这样，何以说老枪是魔鬼。苏文秀悲怆地，问题就在这儿啊，他不搭理我，我却感觉被他控制了，不由自主地想去管他。马西说那叫魔力，老枪没有摄魂术。苏文秀问他哪来的魔力，马西没回答。即使说，也未必说得清。就如他与老枪的交往，并不是掏心掏肺推心置腹那种，更谈不上君子相惜，老枪不是，马西也不是，但许多关系，包括同学都断了，马西和老枪却勾勾挂挂，没有利益的牵扯，是神秘的力量把他和老枪连接在一起，始终不近不远不即不离。

终于停止了抱怨，苏文秀说除了我，也只有你还把他当回事，那些浪货哪个真心待他？说什么浪漫，什么照顾，不过是给那些个烂事找借口,想浪漫留下来呀,看哪个受得了?他自己也该明白,写诗不至于把脑袋写坏,我供他不说,还得管那些浪货吃喝玩乐,你告诉他,他再这么糟蹋自个儿,糟蹋我的钱,我就撤了!

这就是苏文秀打电话的真正用意,让马西劝说老枪,传递她的警告,泄愤只是前奏。苏文秀本可当面痛斥,或如她所言撒手不管,但她哪一样都做不到,在老枪面前,她冷脸都拎不出来,就这一点,还真像被老枪摄了魂。马西像以往那样问她,她可以说啊,为什么要让他传话。苏文秀似乎哽咽了一声,他都那样了,我咋说?说了也不听,他只听你的。苏文秀并非不忍,老枪更像苏文秀的精神鸦片,她多年小心翼翼,担心惹恼老枪,老枪如果决绝再不用她照顾照管,她会快速枯萎崩溃。马西有时会恶毒地想,苏文秀就是活该自找。如以往那样,马西不忍撕掉她虚张声势的伪装,顺水推舟道,那我试试吧,一会儿去看他。苏文秀说,那就拜托你了。她已交过押金,医院这边没什么事了,她得赶回饭馆。马西本不想问的,那句话不知怎么就跑出来,他自己还行吧?苏文秀立刻如炮仗炸响,他还能自己?不知打哪儿又来了个浪货,居然会说鸟语,我在场,他俩都是用鸟语叽咕。若扯下去,又是半小时,马西赶紧说,我知道了,这就过去。

老枪的私生活极乱,马西见过的女人不下二十个,老枪从不避讳,坦坦荡荡,甚至去苏文秀的饭馆吃饭也带着。这样另类的生活有着近乎神圣的华丽外衣,至少,难以让人想到堕落腐烂奢靡这些。她们都是老枪的超级粉丝,从各地奔向龙门,就为与老枪生活十天半月,有的还会再来,有的从此陌路。与钱没有任何关系,老枪不会给她们半分,有的在离开前还会给老枪留钱。她们迷恋老枪的诗,还是写诗的老枪?于马西,那始终是个谜。

医院距马西单位不远，穿过桥，步行几百米即是。龙门最好的医院，除了周六日，永远熙熙攘攘，而住院部尤甚。那次也是看望老枪，排队等电梯花了四十分钟，终于塞进去，手上的鲜花惨遭蹂躏，脱落成光秆。马西有了教训，再高的楼层，也是走楼梯。

爬到十层，后背黏湿，好在手里的花仍旧娇艳。马西喘息片刻，定了定，寻见老枪所在的病房。那是向阴的三人间，老枪的床挨着窗户。老枪仰着，正在输液，一个圆脸女孩在旁边守着。那些女性没有超过三十的，这个就更年轻了，最多二十出头。

老枪要起身，女孩不允许，瞥瞥马西，说谁来也得躺着，俨然老枪的守护神。马西连忙表态，别动别动，我站站就走。女孩按按老枪的肩，突然吐出一句英语。马西不是苏文秀，他听得懂。以他的判断，女孩的英语至少八级。老枪恼火地拨开她，低喝，靠边儿！随后快速坐起。女孩赶紧把被子和枕头垫他身后。马西责备，你该听话。老枪瞪着马西，除非死了，你看我像要死的人吗？马西笑，你这野马，阎王爷也怕，哪敢招惹你？不过，医院也不是好地方，少来吧。老枪目光移到花篮，别再买这些不中用的，能换两筐啤酒。女孩沉下脸，还喝！昨天要少喝一瓶，也不至于这样！那口气，就像是多少年的夫妻。也许，她昨天才来的。老枪说，喝就为了痛快。然后给女孩和马西各做了介绍，与马西的猜测出入不大，女孩到龙门仅两天六小时。女孩纠正老枪，是两天六小时二十分钟。可能别人听来犯腻，马西不会，他不理解但相信女孩对时间的珍惜出于真心，而不是装出来的。

马西站了也就一刻钟。老枪脸色不大好看，但声音底气很足。女孩又是领地被侵犯强忍愤怒的眼神儿，如果马西占用的时间再久些，女孩或许不顾老枪的呵斥而赶他走。女孩做得出来，马西直觉。老枪说虽没坐过监狱，但想来监狱比病房也好十倍八倍，让马西再陪他一会儿。马西说反正有人陪，你安心养病，病好了再聊。老枪让女孩送送马西，女孩恭顺地站起，马西还没出病房，她便折返。老枪如巨大的磁石，她多迈半步都是艰难的。说超级粉丝其实轻了，她们更像圣徒。此情此景，马西怎么劝？又岂是劝说能解决的？

何清明早回家，马西在老二熟食店买了两颗麻辣兔头，又去市场买了几样菜。马西常年一个人在家，几乎什么都学会了，就是麻辣兔头怎么也做不出老二熟食的味儿。

晚饭后，马西没有靠在沙发昏睡，锁门下楼，没往远走，就在站前街来来回回地转，如密探巡视着往来的行人。没一会儿脑袋便石头一样沉了，目光也糊了泥巴，僵硬而呆滞。苏文秀打来电话，问和老枪见面的事。马西不知自己说了什么，甚至觉得嘴巴都不是自己的。他倒不担心说错，错对都无关紧要。让他劝说也非苏文秀的本意，不过是让他作个见证，见证她的付出，见证老枪的无度。马西甚至不清楚是他先挂的，还是苏文秀先挂的，笨重的脑袋压歪了脖子，艰难机械地挪着脚，将自己拖拽上楼。如果再慢两分钟，他就躺在楼道了。合上门的刹那，他轰然倒地。

零点三十分，马西倏然惊醒，连茶都未来得及泡，便奔向窗户。

## 3

一片稀里哗啦，如吊灯从天花板坠落，马西惊醒过来。挂钟的指针在零点位置。那夜之后，马西醒得比以往早十分钟，但他却总担心睡过头。一觉到天亮，仿佛那才是真正的病症，甚至冒出设定时间的念头。当然，他没那么做。顺其自然吧，他想。这个自然倒也顺遂他的心意。

马西迅疾起身，先朝外瞭了一会儿，然后去泡茶，复又回到窗前。由南向北，从北往南，远远近近，左左右右，检视着站前大街和广场上的男男女女。听到卫生间的门响，马西才想起何清休息。他回到沙发，抄起《逼近的瘟疫》，仿佛他正干见不得人的勾当，须有掩饰。其实，他清楚何清不会怀疑，更不会质询，她坐马桶上也是半睡半醒的。从卫生间出来，何清捂着嘴，似乎捂着做了一半的梦，她是有这个功力的。她瞥瞥他，什么也没说，便摇进卧室。马西合上卧室的门，再次站在窗前凝望。

时间嗒嗒作响，从不停歇。火车刚刚开走，下一趟列车尚未进站，广场空阔了许多，大街更是难见到一个人，偶尔有车驶过。马西的目光疲沓下来，虽无睡意，却东倒西歪，散乱不堪。也许该继续看书，而不是无望地等待。这么想的时候，那个身影突然出现了，像从地下冒出来的。仍旧是米白色上衣，黑蓝长裤，不同的是，她由南向北，双手没有插兜。虽然不是第一次直视，马西仍目瞪口呆。或许，正因为不是第一次，他更为惊惧。走到他的正前方，她又偏头一笑。马西没有闪躲，紧扒窗棂，控制着不让自己叫出声。少顷，他踢掉拖鞋，穿上放置在门口的运动鞋，迅速下楼。没跌跟头，虽然脑袋仍有些大。

她已经不见了。几十米外便是十字路口，马西没有丝毫犹豫，右拐，一路小跑。批发市场，邮电局，银行，报社，一家挨一家，白日堵塞如墙，此时空旷似野。到了下一路口，马西折返回，径直向前。

这条街宾馆饭店居多，亮如白昼，却也是阒静的。马西再次折返，向左追赶。即便她朝这个方向，也追不上了，但他没有放弃。此路他上班常走，百十米外便是凤凰河。及至岸边，他朝河面匆匆一掠，立即收回。什么都没看到，心仍如击鼓。河比龙门历史早，原先叫落凤河，不知始于何朝何代，水是从龙门北方的落凤山流出来的，从未断过，尤其七八月，涛声拍岸，甚为壮观。数年前，新上任的长官改名为凤凰河，自然发源地亦改为凤凰山。哪年都有人溺亡，意外、轻生皆有，据说市长改名与此有关。只是，愿望虽好，却未彻底杜绝。三月的河水无声无息，但在夜晚，却有另一种声响，令马西惊悚。

马西曾怀疑自己出现了幻觉，或眼花所致。此夜又现，他相信是真实的。虽然距离太远，没捕捉到更细微的神情，但那一笑他看得清清楚楚。那该是她！当然，这不可能，那是一个与她甚为相像的女人。世界太大了，相像不足为奇，据说某总统的替身不下十人，可奇诡之处在于，这个与她相像的人为什么夜半独行？且回眸一笑？她速度并不是很快，为什么他却追不上？好像她在躲他，这又为何？疑问如锤，击打着马西空洞的脑壳。

马西在站前街来来回回地走，脑子里念头纷乱，目光也往四个方向搜寻。想不明白，自然，看见她就更不可能了，但马西没有放弃。人陆续多了，不久又空了。东方发白，环卫工人上岗，马西仍着魔般来回踱着，仿佛他是一把扫帚。直到车响人稠，马西才去百货大楼的地下美食城买油条豆浆。何清在家，一日三餐也由马西负责。对何清的贪睡，马西由不满而疼惜，现在，倒羡慕她了。一个人，说睡就睡，那该是何等享受啊。

吃早饭时，何清问马西昨夜是不是动她了。马西略一怔，嘿嘿笑了。既不承认，也不否认，这暧昧的笑其实与招供无异，马西猜她做梦了。何清埋怨他不懂得替她盖被子，她生生被冻醒。可即便冻醒，她都没发现身边空着，除了睡，她已把周遭的世界忽略。她的世界只有火车和酣睡。她坐实了他的罪状，他就不再赖皮，关切地问她要不要紧，并提醒她若有不适，早些服药。何清摇摇头，说没那么娇气，就是鼻子有些堵。马西带了歉意，那就多喝碗豆浆发发汗。这个晚上何清就要上车的。盛豆浆时，马西大大地打了个喷嚏，几乎将碗倾翻。刚刚端稳，鼻子忽又痒了。他控制不住，搁了碗，丢下勺子，奔进卫生间，连喷数下，放炮的节奏。几个喷嚏，竟将力气耗竭，返身出来，腿软筋酥，竟然站立不稳。何清诧异地，你怎么了？马西笑笑，或许我也冻着了。何清捧碗将豆浆喝干，说，我再躺躺。

何清上班一向自走自回，那个夜晚，马西坚持送她进站。只有百十米的距离，毫无必要，何清不大适应，临近站口，竟有几分紧张，催促马西离开。马西停住，但没有走开，目光粘着何清的背影，直到消失。那一小段，何清回了两次头，或有留恋，但更多的是纳闷和不安。其实，马西自己也不明白，这突然的亲昵更像发神经。直到他穿了厚厚的衣服在站前大街巡视时，才捕捉到自己的担心，怕何清突然杀回马枪，发现他的秘密。其实这种情况从未有过。马西为自己的鬼胎惭愧。忽然想，若他能坚持，就不是反常的发神经，何清就会适应，而他也能剔掉鬼祟的嫌疑。

连着几个夜晚，午夜至黎明这一段，马西要么在站前街溜达，要么潜蹲于广告牌的后面。那个背影再没出现，穿米白色上衣的倒是有，但不是她。她似乎发觉了，故意躲他。这么想着，马西回到楼上。两日后的深夜，她果然又出现了，而马西仍未能追住，她似有随时聚散的能力。

清明节的前一天，曙光未现，马西便背了多年未用的蓝黑色双肩包，等候在公交站牌下。双肩包在箱角沉睡日久，仍没有睡醒似的，蔫头耷脑却又浑身僵硬，压在马西背上，犹如巨石。包里是他几天前就备下的冥币、香烛、贡品，还有两本书，一本是阿赫玛托娃的诗集《黄昏集》，一本是老枪去年冬天出版的长诗《沙漠之王》。手上的百合是昨天傍晚买的，在盆里浸了一夜，根端被水浸透，偶有水滴落下。数分钟后，首辆22路公交驶来，空空荡荡，马西直到车厢的最后端，靠窗坐下。

龙门三面环山，东西北均有公共墓地，马西要去的东山墓地距市区最远。终点下车，又走了一刻钟，看见陵园大门。从门口到墓地又花了十多分钟。踏上台阶，天已大亮，马西抬头四望，惊骇如石头砸落，几乎仰倒。左右，从脚底至山腰处，长长短短宽宽窄窄的墓碑如丛林一般森立、威严。马西无法估算数量，密密麻麻，至少数万之巨。他去过西山墓地，那就够多了，没想东山墓地大得多。马西知白雪葬在东山，却不知具体位置。他以为那不成问题，现在明白寻找虽不似大海捞针，但一个上午要找见白雪的碑石实在太困难了。可以询问工作人员的，但马西不想。于是，他从第一排开始，逐个辨认。陆续有人来祭奠，间或有哭声入耳。起风了，气氛却更加凝重。墓地并不齐整，因山势不同而错落，这种盲目的寻找是徒劳的，马西不再固执，返到广场处，找工作人员查询后复又上山。

墓不大，一米见方，碑石也不高，但擦拭得极干净，不像旁边那块满身尘污。马西掏出贡品一一放至碑石下，把冥币与那两本书叠摞在一起，又捡了块石头压住。点着香，却无处插放，于是紧靠贡品横放了，连鞠三躬。正想说些什么，惊愕的声音敲过来，你谁呀？

马西蓦然回头，两米外立着一个清瘦的中年男人，目光粗粗壮壮。男人的神色，还有他拎着的东西，马西心中已然明白，但马西未能镇定，惊慌得如偷窃被当场捉住。他笑了一下，以掩饰自己的慌乱和不安，没想到浑身都跟着摇摆起来，如飓风袭过，整个人要飞离的样子。

你是谁？清瘦男人追问，并往前靠了靠，你怎么……？

马西终于稳住，小声说，我是白雪的同学，我叫马西。

清瘦男人啊呀一声，将右手的东西转到左手，与马西握住，由疑转喜，没想到……是这样啊，你可是第一个……谢谢你，竟还记得她。男子噙了泪，介绍自己是白雪的丈夫赵莫。

马西解释他未能出席白雪葬礼，今特来祭奠。毫无必要，亮明身份即说明了一切，且赵莫也没有刨根问底，但马西拽不出别的话，脸不慌了，心终究有些乱。他本想偷偷地来，悄悄地去，选择清明前一天就是怕碰到白雪的家人，没想偏偏与她的丈夫撞上。谢谢你啊，赵莫抹了抹眼睛。

这样的场合不适合交流，马西也没有与赵莫交往的意愿，寒暄几句，马西即要告辞。赵莫却没有放走马西的意思，让马西在下面等他一会儿，且连着叮嘱两次，一定要等我呀。

马西往下走的时候，步子比上山更沉重。马西在广场站了片刻，赵莫大步下来。他问马西怎么来的，马西说坐22路车，赵莫说正好，我也坐22路车。祭扫的人渐多，广场上的私家车一辆挨一辆，两人只能穿缝隙走，一前一后，断续说了几句话。赵莫原先是龙门酒厂酿酒师，年初跳槽到一民营酒厂。马西便也极不情愿地说了自己的工作单位。

等22路的乘客竟有二三十号，车未停稳，众人便蜂拥着往上挤。马西欲往前靠，赵莫扯他一把，说，等下辆。马西说挤挤就到了。赵莫说，听我的，下辆稍等就到。赵莫如此说，马西就不再坚持，其实他极想先一步离开。果然，三四分钟后，又一辆22路公交到了。赵莫说，我常坐，晓得。又说，人少，好说话。赵莫坐在马西后面，马西突然有被拘押的感觉。并未有更深的交流，赵莫问，马西答，有一搭没一搭的。但因被“拘押”着，便有了审讯的意味。马西问赵莫到哪儿下车，赵莫说快中午了，咱一起吃顿饭吧。马西推辞，说要赶回单位核稿。赵莫说那就晚上。赵莫的热情令马西惊惧，于是再次回拒。赵莫捉捉马西的胳膊，称想请马西帮个忙。马西说，现在说就是，如果我能帮得上。赵莫说三两句说不清楚，是关于白雪的。马西怔了怔，不由自主地点点头。

## 4

马西赶到包间，赵莫正站在敞开的窗户边向外张望。凤凰阁与河只隔一条马路，包间在三楼，视线无阻。赵莫的姿势让马西突然想起午夜的自己。赵莫说了声来啦，却没有回头，好像被固在那里。马西怔忡数秒，脱了外套披在椅子上，静默着，没有打扰他。足有两分钟，赵莫抹了抹脸，转过身，冲马西笑笑说，不好意思，坐啊！赵莫的脸与身材同样细瘦，那笑也纤纤细细，一掐即断的样子。纤弱的笑反令赵莫的脸更为黯淡，白日马西曾捕到的精气神儿已经不见，因而感觉他迟钝了许多。窗户没关，有风扑进。赵莫问马西可否敞着窗户，马西说随便，赵莫说那你把褂子穿上，四月的风还是有点硬。马西说不要紧的，吹吹舒服。问他是否还有别人，赵莫说就你我。马西啊了一声，咋订这么大包间？找个小餐馆就是了。问他能否退掉。这太正式了，令马西不适。赵莫摆摆手，菜都点好了。末了补充，我一个人也这样，不知道的都以为我摆阔，我一个调酒的，有什么可摆？不过是……你该猜到，马西点点头，顿时凝重了许多。马西不知怎么接茬，调整着表情。赵莫又朝窗户望了望，说，整条凤凰河，这一段最险。

赵莫点了四样，爆炒羊杂，干辣里脊，白菜炖豆腐，素炒胡萝卜，均是家常菜，酒是他带来的，私营酒厂酿造的。马西估摸这顿饭超不过二百块钱，这让他松了口气。马西尚不知赵莫所谓的忙是什么，若赵莫搞一桌山珍海味，背上就压了山，就这，他也是不安的。

该聊的白日已聊过，更私密的话题，两人还没到那个份上，彼此尚客气。马西没话找话，解释未能参加白雪葬礼是因为正在省城参加期刊会议，强调并不想去，但编辑部也就他能走得开。突然想起上午已经说过，就有些尴尬，似乎被浓烟呛着了，连咳数声。赵莫的眼睛也是细长的，此时眯了眯，更细了。这让马西没来由地慌，真的非常抱……歉。歉字被纸巾捂住了，不那么清晰。赵莫动情道，你能去祭奠她，我已经感激不尽了，同学那么多，只有你……马西更不安了，连连摆手，应该的，别这么讲，毕竟……不过，说句不得体的话，你别见怪，毕业多年，各有各忙，琐事缠身，焦头烂额的，性情较过去都变了，有一些尚还来往，有的自毕业就断了音信，消失了一样，不是每个同学都知道……如果知道，他们也会……赵莫脸上隐隐有些愧疚，你说得对，那天来了不少，只是那几日我昏昏沉沉，迟钝得像根木头，不知谁是谁。我没有怪谁的意思，来吊唁是情谊，不来如你所言，各有缘由，正常得很。马西说，我说话不当。赵莫说，你能这样讲，足见为人坦诚。仿佛那是多么贵重的奖赏，马西慌得直摆手。赵莫并不理会，径直说，我一直想找个可靠人，今天见面，我突然知道，这个人就是你。赵莫的目光翠竹般拍打出清脆的声响。马西更慌了，那声响渐大，几乎将他淹没。他不知赵莫将要拽出嘴巴的是什么，如大兵压境，马西后背直渗汗。

但赵莫没有往下说，似乎意识到冷落了马西，和马西碰了杯，催马西多吃。马西夹了几块羊杂，再度放了筷子。

这酒怎样？赵莫问。

马西说，很纯正。

赵莫说，你喜欢，我从酒厂弄点给你，来路正，不伤身。

马西说，也就是与朋友一起，我自己不喝的。

赵莫说，那就招待朋友。

马西笑笑，朋友也没几个。

赵莫说，总是有的。

马西没应。他不想扯更多的闲话。赵莫不再谈酒。静默如冰块竖在中间，马西突然感到一丝寒意。赵莫察觉到了，或许，他也惧冷，起身关了窗户。包间更静了。

你知道我为什么离开原先的酒厂么？赵莫终于开口。

马西平静地看着他，这种时刻，等待就好。

赵莫说，现在的酒厂开出的条件更好，这不假，但我并不是冲这个去的，白雪出事，我一会儿也不想在原先的酒厂待了，哪怕别的酒厂待遇低，我也会离开。要说老酒厂对我也不错，那天……来了一拨客人,挺重要,厂里让我陪着,好做介绍,这毫无必要,酒厂的任何一个人都可以介绍,甭说管理层那些人。可厂里说了,我就得去。就在那天晚上……赵莫哽咽了,停顿片刻,声音低沉下去,如果我在家,她就不会……我岳母跟她在的,她说散步,我岳母陪她下楼,谁料走出小区她就朝河边跑,岳母六十多岁的人了,哪追得住她?等岳母跑到河边,白雪已经没了影。所以,我特别后悔,为什么要陪那些人吃饭?

马西小心翼翼地,有什么缘由吗?

赵莫摇头,没有!刚结婚那会儿,我和她吵过架,三十岁之后再没有。我岳母也让着她,就像白雪是母亲,岳母反而成了女儿。至于单位……原先倒有这样那样的堵心事,职称评得不公,课时费发得少,等等,发发牢骚也就过去了,况且,两年前她就不能上班了,一直在家休息。

马西惊问,怎么?闹病了?

赵莫迟疑了一下,说,身体不大好。

回答得有些模糊,显然赵莫不想说得更细。马西不便再问,端起杯默默饮酒。赵莫似乎意识到不够坦诚,补充说,她有些抑郁。

马西哦了一声,现在压力大,抑郁的人还真多,睡不着的就更多了。不过,发展到……平时有什么迹象吗?

赵莫像调酒一样,拿捏着分寸,有一点儿。

马西斟酌着,不知怎样说才合适,随后长长地叹了口气。赵莫欲言又止的样子,显然有所忌讳。抑郁并不羞耻,且斯人西去,说或不说都在情理之中。马西现在能做的就是沉默。

这全怪我!干吗那么听话?让去就去?不去又能怎样?赵莫声音悲痛,细瘦的脸犹如被钝刀劈砍的树,虽未断裂,却遍体鳞伤。

你别太自责，谁也不是神仙，能料知一切，马西劝，顿了顿，尽量小心地，况且，于事无补。

赵莫重重叹口气，说得是，但我控制不住，开始数月，昼夜难眠，睁眼闭眼全是白雪，我不敢到河边走，甚至对河水这两个字都过敏，神经脆弱到极点。不瞒你说，我想试着忘记她，可根本做不到。我差点也抑郁了，吃半年多抗抑郁的药呢，现在好了些，我不再惧怕河，而且有空就到河边走走，这家凤凰阁，我自己也常来，为……算是陪她吧。

马西的手机突然响了，粗野的声音刺破了凝重的气氛，赵莫明显一惊。是老枪。身边没有女友陪伴了，不然老枪不会夜晚给他电话。马西冲赵莫做了个歉意表情，摁了接听键。并无特别的事，老枪刚写完一首千行的长诗。马西听出老枪的激动，他佩服老枪的精力及惊人的激情。马西说祝贺祝贺，看来又有酒喝了，老枪当即问马西过去，还是他过来。马西说在外面，今天不行，老枪说不就是鬼混吗？我又不抢你的，你带人过来。马西说确实没空，我先挂了。

赵莫问马西是不是有要紧事，马西摆摆手，说朋友约喝酒的。赵莫说已过了饭点儿，还约你喝酒，可见不是一般朋友。要不你把他叫过来？马西说不用，你接着说。赵莫的悲伤已经淡了许多，说平时不大和人讲的，今儿见了你，突然就……婆婆妈妈的，让你见笑了。马西说你这么讲就见外了，我和白雪不只是同学，还是校文学社的成员，毕业后仍常来常往。赵莫眼睛亮亮的，细长的光刀刃般切过来，马西下意识地颤抖了一下。看来找你是找对了呀，赵莫欣喜道，本该明天祭扫的，正日子嘛，可早上起来我就管不住了，在白雪墓前遇见你也不是偶然的，天意呀，我若明天去咱俩就错过了。来，为了我们的相识，喝一杯！马西窥见了老枪身上才有的激情，举杯的刹那，竟产生错觉。

我虽是白雪的丈夫，对她的了解未必有你深，赵莫的神色浮现出羡慕加嫉妒。就如毫无防备地戴上了脚镣，惶恐如蛇袭来，马西几乎坐立不稳，老兄，你说笑了。赵莫却一本正经地，你在白雪墓前放了两本书，这就是证明，我怎么就想不到呢？马西说，我只是……赵莫打断他，你不用解释，我是感激你啊，做了我做不到的。马西说，对白雪这是最好的纪念方式，我能做的也就这了。赵莫直视着马西，目光混杂因而显得古怪，马西感觉被那干干湿湿、长长短短捆缚住，不由自主地抽缩着，甚至头皮涩麻。

老兄，我错了么？马西感觉筋骨要被赵莫勒断了。赵莫这才笑笑，说，你说得对，不过，还有更重要的方式，这个忙你一定要帮。马西屏住呼吸。我想给白雪出本书，赵莫凝视着马西，我自己搞不了，你是编辑，又是专家，知道怎么弄。

原来如此，马西暗吁一口气，问，出什么样的书？赵莫说，她有写日记的习惯，自认识，她就没断过，出事前一天还写来着。马西问，你要出版她的日记？赵莫摇头，除了日记，她还写别的，我都整理打印好了。然后从包里取出厚厚的稿子，交给马西。

马西控制不住地抖，说不上是激动还是其他，翻页须使出巨大的力气，仿佛那是沉重的钢板，又或是锋利的刀刃，稍不注意就会削掉他的手指。他每天干的就是翻动纸张，从没像现在这般吃力艰难。马西知道白雪爱写，没料写了这么多。有三分之二是诗，三分之一是散文。

赵莫问，能出版吗？

马西说，当然能。

赵莫兴奋地，那太好了，我是门外汉，这心愿就靠你了。

马西说现在出版书并不困难，恐怕得花些费用，书号印刷设计，大约……赵莫打断马西，多少钱无所谓，只要能尽快出。马西告之出版社要审查，要报批，最快也得半年，拖一年也常有的。赵莫略显失望，这么久？随后又欢快地，没关系，只要能出，几时都行，就托付给你啦。

马西回到家已经九点多了，他关了手机，靠在沙发上，捧着那一摞厚厚的纸，就像捧着整个世界。没有丝毫的困倦，当口干舌燥，起身泡茶时，发现已是凌晨两点。突然想起，疾步抢到窗边。读稿有的是时间，但是绝对不能错过凝望，尤其这个夜晚。

5

清早，马西刚开机，苏文秀的电话便来了。又一通告状。老枪昨天在她的餐馆喝到半夜，死活不肯离开，她劝不通，就报了警。她并不是驱他，只想阻止他喝酒。他喝坏身子，自然还得她兜底儿。谁料警察来了，老枪视而不见，自斟自饮。警察夺他的酒瓶，他竟和警察撕扯起来，三两下被警察摁倒，随后被带到派出所。她追过去，说老枪是她前夫，一点家庭矛盾，她已谅解他。以为这样讲警察就会放了老枪，哪料警察的脸比铁锅还黑，根本不搭理她，害得她也在派出所蹲了半夜。马西问老枪现在哪儿，苏文秀说刚把他送回家，折腾了一夜，现在睡得死猪似的，拍都拍不醒。苏文秀要去东山扫墓，但老枪身边不能没人。马西明白了，问在哪个家。苏文秀竟有些急，他自己的家，还能有哪个？马西忙说我这就过去。

老枪住的是苏文秀留给他的房子，离婚时，苏文秀只拎走两个皮箱。不说后来，就从分手足可看出苏文秀的为人，自然，老枪在她心中的分量不言自明。老枪说这是个薄情寡义的时代。老枪平常也是出语惊人，与写诗一样。马西并不完全认同，太武断了，虽然他承认老枪所言有合理部分。马西以苏文秀反驳老枪，老枪说一粒沙难敌尘土，一滴水难拒河流。一句话就挡住马西的进攻。

马西赶到老枪的小区时，苏文秀已在大门口等他。她将钥匙交给他，略带歉意地说，那些妖精也倒有些用处，她们在，就不用你跑了。她的头发是染过的，金黄如狮，马西以为她是模仿老枪的粉丝，那些女孩虽不个个奇装异服，但各有特点，就发型没有相同的，或前卫，或传统，有个女孩梳着长及腿弯的辫子。此时看到根茬处大半已白，明白她为什么染发。不过她染成黑色应该更自然些。苏文秀倒敏感，捋了捋头发，马西马上移开目光，问老枪吃过早饭没。苏文秀说自认识他，就没见过他吃早饭，若像正常人活着，不至于把身体搞垮。然后叮嘱马西，发现不对劲儿马上打 120，中午前不折腾就没事了。马西说你放心去吧，我知道怎么做。上楼时，忽然就想，若老枪是教皇，苏文秀该是最虔诚的信徒。

老枪半蜷着身子，被子不像盖，而是缠在腰间和胸腹，双臂和两腿均袒露着。木棍般细瘦。马西不禁想起赵莫，若说赵莫是湿木，老枪就是枯木。床头柜放一杯白水，马西试了试，凉的，便倒掉一半，又接满了。老枪呼呼大睡，马西无事可做，里外转了转。

马西是常客，但每次来，都能发现不同，主要是布置上，比如沙发和餐桌，很少在同一个位置，如同时间，始终在行走。老枪不在这方面动脑筋，是那些粉丝的作品，她们数日或数十日便蒸发了，却又想留下自己的记号，以便老枪记住她们。而墙壁贴画装饰更是五花八门，骷髅面具、切・格瓦拉的肖像、足球、公牛的犄角、被肢解的鲸鱼，甚至还挂过生锈的锯子，豁刃的菜刀。老枪的寓所忽而是屠宰车间，忽而是狼藉战场。老枪听之任之，甚或纵容，也许从中寻找创作灵感。马西不止一次想，但从没问过，他知道分寸，有些领地是不可闯入的。

长沙发和两个小沙发背靠着摆在客厅的中央，茶几则摆放到阳台的一角，上面摞了有二三十本书。马西翻了翻，回到客厅，从书包取出白雪的遗稿。老实说，白雪的诗和散文都很寻常，辞藻虽华丽，却没有多少灵气，然相较马西所编内刊，丝毫不逊，出版绝没问题。这些文稿写作时间跨度应该比较久，个别散文倒是能推断出来，审读的同时，马西努力闻嗅着，想从字里行间捕捉蛛丝马迹，这使他有偷窥的不安和紧张。老枪的声音响起，马西竟吓了一大跳。

老枪站在两米远的地方，长发及肩，眼睛泛红，身体轻飘得像飘浮于地面之上。

马西笑骂，你这家伙，不声不响的，吓死我了。老枪也笑，瞧你这鬼祟样儿，不知道的还以为你是入室的窃贼。马西忙转移话题，睡醒了？没事吧？老枪满不在乎地，阎王爷没打算收我。马西责备他不该和警察闹，医院住得不新鲜了，还要住派出所。老枪说昨天太兴奋了，想多喝几杯，苏文秀小题大做。又言他没激怒警察的意思，完全是意外。马西道，不管怎么说，别拿身体作筹码。老枪说，少扯吧，看看我昨日写的诗。

老枪转回卧室，取了写在白纸上的诗篇给马西。马西翻阅，老枪来回踱步，似乎马西是考官，而他是等待的考生。这是从未有过的。论才华论见识，马西与老枪相差十万八千里。马西刚刚放下，老枪便急切地问，怎样？马西说，风格又变，更奇谲了。老枪脸上显出些得意，你能看出变化就更好。马西暗想，老枪才情未失，锋芒不减，但已在意他人的评价，该是不自信的表现。像是偶像崩塌，马西忽然被悲凉笼罩。

没有更深地谈，毕竟，意见或建议，即使马西有这样的资格，老枪也不需要。短暂沉默后，马西说有个事，需老枪帮忙。老枪目光咄咄逼人，写序吗？马西点头，你这眼力劲儿跟刀子有一拼了。老枪说，你又不是不知道，我从不给人写序。马西当然知道，曾经有个官员，许诺五万，仍被老枪挡回去。马西说作者有点特殊，简要讲了。老枪说，我不会因为她跳河，是你的同学破例，除非……马西盯着他。老枪说，除非你俩有别的关系。马西突然被劈着，直跳起来，脸色也变了。老枪一把揪住，鸡爪般的手竟掐疼了他。一个玩笑，至于这样吗？老枪目光凸裂，要爆炸般。马西意识到自己反应过度，他是温吞性子，平时肝火燃得再旺，也能克制住的。僵了僵，马西忽地笑了，你以为我真生气啊？我他妈饿了！一大早就被苏文秀催过来，还不让吃点儿东西？松开你的爪子！老枪也乐了，以为你要决裂呢。马西说，我倒是想离开你这魔鬼，难呢！老枪跟着走进厨房，你这么说，我也饿了。

厨房比马西想象得干净，盘碗、菜刀、筷子摆放有序，台上的西红柿、青菜也都新鲜，不用想，马西明白是怎么回事。马西边忙活边想老枪和苏文秀的关系，控制，摄魂？只是戏说，就如老枪和那些女人的关系，同样迷雾重重。

老枪要给马西打下手，马西说你这被侍候惯的人，哪敢用你？

被你的粉丝知道，不活吃了我才怪！老枪叹，我并不想坐享其成，硬是被一步步逼成废物。马西哈哈大笑，不是谁都有资格当废物，还有怨气？

马西炒了盘青菜，下了两碗面条，十几分钟便端上桌。马西问老枪有蒜没有，随后又笑，你还没我清楚吧？老枪也笑，这我是清楚的，肯定没有！马西说我该猜到的。

老枪问什么时候交稿，马西说随便，你是什么人，哪敢限定时间？老枪说三日内，你就备酒吧。马西说一会儿复印一份给他。老枪目光犀利，如利剑出鞘。马西突然发慌，笑着掩饰，说怕你一转身擦了屁股，得留个底儿。老枪说马西做饭那会儿，他已看过，用不着了。马西问，这么快？老枪就背了一首。老枪记忆超人，马西是知道的，可他仍然吃惊。老枪说，别这么瞪我，好像我是怪物。马西欣喜而又不安，委屈你了！老枪别有意味地，你搞得这么正式，我哪敢不从？玩笑我都不敢开。马西顿了顿，垂下头。我和她真的没啥，只是……突然就卡住了，嘴里噙了石子般，突然间感觉窒息。老枪揶揄，我不是警察，没审问你，你倒忍不住了，老想自己招供，犯瘾了？马西自嘲地，也是呢，我犯贱行吧？

老枪已然无碍，马西起身告辞，下楼给苏文秀打了个电话。苏文秀让他和老枪中午到餐馆吃饭，马西说已经吃过了，苏文秀说那就晚上，马西说晚上没空，想过去还用你催？苏文秀也就作罢。

下午，马西取出白雪的稿子，打算再读一遍。他没老枪那么好的记忆力，三遍五遍也背不下来，也没有背的打算。这是接近白雪的唯一方式。作为文学社的成员，马西和白雪一起编校刊，不是铅印，是油印，印出的纸张晾一夜，再一页一页折叠、排序，最后送至印刷厂装订。每次他都和白雪一起，还有另一位成员，推着学校的两轮车，小心而又虔诚。装订完，再推回来，分发到各个教室。那段青葱岁月，马西极其怀念。去群团部门拜见编辑老师，自然有白雪。当她发现马西将喝水的纸杯带回去，既惊又羡，怪马西不提醒她。而马西没舍得将“宝物”赠她。毕业后，同学变化都挺大，地位、相貌、性格，曾经腼腆的女同学在酒桌上讲起荤段子，眼波流转，用词生猛。白雪反变得内向。每个人经历着不同的事，没什么奇怪的。马西知道白雪的文学梦没有凋零，只是没想到她这样坚持。薄薄的纸张像一把把斧头，马西越看心情越沉重。

午夜之后，马西的头再一次抵住玻璃。那究竟是幻觉，还是实有其人？马西对结果或真相有些恐惧，但又想弄清。他绷腰伸颈，吸附在窗前，随时进攻，又随时逃跑的架势。

6

马西特意提早半小时，没料赵莫还是先到了，仍如上次那样，背门面窗，入定一般。马西突然有天方夜谭般的猜想，赵莫从未离开过这个房间，甚至想，除了他，也许没人能察觉赵莫的存在，来客、服务员、凤凰阁的老板。仿佛成真，马西有些惊恐，犹豫着，不知该进还是该退。还是不打扰为好，马西屏气凝神，欲将门掩上。赵莫说，我也是刚到。转过身，目光莹湿。马西歉然，对不起，打扰你了。赵莫说，哪里，是我失礼，还请你见谅。然后长叹一声，说站在窗前，总觉得能看见她，她像一团雾，在河面上飘来荡去。也只有这个房间，这个角度能望见，站在河边反什么也看不到，我不清楚是为什么，不知是距离还是角度的原因，或许这个房间较他处有什么特别？马西控制着，不让自己战栗，以免被赵莫瞧出，却抵挡不住由下而上的寒气，仿佛他置身于冰窟。啊呀，我是胡说八道，你别笑话，赵莫换了语气，神情也变得柔和，来，坐，我今天带了一瓶三十年的龙门大曲，整理储藏室找到的。龙门大曲是二十世纪的酒，早就不生产了。马西记得有一种烟叫大境门，刻印蜡纸的男生经常抽，后来也不见了。马西不知怎么应对，趁机把话题引到这上面。

说了一会儿产自龙门甚至作为龙门象征和符号但如今已经消失的各种牌子的烟酒、缝纫机、收音机、棉帽子，马西掏出老枪写的序言，请赵莫过目。赵莫惊叹，这是二十二世纪的效率。

赵莫翻看时，马西走到窗前。包间在三楼，并无登高望远的开阔。正是下班高峰期，街上人来车往，如黏稠的河流。街过去是隔离带，约有五米宽，丁香树的叶子尚未舒展，稀稀拉拉，甚显孤独。再过去就是凤凰河，平静、沉寂，在渐渐愈合的暮色中显得凄凉颓废，随时昏睡的样子。马西目光游弋，紧张而小心，什么也没看到，听到身后的动静，迅速回到椅子上。

赵莫双手端举，似大臣向皇帝呈报奏章。我虽然不懂，但也能看出这个老枪水平不一般。马西说，那是。随后讲了老枪的成就、脾性。赵莫的瘦长脸熠熠生光，你这面子太大了，怎么感谢人家呢？马西说不用。赵莫正色道，那可不行，必须要谢。马西半开玩笑地，若是谢恼，他怕要收回去呢。赵莫发愁地，这可咋好？马西见他如此在意，就说，你非要表示个意思，送他一坛酒吧，他嗜酒，不会恼的。赵莫喜道，太好了！我给弄坛纯粮原浆。随后，两人商量起什么题目，赵莫让马西定，马西说好好斟酌一下。

你去过凤园吗？赵莫问。

那时，已接近尾巴。两人都喝高了，瓶酒已见底。比上次热情，当然，也因为熟稔了，马西又帮了这样的忙，赵莫频频举杯，每次总是一饮而尽。马西喝不了快酒，但不想显得扭捏，也就随他干了。马西浑身发热，头脑渐涨，已有醉意，坚决不喝了。赵莫让马西喝水，他把酒清掉。马西拦住他，你也别喝了，留一点也好。仿佛马西有意提醒，而赵莫突然想起，遂将余下的酒洒在窗边。气氛顿时凝重。马西端起水杯，赵莫问出那句话。似乎赵莫扔出的是炸弹，马西猝不及防，被呛着了，连咳数声。

喝点水，赵莫劝。

马西猛灌几口水，狼狈地笑笑，说，当然去过。凤园和凰园是龙门的两大公园，一南一北，凤园在河东，凰园在河西。马西上学那会儿还要门票，新世纪伊始不再收票，公园的围栏也全部拆除，从任何方向都可进入。普通公园，没什么特别之处。马西望着赵莫，思维僵滞。酒的后劲正在显现。

关于白雪……赵莫停顿了数秒，仿佛在下艰难的决心……我没对你说实话。

马西啊了一声，还好嘴里没水，没呛住，目光却受了惊，没有章法地跳晃。

凤园发生过一个案子，有个单身女士被尾随的歹徒抢劫，赵莫声音沉重，后来，歹徒把那女士拖至树丛深处……

马西的心脏几乎停止跳动，头仰着，腰却弯了，山一般的重量正在压下来。

那是两年前的事。赵莫垂下头，目光折断。

后来……案子破了吗？马西口干舌燥，却没有端杯，整个人凝固了。

破了！不到一个月就破了！赵莫说，审结也快，年底就判了。

那就好！马西说。

是啊，老天有眼，警察有功，赵莫说。神色更暗了，似乎长脸的每个皱纹里都装着黑夜。案破了不等于结束，一切才刚刚开始。

马西感觉自己卧于透水的船舱，船在下坠，而他什么都不能做，只能无望地沉没。

她越来越不爱说话，有时一整天都不说一句话，若不是逼着她吃饭，嘴也不张的。赵莫说，

那……就坐着吗？马西小声问。

赵莫说，和我分居了，她住书房。除了看书，就趴在写字台前涂写。

马西问，那书稿……？

赵莫摇摇头，都是过去写的。她在写日记，这习惯倒没改。

马西说，也算是疏通吧，总比一直憋着好。

赵莫凄然，开始我也这么想。

马西小心得不能再小心，仿佛每个字都是轻薄的器皿，情绪更糟了？

赵莫说，那倒没有，始终那样。她的日记在抽屉放着，我没机会看。我以为她慢慢会忘记，会好起来，谁想……看她日记时，她已不在了。

马西呼吸急促，写了些什么？

赵莫摇头，什么都没写。

如瓷器碎裂，马西被惊着，怎么？！

赵莫说，也不是什么都没写，不过跟没写也没啥区别，只有一

个字。

什么？马西催问。

他！

他？

赵莫点头，就这一个字。

呆了半晌，马西问，那是什么意思？

赵莫极艰难地摇了一下头，轻轻地，仿佛锈住了。然后就凝在那里，脸上呈现着旧银幕时代的灰白。而马西突然有闯入陌生领地的恐慌，想逃离却寻不见方向。他极欲摆脱，可大脑空空，他不知做什么，于是伸手抓杯，那杯却倔强地躲开，落在地上，粉身碎骨。马西弯下腰，把碎片捡拾到桌面。清脆的声响也刺醒赵莫，他回过神儿，抱歉地笑笑，对不起，和你说这些。

那定是有缘由的，马西字斟句酌。

赵莫说，我没太在意，也不想太动脑筋，人没了，别的又有什么意义呢？这几天我重新整理她的日记，再次看到那个字，突然被刺疼了。我想对她，那就是一把把锋利的刀，再结实的人也经不住天天刺啊。

她认识罪犯吗？马西问。

赵莫说，不认识，罪犯也不认识她。我也琢磨着和案子有关，昨天带着日记找了当时办案的刑警。

马西的喉咙越发焦裂，刑警怎么说？

赵莫满脸沮丧，刑警说已经结案，罪犯已经伏法，其他物证，就算和案子有关，也没必要看了。

马西问，半点儿兴趣也没有？

赵莫说，他倒是翻了翻。以他的推断，现场可能有目击者，她或许也看到了。案发时间不到九点，又是夏季，该有游人的，她走的小路偏了些，也就那一段，两端都有灯，而且她呼救了。她平时说话声音弱，呼救肯定要高许多，周边能听到的，可没有人施救。当时警察寻找过那个时段到公园的人，都没能提供线索。案子侦破后，他不会再验证自己的推断是否正确。就算推断正确，又能如何？他能翻看已经够耐心了。

马西问，我能瞧瞧么？意识到唐突，自嘲地，我把自己当警察了。

赵莫说，当然能！你比我了解她，或许你能看出啥来。

马西惴惴地，谢谢你的信任，我怕是没那个本事。

赵莫说，你别有压力，我也不指望什么。

三日后，赵莫拎了两坛老酒，一坛给老枪，另一坛让马西留给自己。马西连声道谢，赵莫说你帮这么大的忙，该说谢的是我。然后从包里取出两本日记，一本是红皮，另一本是紫皮。马西翻翻就要还给赵莫，赵莫执意要他留下，说也没啥秘密。

赵莫离开后，马西净手翻阅。虽然赵莫说没秘密，马西仍有窥看他人隐私的不安。每天所记或多或少，半页，一页，两页的也有。马西匆匆一掠，翻到赵莫所说的那个日期。虽然赵莫已经告知，但触见那匕首一样的字，马西仍心惊肉跳。赵莫只说字，而没说标点，作为编辑，马西深知标点有时比字更重要。那一页是这样写的：他？次页是：他！第三页"他"的后面写了几百个问号，第四页"他"后面则是数百个感叹号，犹如一排狼牙棒直竖在那里。余页没有变化，弯刀与狼牙棒轮番上阵。

马西不知自己花了多久翻完的，也不知天是怎么黑下来的。他没吃晚饭，也没沉于梦乡。像被匕首捅残又被弯刀和狼牙棒围攻，他血肉模糊，魂魄游离于身躯之外。午夜之后，他突然跳起，扑至窗前。双腿不停地抖，胸口也堵着，涨得难受。许久，呼吸才恢复正常。

米白色的身影一飘而过，马西奔下楼，已然难觅。马西不再仅在附近转悠，而是一街又一街地穿行，直到天明。次日，马西将落满灰尘的自行车修理了一下，立在楼道出口处。

## 7

从午夜至黎明，马西骑着吱吱作响的自行车穿行于龙门大街，目如利器，四下搜捕。连着两夜，毫无所获。行人比想象的多，但非他的目标。他并不沮丧，半夜的骑行虽然腿酸臂麻，身心却格外松弛，就像游泳，困乏却是舒坦的。

凌晨，马西回家的路上买些早点或自己煮粥，就如过去那样。挨到上班的点，他仍旧步行，偶尔会在河边站几分钟。遍布晨练的老人，没谁注意他，马西凝望片刻，总忍不住回头，仿佛身后有人追随。路上耽搁再久，马西仍是第一个到编辑部。锁已老旧，开门不那么顺利，但马西已经摸着诀窍，钥匙捅到根儿，再稍拔出一点点，多了不行，少了不行，猛地一拧，就开了。马西告知另外两位编辑，两人商量好了似的，说打不开才好呢，打不开就不进。马西笑笑，再没有将秘诀授人。扫地、擦桌子、打水、看稿、校对、打电话，一切按部就班，没有任何变化。

第三夜，何清在家，马西没打算夜游，虽然她一觉就到天亮，从不在意他是否在她身边，但马西仍担心她中途起夜发现他的秘密。若在窗边瞭望，他可以找出各种借口，半夜不归难有托词。但午夜之后，马西浑身刺痒，就像无数的虫子在噬咬。终是没忍住，马西轻手蹑脚，带门出来。

那一夜，马西有了意外的收获。

骑了也就一个多小时，马西有了饿的感觉。独自在家，他一个菜就够了，都说人到中年知道怎么照顾自己，马西却愈加懒散。但何清回来，马西从不对付，每餐三四个菜。火车上的饭难吃，何清说每次都跟喂猪差不多，她困乏也与吃不好有关。何清曾想调换工作，马西无能为力，为此心怀歉意，帮何清喂养身体是作为丈夫唯一可做的，而喂精气神儿一张床就够了。那晚四个菜，量又大，何清喂得饱，马西也吃多了，餐后没动弹，昏睡了一觉，竟然饿了。马西记得钻石南路与北斗西街交口有一家二十四小时营业的餐馆，便拐到钻石路，一路向南。

街边停了两辆大车，七八辆小车，餐馆的食客主要是出租车司机和大车司机，从路口往西通向外环，而大车司机从西外环下来必经此路口。马西从两辆出租车中间上到马路牙，正欲往餐馆走，一个身影从餐馆出来。马西突然惊呆，嘴巴大张，眼球鼓凸，如突然间被点了穴。她米白色上衣，蓝黑裤子，与马西楼上看见的一模一样，只不过她矮了些，也粗壮了些，头发也没那么长。她径直走向餐馆北端，那里停放着电动车和自行车。她开了自行车的锁，推至街上，骑上去。

马西终于反应过来，手忙脚乱，跨了三次才上去。

她已经骑出一二百米，马西很快追上去。他骑得快，虽猛踩刹车，还是撞到了她的后座。她停住，满脸惊诧和警惕，你干什么？

近了才看清她的上衣是灰色，而非米白，她的脸也是陌生的，肌肉松松垮垮，遍布浓浓的倦意。

对不起，我的刹车失灵了。马西笑意翻卷，歉意地解释。

她没说话，骑上走了。他不是歹徒，无需害怕。他大块的笑，他善意的目光已然传递。她还是害怕了，马西想。

马西望着她渐渐远去的背影，忽然想，也许在楼上看到的身影就是她，而不是幻觉，因为距离的原因把她看成了另一个人。他不想失去这个澄清的机会，再次追赶。她听到了身后的声音，回了回头，没等他靠近，她先停住了，变被动为主动，怒斥因惊恐而颤抖，你想干什么？

马西赔笑，你别害怕，我想求证个事儿，前些日子，你是不是去过火车北站？就是这个点儿？

她冷了脸，神经病！随后挺腰昂首，带着不屑和骄傲，缓缓骑走，十几米后，突然加快。

马西终于明白，不过是一个像她的人。龙门不大，也有百万人口，相像不足为奇。尽管如此，马西还是兴奋，返回餐馆吃了碗西红柿鸡蛋面，便又扑进夜色中。

清早，马西拎着两张鸡蛋灌饼进门，何清还没有醒。马西吁了口气，将昨夜泡好的豆子、红枣、小米倒进豆浆机。待他洗漱完毕，又翻了翻白雪的日记，豆浆机工作停止的提示音响起，他去卧室喊何清。何清应了一声，迷迷糊糊道，谁让你老动我，我还没睡醒呢。翻了个身，竟又睡着了。马西呆了呆，丝丝缕缕的怜惜生出来，给她掖了掖被子，合上门。

何清在家的日子，马西尽量不到外面吃饭，虽然他陪与不陪，对何清并无区别，但在他，那是该做且能做的。就连苏文秀喊他，也能推就推，老枪有请则另当别论。在龙门，马西唯一对老枪没有免疫力。老枪到苏文秀餐馆吃饭，苏文秀定然给马西打电话，老枪若带着他的女郎，苏文秀必定义愤填膺，让马西看着老枪，以免他和破货在她的餐馆干出丑事来。如此理由，马西也是哭笑不得。虽然他知道没有他这个“警察和仲裁”，老枪也干不出“丑事”，但他还是欣然而急切地前去救场。那日黄昏，苏文秀问马西是否有空去她的餐馆坐坐时，少了激愤，客气了许多。马西问老枪在不，她说不在，若他在，她就不叫马西了。马西感觉苏文秀话外有音，问她怎么回事。她一改商量的口吻，不容置疑地，我走不开，你得过来一趟。马西说好吧，随即打老枪的电话，无法接通。马西顿感不祥，匆匆给何清准备了两个菜，打车到东山路苏文秀的餐馆。

马西进去，桌上已摆了四个菜，炖羊蹄、煮大豆、拌猪耳、拌荞粉，显然是照他的口味准备的。苏文秀欠欠身，说坐吧。马西问出了什么事？老枪呢？苏文秀反问，老枪不在，你连坐也不敢了？坐下说！她神情严峻，马西心如浪涌，落座时凳子极其刺耳地吱嘎了一声。

这时，服务员进来说来了几个客人，想要个包间。苏文秀皱眉，说你安排就是了，雅三不空着吗？服务员说刚订出去，没有了。马西立即道，咱去大厅，别浪费了。苏文秀制止了马西，对服务员说，那就告诉客人没有了。服务员应声离去，马西问，还有别人吗？苏文秀摇头，包间安静，好说话。马西问什么重要的话，非今天说不可吗？苏文秀说当然重要，不重要我敢打扰你吗？马西问，老枪……？苏文秀点头，我下午去看过他。她问马西多久没见老枪了，马西说有六七天吧。马西把赵莫那两坛酒拎给老枪，未发现老枪有什么反常。

自从上次出院，那个会鸟语的女人走后，再没女人来找过老枪，苏文秀忧心忡忡，甚至带出了几分悲伤。马西吃惊而好笑地，你就是为这个上火呀？这不正是你盼望的吗？苏文秀说，没错！每次有烂货找来，我就上火，供他也就罢了，凭什么供她们？而且还不止吃喝，说出来不怕你笑话，避孕套的钱也得我出！马西难以评价这种复杂的关系，说，难为你了，只是我不明白。苏文秀悲怆地，我也不明白呀！我这是在干什么？是为了照顾老枪还是故意糟蹋自己？马西笑了笑，老枪有魔力么。苏文秀沮丧地，这倒不是胡扯，他不是什么了不起的人，可就是丢不开，就是牵挂他。马西说，这我倒理解。苏文秀说，我常常想，如果那些女人不来，我会把他照顾得更好，花多少钱我都心甘情愿，现在如愿了，谁想……唉，说句不好听的，他变得跟死人一样。马西惊叫，咋这么说？苏文秀目光莹莹，我没咒他，几天前我就发现他不对劲，他不出门了，除了吃饭，就睡觉，醒着眼睛也没有亮度，像蒙着纱，今天去看他，他连话也不说了，蔫头耷脑的，我以为他感冒了，又不发烧。我没胡说，他正在变成他以前极其鄙视的那种……行尸走肉。

短短几日，怎么会这样？马西让苏文秀分析原因，苏文秀难过地晃着头，可能与那些女人有关。马西问，被骗了？苏文秀笃定地，不可能！这么多年，没有谁骗过他。马西暗想，世事总是在变。苏文秀说，我还是觉得与他身边没有女人有关，我不明白的是，因为没有女人他才变成这样，还是他变成这样她们才不再来的，咱得商量个办法，帮帮他呀。无论是先有鸡还是先有蛋，这都没法操作，况且未必真如苏文秀推断。马西让苏文秀把菜打包，苏文秀立即道，我和你一起去！马西说，我先去探探，你别太着急。苏文秀说，那我让厨师再炒两个。马西说，这就够了。

到老枪那儿快九点了，马西敲了两次，老枪才开门。马西松了口气，笑着责备，咋不开手机？害我等了半天。老枪说骚扰电话多，烦！马西说金屋藏娇了吧。挨房转了转，差点绊倒。然后盯着老枪暮气沉沉的脸，你这儿空空荡荡的，我倒不适应了。老枪说，更空的不是房间。马西一怔，老枪没用马西习惯的语言和方式回应。老枪虽不像苏文秀描述的那样不堪，但脸带倦意和消沉。也就数日，是什么让老枪变成这样？老枪问，让你吃惊了？马西说，这不像你啊。老枪说，也许这才是真正的我，另一个是我扮演的，现在我没兴趣演了，把面具和服装撕掉了。马西惊叫，现在的你才是扮演的，太假了！老枪苦笑，莫非你比我还了解我？马西坚定地，没错，我就是比你了解你！老枪说，好凶啊你，你是来吵架还是来喝酒？再不把菜拿出来，该馊了。马西眼睛泛潮，这才是他心中的老枪。马西把菜摆上，老枪抱了酒坛出来，给两人各倒一杯。这是要大喝的架势，上次这么喝，还是几年前，某个老枪喜欢的诗人割腕自杀。马西喝了一大口，老枪却干掉了。马西没挡，痛饮于现在的老枪未必是坏事。老枪抹抹嘴，这酒够劲儿，真他妈过瘾！

马西问，发生了什么？

## 8

与上次相反，马西有意拖延了二十余分钟。赵莫牢牢地钉在窗前，仿佛因年久而生锈，与房屋成为一体，再也不能剥离。奇诡的念头再次冒出，这根生锈的钉子在和影子密谈，在马西推门的刹那，受了惊吓的影子飘回到河面。对不起！马西不安道。赵莫缓缓转身，我也到了没多久。马西朝赵莫身后瞅了瞅。赵莫问，是不是有点吵？马西连忙说，不吵不吵，别忘了，我可住在火车站旁边呢。赵莫咧嘴笑了，那就开着，这个季节的风是甜的。马西点头，确实是呢。

马西拿起菜谱，说这次无论如何也要他做东，赵莫一本正经地，那怎么行？这就跟我家一样，我是主人，你是客人，哪有客人做东的道理？改日到你家，不用说也是你做东。马西说，我都不好意思了。赵莫轻笑，你们知识分子，总爱把简单的事情搞复杂，末了叹口气，白雪就是这样。神色黯淡了许多。马西把菜谱给他，说还是你来吧。

等上菜的空当，马西把出版合同和白雪日记拿出来放在桌边，合同装在牛皮纸信封，两本日记则是用红绸包裹。

马西就出版周期、印数、费用简要讲了，说红笔勾画部分是重点，让赵莫带回细看。赵莫问马西看过没有，马西笑说红线就是我画的。赵莫说，你看不就行了？我又不懂。马西说写得明明白白，你还是看一下。制式合同，但也可以修改。赵莫说，你想不到，我就更想不到了，就在这儿看吧。读后顺手就签了字，他留了一份，另一份托马西带回，说明天即把钱打过去。

马西再把日记推过去，赵莫摸了又摸，目光渐亮，似有火星迸射。谢谢你，这么用心！马西解释，家里正好有一块绸布。其实马西特意买的，还想弄个锦盒，但没来得及。赵莫自责地，我怎么就没想到呢？马西说，你想得还少呀，出版她的书稿，这是最好的纪念。赵莫说，能做的不多，也只有这个了。马西想及他钉在窗边的样子，又想到老枪薄情寡义的论断，思忖改日把赵莫和老枪约一起坐坐。赵莫问，日记能出版吗？他问得突然，马西愣了一下，问，你要……？这不合适吧。赵莫说，我上网查过，日记成书也挺多的。马西说，你想出，挑一些，也不是不可，问题是……白雪地下有知，她是否情愿？毕竟，日记是私密的，与诗文不同。赵莫点头，你说得有理，她会怪罪我的。末了说，还是你比我了解她。说得自然随意，但马西心惊肉跳，仿佛赵莫突然举起了铡刀。马西随即一笑，以掩饰自己的慌乱，在这个世界上，没有谁比你更懂她。赵莫惭愧道，真是那样，就不会……对了，你从她的日记看出什么了吗？那一个个形状各异的"他"，那一把把锋利的弯刀和一排排尖锐的狼牙立刻闪出来，马西歉疚地，真的抱歉，可能我太迟钝了。然后直视着赵莫，近一年的时间，她就写了一个字，自然是有原因的，这期间，她没跟你透露过吗？

赵莫痛苦地摇摇头。

马西说，你再想想，也许她没直接说，但可能暗示过。

赵莫陷入沉思。良久，赵莫沮丧地，没有！我想不起来！是我太笨了。

是否对你岳母说过？这句话说出口，马西恨不得给自己个嘴巴。

赵莫惊了一下，不会吧？如果连我也不愿说，又怎么会……？

马西说，该问问你岳母，也许谜团就能解开。

赵莫轻轻点头，你说得对，谢谢你的提醒。

马西问，你岳母身体还行吧？

赵莫的脸暗了许多，怎么能好？家人都不敢提白雪的名字。算了，还是不问她了，伤口撒盐，她受不了。

马西说，对不起，我没考虑到这点。

赵莫说，也没什么，你也是想帮我么。算了，警察都解不开，你我白费力干啥？就让她把秘密带去吧。

如果能带走那就好了，马西说。

赵莫疑惑地望着马西，马西也有些蒙，他本来是在脑子里对自己说的，没想到野马一样冲出嘴巴。

有些秘密是带不走的，马西说，也许，秘密会活下来……也许有一天，你突然就知道了。

赵莫问，真会有那么一天？

马西移转目光，几乎不敢看赵莫，什么都是有可能的。

这和没说一样，但赵莫还是显得兴奋，太好了！但愿吧。

马西问，她去凤园，为什么一个人？

赵莫的目光有些僵，但脸上是挂着笑的，警察也这么问过，我感觉又被审了一遍。

马西忙说，对不起，我失礼了。

赵莫说，我开玩笑呢，她常去凤园，都是一个人。她就这样，喜欢独来独往。

马西痛心地，那么晚了，不该去的！

赵莫说，是啊是啊，不该去的，不过也不是很晚，曾经有一次，她十点了还出门。谁能想到……唉，怪我，该拦着她的。啊呀……赵莫惊叫一声，被蛇咬了似的，脸有些扭曲。

马西惊骇，怎么了？

赵莫摆摆手，没事，我就是……我突然想，那晚她该是见什么人。

马西脱口道，你说她去约会?！触见赵莫责怪的眼神，马西忙说，对不起！

赵莫静默着，待云团般的痛苦消散，才说，见人，也许是谈事。

马西附和，对，对，谈事情。也许等的人出于某种原因没到，或到晚了，没敢现身，这都是有可能的。

赵莫盯着马西，若真是这样……那会是谁？

马西思维阻塞，略显结巴，那该是……她……认识的。

赵莫说，以她的性格，不会和陌生人见面，这一点儿我敢保证。

马西说，多半是她认识的。

赵莫忿忿地，太可恨了……如果找到这个人……

马西诅咒，他会遭报应的！

赵莫说，改天我再找一下办案的警察，也许他能帮上啥，谢谢你的提醒，我早认识你就好了。

马西虚虚地笑了一下，脸像被剐蹭了，有些难看，我不过是胡说八道，你别太当真。

赵莫说，你能想到，我干吗不试一试？

马西不安地，我是想帮你的，但就怕害了你。

赵莫正色道，你说哪里话？分不清好歹，我还是人吗？

那晚的谈话有些奇怪。赵莫有意中止时，马西总要在节骨眼儿上凿个口子；赵莫越陷越深，马西又试图填堵；马西欲结束离开，赵莫却又突发奇想。相互启发，又彼此闪躲。若不是服务员催说快打烊了，两人或许要说到天亮。只顾着说话，菜都没怎么吃，回去的路上马西就饿了。

午夜之后，马西下楼。眯了不到一小时，但劲头十足。沿东岗路骑了一段便拐到北斗街，十分钟后，到达钻石路口。他将自行车停放在满天星饭店北侧。那里已停放了两辆。

店铺两间房大小，马西进去时，里面有八九位食客。多是司机，不喝酒，虽是大厅，并不吵闹。马西在门口的位置坐了，要了碗肉丝榨菜面。等饭中间，马西盯着柜台旁侧的门，那里通向后厨。那个女人该是在后厨帮忙。上饭快，马西吃得也快，结了账便离开。没看到那个女人，但相信她就在后厨。马西推了自行车，候在路边。没过多久，那个女人出来了，她似乎只有那么一件衣服，而她的自行车总是放在固定位置。

女人骑出五六十米，马西跟上去。匀速骑行，始终和女人保持着距离。女人沿钻石路向南，第三个路口左拐，沿工业街骑行二百米，右拐，不远处便是某个破旧的小区。

已经是第七次跟随。马西没有明确目的，或许有一点儿好奇，而这种行为也难以界定是跟踪还是护送。他没想干什么，至少，他没吓唬她，除了第一次，伤害更不可能。他是守法公民，没偷过没盗过，腐败贪污更是沾不上边，鸡零狗碎倒也有，他用过公家的信封，还有，他把编辑部的订书机带回家了。

马西深知自己的举动古怪而疯狂。他的刹车器似乎坏透了，整个人都失去了控制。晚饭后他控制不住地昏睡，与赵莫说话控制不住嘴巴，与老枪喝酒也酩酊大醉，而不是以往那般节制，适可而止。他嘲笑自己，咒骂自己，但没什么用，骑着骑着就到了满天星。直到女人右拐进入小区，他才掉头离开。在尾随的过程中，他不可控制地冒出她将被打劫的念头，竟还勾勒出数个场面。他感觉自己神经错乱，差不多要癫狂了。

女人消失后，马西怅然若失，又暗松一口气，略停了停，正待离开，街边的车突然亮了，光柱如巨嘴猛兽，锋利的牙齿一下将马西叼住，与此同时，车上警灯闪烁，马西知道是怎么回事了。

被带到巡警队，马西已经不再颤抖，只是腿还有些软，走路腾云驾雾的。那不是他控制的结果，而是已经没了力气。深更半夜跟踪单身女人，虽未构成犯罪，但终是恶俗。警察让马西陈述缘由，马西哪里说得明白？护花使者？英雄救美？警察会笑掉大牙。马西脑子还算清醒，竭力让警察相信他是一个正常人，被失眠困扰，靠夜行治疗。马西带着证件，除了身份证，还有社保卡。说了半天，警察终于半信。面对警察的训诫警告，马西满脸诚恳，频频点头。以为训完就放他走的，没料还须家人来领。马西告知妻子是列车员，两天后才回来。他生怕警察给何清打电话，心弦快绷断了。警察盯了马西一会儿，说家人不在，朋友也可。马西想了想，本欲报苏文秀的名字，说出口的却是赵莫。那一刹，他被自己惊呆了。

9

他不是凶手，绝不是！苏文秀瞪着马西，双目喷火，脸则如膨胀的面团突然被踩，坑坑洼洼，起伏不定，就好像罪名是马西定的。

五月的下午，阳光有着蜂蜜般的甜香。马西和苏文秀坐在石墩上，中间隔着圆形石桌。刚才他们被树影笼罩，此时斑驳的树影移开了。在树和花丛的另一端，老年合唱团正在手风琴的伴奏下演唱《北国之春》。约苏文秀在凤园见面，连马西自己都有些奇怪，但苏文秀似乎很高兴，说上次到凤园，她还是老枪老婆，感觉有五百年了。她喋喋不休，好像马西约她出来就是为了听她讲和老枪的浪漫往事。马西拧开矿泉水盖递给她，她终于刹住。

那一晚，马西不但没阻止老枪，自己也喝得大醉。老枪打开信箱，让马西看那个女人的信。老枪是两日后看到的，未能及时阻止。要说这与老枪没有直接关系，老枪从未怂恿，但间接关系是有的，在过去的通信中，老枪阐述过对生命和死亡的看法。仅此而已，说来荒唐，但又千真万确。老枪自言罪孽深重，说自己是凶手。同时，他的灵感似乎追随那个女人死去，他突然间思路堵塞，写不出东西了。生不如死啊，老枪浩叹。马西清楚，老枪无需负法律责任，但心理负担是抹不掉的。就在昨日，老枪告诉马西，那女人的丈夫发现了妻子的秘密，她在结束生命前与老枪通信达半年之久。他让老枪等着，那意思是要来龙门找老枪算账。不见面，老枪凭文字可应付千军万马，一旦直接交锋，老枪必定惨败。老枪不愿让苏文秀知道，但应对这样的事，马西也不擅长，只有苏文秀还凑合。

你别这么瞪我，让你吓着了！马西半开玩笑。他想让苏文秀放松，这剑拔弩张的，没法交流。苏文秀埋怨马西不早告诉她，她每日去给老枪送饭，还不如个探监的人，老枪一天天枯萎，她却完全不知道情由。要不是那女人的丈夫要来，你还不让我知道对吧？面团恢复了原状，目光仍如没有水分的枝条。马西说老枪也是心疼你，你知他的性子，我若管不住嘴巴，他会和我断交。苏文秀不领情，那现在呢？你不怕了？马西说，哪头轻哪头重，我又不是傻子！苏文秀哼了一声，你不够意思，我可什么都告诉你。马西说，喊你出来可不是为了吵架。苏文秀笑笑，也是呢，皇上不急太监急，咱俩这里吵，老枪睡大觉，你说谁有病？马西也笑了。

口干了吧？喝口水，马西说。苏文秀倒是豪爽，一口气灌下去多半瓶。合唱没有变化，像长在公园里的植物。马西侧耳，苏文秀扭头望了望，皱眉道，反复唱这一首，也不换换！马西说，挺好听的呀，这是日本歌曲，我百听不厌，我读大学时也合唱过，每次听到，就想起大学时光。马西并不想和苏文秀说这些，不知怎么就滑出来。然后，他自嘲地笑了笑，怀旧是衰老的标志。苏文秀说，你手机下载了，想咋听咋听。马西摇头，所谓的触景生情，只有合适的环境听才有感觉。苏文秀讥讽，酸！末了又道，老枪是诗人，但从来不酸。马西说我当然不能跟老枪比。苏文秀问，你叫我到凤园，不光说事，也为听合唱？马西说，这不是搂草打兔子，两不耽误么。苏文秀说，那你听吧，我得走了。马西吃惊地，还没商量出办法，你咋这么急？

轮到苏文秀吃惊了，有啥商量的？不就是那家男人上门问罪吗？我知咋对付这种人。马西紧张地，那可不行！你又不是不知老枪，不能再给他增加压力。苏文秀又坐下去，你让我怎么办？总不能哄吧？你以为大老远找上来是讲理的？马西说，肯定不会心平气和，我是担心彼此失去理智。苏文秀说，放心吧，这么多年什么人没见过？醉酒闹事的，找茬儿敲诈的，有个青皮被我用酒瓶砸破了头，缝了八针，该硬就要硬的，不然就得遭欺负。实话对你说，两年前我还交保护费呢，惹不起就得服软。啥人啥办法，见了面才知道来的是什么货色，才知该进该退，你现在让我说，以为我是神仙？看人下菜，我是开饭馆的，不比你懂？苏文秀说得在理，马西只好说，那就靠你了。苏文秀突然伤感，老枪嘴巴紧，别看我一天一趟，他也当我是空气。那男人到龙门，你马上告诉我。绝不能让他见到老枪。马西说，放心，我会及时报信。

苏文秀离去了，石板路被她踩得咚咚响。有苏文秀这道防火墙，老枪这件事就基本搞定了。马西却没有如释重负的感觉，心上压着太多的石头，搬掉一块，又有新的石头压上来，就像歌声长在公园，石头也长在了他心上。与苏文秀对面坐着，歌声令他痴醉，时不时地侧过头，以便听得更真切，此时无须分心了，齐整的歌声竟如长矛一样，扎得耳朵生疼。马西不知怎么回事，茫然四顾，好像答案在某个树冠上挂着。杨树榆树垂柳，粗粗细细高高低低，但马西没有找到答案。长矛仍在乱刺，频率渐快，马西终于坐不住了。他逆着长矛疾步逃离，至公园的深处才停下来。

没有凉亭，没有假山，没有石凳，没有弯曲的石板路，连草坪也看不到，只有稠密的树木，树与树之间，腐叶与新生的草芽纠缠相拥，给人很奇怪的感觉，似乎置身于原始森林，而不是被高楼大厦包裹的公园。马西到过凤园多次，不知竟然有如此幽静甚至荒蛮的一片天地。他踩着腐叶铺就的地毯，忽就想起大三那年文学社组织的西山郊游。郊游不危险，但白雪掉队着实把他们吓了一跳。中途，白雪要方便，几个人便站在原地等她。她走出他们的视线，谁也没在意。那一年，《人民文学》刊载了刘索拉的《你别无选择》，他们因这篇横空出世的小说而兴奋异常，已经讨论多次，在西山的树林，再次谈论，依然热烈。后来一个女生说白雪怎么还不回来，他们这才惊觉。白雪离开已四十多分钟，意识到不妙，赶紧去找。他们寻见了白雪小解的痕迹，但没看见白雪，都急了，两人一组分头去寻。那时没有手机，只能边走边喊，找见白雪快中午了。她方向走反了，发现后未能顺原路返回。她越走越害怕，喊叫也没人应，结果连脚也崴了。下山时，男生轮流背她，直到公交车站点。没人责怪白雪，她自己说了一千个对不起。

马西走得飞快，目光在树干间穿行，仿佛林间深处藏了什么等他去寻。当艳丽的身影闪现出来，马西突然呆立，差点喊出声。女孩也被马西吓了一跳，定住。几分钟后，一个长发后生走至女孩身边。怎么了？没怎么。简短的问答，长发后生极不友好地瞟瞟马西，然后牵着女孩的手离开。马西仍然呆立着，仿佛彻底蒙了。许久，他才小心翼翼地挪移，生怕陷没于腐烂的枯叶中。

走回站前大街，暮色已盖住天空。马西疲惫不堪，比郊游还累。从楼下买了两张卷了萝卜丝和菜叶的石头饼，草草塞进肚子。窝进沙发，本想看会儿书的，没两页便沉沉睡去。午夜之后，从梦中惊醒。在窗前站了一会儿，返身下楼。他没再光顾满天星，没再尾随那个女人，虽然心仍痒痒。他的漫游又变得毫无目的。近乎疯子的行为本该是秘密，可被赵莫窥到了。要说这不怪赵莫，但马西仍然不适。他和赵莫算什么关系呢？什么也不算，他想躲了。待书出版，就断绝和赵莫往来。

但躲却没那么容易。

两日后的下午，马西往老枪住处。以往，马西和老枪半月二十天见一次，多半是老枪创作了新诗之后。有时就他俩，有时老枪的女粉在场，马西习惯了，哪怕女粉公然坐在老枪腿上，两人照样高谈阔论。他唯一担心老枪的腿，和麻秆差不多。想提醒老枪，终是会忍住。那样的场合，他自控力还是蛮强的。现在，马西带了任务，一周最少三次。

两人打过招呼，就陷入沉默。老枪被霜打了，马西也是心事重重。赵莫打来电话，问马西在哪儿，声音透着兴奋。马西说和朋友聊天，赵莫又问在哪儿，他想赶过来。马西瞟瞟如木乃伊般的老枪，甚是不悦，赵莫也不问问是否方便，好像他是马西的领导。马西本要回绝的，说出的却是你过来吧。猛然发觉这是老枪家，急忙改口，不行不行，我正有事呢。赵莫啊了一声，似乎马西的反复让他吃惊。马西说不好意思，若是当紧，就电话里说。赵莫的声音又滚沸了，说当然当紧，电话里说不清，晚上老地方见。马西说到时看情况。赵莫急了，我等你，再晚你也要过来！我去你家里也行，你看咋方便？马西说那就老地方吧。

马西和赵莫通话，老枪双目微闭，毫不在意。他对马西和谁通话，没有丝毫兴趣，马西还是解释说一个朋友。老枪哦了哦，也可能没哦，只是嘴形有些像。诗歌是老枪的生命，不写或写不出，犹如夺命。一个从未谋面的女人把老枪搞成这样，那女人的丈夫还要老枪等着，无须他来，老枪已经半死。也许，女人只是外因，真正的缘由是老枪的才思已经枯竭？马西帮不上老枪，盯着老枪晦暗的脸，说不出的悲凉。

晚上跟我出去喝酒，马西说，那个送酒给你的人，一直想请你。老枪摇摇头，我是替你写的，和他没关系，不劳烦了。马西笑，我请总可以吧。如果把老枪拽出家门，也许有可能让老枪活过来。老枪面无表情，我不想动，你也别因为我失约。

## 10

赵莫半个身子伸到窗外，且仍往外探，如果马西晚一分钟，他可能就飞出去了。马西的脑袋出现了短暂的空白，随即一阵轰鸣。他扑过去，紧紧抓住赵莫，声调都变了，你这是干什么？赵莫哎呀着，你弄疼我了。直到将赵莫拽离，马西才松手。赵莫龇牙咧嘴，你还真有劲儿。马西瞪着他，干啥呀，你这是？赵莫笑出声，以为我寻短见？马西愕然，那你……？赵莫说我好像看见白雪了，她从大街上走过，昂首挺胸的，我想看得更清楚一点儿，她却不见了。马西更惊骇了，你确定？赵莫长叹一声，怎么可能是她呢？恐怕是与她相像的人，不过，实在是太像了。马西脑里闪过午夜穿行站前大街的米白色背影，暗忖，难道是同一个人？还是同样的幻觉？就有些走神儿。赵莫推他一把，又不是真的她，你吓住啦？马西意识到失态，僵硬地笑了笑，我就是奇怪，能这么像？你刚才……太危险了。赵莫说，真是抱歉，惊着你了，你的脸到现在还发白呢。马西抹了抹，仿佛那是挂在脸上的尘土。

赵莫点菜，马西让他少点，上次基本没吃，太浪费了。赵莫说，无所谓，打包带走就是，点少了店家不高兴。偏头问服务员，是不是呀？服务员十八九岁，极伶俐，你来就高兴！赵莫一乐，真会说话，你这么说，我更不能少点。服务员推荐了一个新上的汤，赵莫点头，听你的，尝尝。

待服务员离开，马西说两个菜就够了，一荤一素，正好，再这样，他不敢过来了。赵莫轻笑，吃个便饭，何至于？又说不是客气，更非摆阔，这么大个房间，咱不能白占。点少，下次不留给咱了。马西便不再言，他深知这个房间对赵莫的重要。但赵莫一口一个咱，马西感觉被赵莫绑架了，浑身紧皱，想挣脱却又不得。

你没事吧？赵莫目带微钩。

没事啊！马西夸张地笑了笑，以掩饰自己的懊恼和不适。

我昨天找警察了，赵莫压低声音，仿佛那是多么机密的事。

马西心里直扑腾，警察怎么说？

赵莫却卖关子，你猜！脸上跳荡着令人难以琢磨的光影，有些兴奋，又有些愠怒。

马西不言。他无心猜谜。

赵莫钦佩地，警察的判断跟你一样。

马西目光沉坠，如中弹的鸽子，还……真是？你告知他了？

赵莫摇头，没有。你比警察厉害，你可以转行了。

马西自嘲，我不过是胡说八道，哪能跟警察比？

赵莫说，我要不朝这方面引，他怕是不这么推断。

马西说，警察还真有耐心，没烦你？

赵莫突然有些沮丧，不过警察明确说不会再调查，案子铁板钉钉，他们不会再劳心费神，节外生枝。

马西原想劝慰的，孰料嘴巴陡然间不受控制，脱口道，你打算放弃了？

赵莫道，那不会！我想自己查，白雪性格内向，来往的朋友和同事不会很多。

马西好奇地，你怎么查？

赵莫说，一个一个走访呗，没有更好的办法。

马西怔了一会儿，如果……我是说，如果确如推断的那样，而且，你和那个人见面了，你用什么办法让他承认？承认了又如何？

赵莫脸色暗下去，我不知道。那个人，也许才是真正的凶手，我要把他扒出来。

马西说，就怕你太辛苦，这不是调酒，没那么简单。都怪我，胡言乱语。

赵莫说，不，你可别这么说，你帮了我的大忙，我想，能碰见你，是地下的白雪在帮我，不然，咋那么巧？所以，我该谢你的。

马西惭愧地，你客气了。

赵莫说，隔一两周，咱就见个面，我把进展通报给你，你帮我分析。在这儿，或去你家里，看你怎么方便。你夜里睡不着，我夜里也有时间。

没问题！马西本要拒绝，理由能说十条二十条，但刹车再度失灵，那一刻，马西撞墙的心都有了。

赵莫目光灼灼，如燃烧的松枝，我就知道！谢谢你！

那一夜，马西照例骑行，但双脚僵直，腰也躬着，目光疲疲沓沓，如大病初愈。个把小时后，他本要往回返，可鬼使神差的，又拐到另一条街上。后来，他隐隐感到恶心，回想与赵莫的晚餐，也许是哪样菜不合胃。以为过一会儿就没事了，但越骑越恶心，终于坚持不住，连人带车摔在路边，秽物喷溅如泉，飞出老远。吐了一阵，胃不那么翻腾了，他想爬起，发现腿被自行车压着，试了几次，自行车纹丝不动。歇了片刻，又试着推，还是不行，体力消耗殆尽，他大口喘着，期待某个好心的行人或司机经过，将他扶起。一辆车呼啸而过。又一辆似乎放慢了速度，几秒之后，突又加快。连着七辆车驶过，没有一辆停下。司机只盯着前方，不会在意路边躺着人，他这样想。突然想起兜里的手机，但没摸到，那一侧正好压住了。越来越软，他感觉如稀汤一样往四周流溢，要渗透至路面下，他马上就不存在了。一只瘦骨嶙峋的野猫遛过来，距他两米远立住，凝望着他。甚觉面熟，他挖了挖，想起来了，曾在公交车站牌的长凳上见过。他想吆喝的，但发不出音。野猫观察了一会儿，确定他不会动弹，慢吞吞地踱了几步，嗅嗅他的呕吐物，又抬起头，目光轻漫。他期待它叫几声。车流过后，大街静得可怕。他期待它打碎这可怕的静默。野猫舔了一会儿，大摇大摆地离开了，一声未吭，仿佛是个哑猫。看样子，要死在这里了，他想。

凌晨，清扫大街的清洁工发现了昏迷的马西，拨打了120。

## 11

天暖了，烟火气浓了许多，尤其晚上，烧烤、麻辣烫如雨后春笋般冒出来，还有卖各式小吃的，荞粉、豆粉、土豆粉，地摊更是随处可见。苏文秀也在店外摆了十几张桌子，远看像一朵朵蘑菇。马西占了最外边的一张，电话里能说清的，但苏文秀执意让马西过来。她的热情令马西难以招架。马西耐不过，有些想法也想和她交流。

那个男人没有来。也许还在路上，也许仅仅是威胁。其实男人来了又能如何？还能把老枪打入十八层地狱？马西认为自己的担心过度了，亦将苏文秀拖进虚构的漩涡。苏文秀做好了大军压境的准备，而敌人根本就没有发兵。她变得焦虑紧张，每次打电话都要问马西怎么回事，好像马西在操控男人。马西烦透了，又不能发作。

苏文秀忙得团团转，只能抽空过来陪他。马西抓紧时间，开门见山。他没说完，她就急了，那不行！你不能不管！马西说我不是不管，是认为没必要搞得太紧张，我去得勤，无形中给老枪增加了压力。苏文秀丝毫听不进去，不能让老枪有麻烦，那会毁了他。马西苦笑，现在这个阵式，或许毁得更快，都怪我，不该——苏文秀打断他，我知你很忙，来来去去耽误了你太多时间，我不会白让你跑，这样，我——马西受了污辱，几乎跳起来，你说什么呢？你以为你是谁？声音很大，邻桌的客人频频扭头。苏文秀牵住马西，就算我说错,你也用不着发火吧,坐,坐下!

好吧,我错了,不该说见外的话,我给你道歉!苏文秀拿起啤酒瓶,给马西斟满,来,碰一下。马西不动。苏文秀呀了一声,你这气可够大的,我自罚一杯!灌下去,她又满上,再次和马西碰,马西不好再霜脸,干了。除了我,老枪只认你,我更像个送外卖的,所以还得靠你,万一有啥情况呢?苏文秀忧心忡忡。马西叹口气,他肯定一如既往。苏文秀感激地,谢谢!马西劝说不必如临大敌的样子,那男人来也掀不起大风浪。苏文秀沉默着,似乎被马西说服了。过了一会儿,她说,若男人找来并提出索赔,老枪会把能拿出的,包括房子全赔出去,这一点儿我敢打保票。我不是担心房子,是担心老枪,天地可以作证。到时他去哪儿住?睡大街?我没能力再给他弄一套,这生意你看着红火,利润没那么大。你说我能不上火吗?苏文秀考虑得深远,马西竟不知如何应对,好半天,终于想出一句大而无当的话,上火有什么用?兵来将挡,水来土掩,天塌不下来。况且,那个男人可能只是虚张声势,这么久都没影儿,没准不来了呢。苏文秀叹口气,走一步算一步。又咬牙道,老枪这天杀的,天天不干好事!那边有人喊老板娘,显然是熟客。苏文秀说你先喝,起身离去。

马西追着苏文秀的背影。果然是熟客,从她敬酒的架势看得出来。这一晚不知要喝多少呢,想她真是不容易,操心生意,还要惦记老枪。于马西而言,老枪是重要的,他不仅是马西能谈得来的朋友,更因为他身上有马西已经逝去的东西,马西珍惜却再无可能寻回。而对苏文秀该也如此,老枪的重要并非他是她的前夫,而是他身上的什么她不曾拥有却极其渴望,所谓的勾魂摄魄,均源于那说不清看不明的什么。谁能想到,现在老枪衰如枯草,日落西山。

如果老枪能回到原来的状态，失去一切又如何呢？

苏文秀再次坐在马西面前。喝了数杯啤酒，她的脸色并无变化，但胃有反应，连打了几个嗝。你别笑话，我并不想喝。马西说，你别喝了，我不用你陪。苏文秀却斟满了，不能让杯空着。马西说，你真的别喝了。苏文秀说，如果老枪出来该多好。马西幽幽叹口气。老枪无节制的生活曾让她恼火透顶，现在，她最盼望他放纵。

我有个主意，马西说。苏文秀的目光如巨翅扑扇，马西下意识地撤了撤。马西不是突然想出来的，早就闪过这样的念头。你别再给老枪送饭，也许能把他逼出屋，只要下楼，一切会好起来。苏文秀的巨翅瞬间折断，我还以为什么好主意呢，那不行，他那身板你又不是不知道。马西说，饿三两日不要紧的。苏文秀摇头，不能冒这个险，万一……不行，绝对不行。马西说，我随便说说，决定权在你。苏文秀说，我知道该咋做。马西垂了头，我也知道咋做。苏文秀说，熬过这一段也许就没事了。马西说，未必。苏文秀的眼睛陡然瞪大，什么意思？难道你也认为是他害死了那个女人？马西慌道，我不是这个意思。苏文秀脸带不悦，你就是这个意思。马西没想那么说的，不知咋就跑出来。我其实是想说……马西想圆，却想不出合适的话，末了，不无愧疚地，我是胡说，你别介意。苏文秀警告，这话你也只能对我说。马西点头，你放心。

三日后的下午，马西正欲去老枪那儿，老枪打来电话，马西甚感意外，老枪自闭牢笼后便关掉手机。马西以为那个男人找来了，老枪却告诉他刚完成一首诗。这是老枪的习惯，有新作第一个肯定告诉马西。老枪的声音透着熟悉的味道，马西惊喜万分，这么说，老枪活过来了？马西连说好呀好呀，我这就过去。马西打了辆车，以往都是坐公交。自然该告诉苏文秀的，摁了几个键又放弃，想还是见到老枪再说。

门虚掩着，而不像以往敲半天才开。苏文秀给了马西钥匙，但马西不轻易用。老枪站在当地，显然正等他。老枪的长发几乎及肩，往外蓬着，落魄又沧桑的样子。脸则脆白如纸，看上去像逃荒的难民，但眼睛闪亮，如火苗在跳跃。没等马西落座，老枪便开始朗读，以往都是让马西自己看。诗的题目是《无处可逃》，马西听得清清楚楚，开始的几段，马西捡拾在耳，但后来，不知怎么回事，可能是老枪的速度太快，也可能是老枪的声音低沉，当然，也可能是别的原因，马西突然恍惚了，似乎陷入陌生的城堡，辨不清方向。但是又非常奇怪，他仍能听到老枪的声音，知道老枪就站在不远处，但看到的却是另外的景致。马西焦急万分，不知发生了什么。他想让老枪停一停，等等他，他跟不上了，却无法张嘴，甚至呼吸也是急迫的。

老枪的声音戛然而止，马西从迷雾中挣脱，看到老枪仍在原先的位置。脸由白转青，火苗已经熄灭。

怎么了？马西惊问。

老枪将手稿撕成两半，然后是四半。

你这是……？马西扑上前，欲和老枪抢夺。

手稿已变成碎屑，老枪双手抛洒，纸屑如雪飘散。

马西以为老枪因他走神而愠怒，极不安地，对不起，我其实在听。

老枪的目光重又被疲惫浸没，和你没关系。

马西问，那又为何？你好久没写了，这么好的诗，撕了多可惜。再重抄一遍吧？

老枪说，毫无意义。

马西叫，是否有意义，不是你说了算，虽然是你写的，可你无权撕毁。

老枪凄然地笑笑，我知道我自己。

马西越发激动，你根本不知道。

老枪直视着马西，能挽回什么，能换来什么？

马西哽住，顿了顿说，这不是数学题，难以计算。如果没有这首诗，你不会给我打电话吧。你不能践踏诗歌。

老枪说，恰恰相反，更加证明其毫无价值。

马西不由一缩，声音小了许多，你对自己太苛刻了。

老枪的目光转向窗外，说要出一趟远门。只要不再囚禁，那就是新的开始。但马西还是有顾虑，“远门”非比寻常，老枪独行总归危险。难以预料的事太多了。马西问是否让苏文秀陪着，老枪摇头，他只想一个人。严禁马西告诉苏文秀。马西还欲劝说，老枪说，如果你希望我活着。马西便噤声。

从老枪的小区出来，马西虚弱不堪，晕头转向的。赵莫打来电话，马西手哆嗦着，好容易接通，赵莫却挂了。马西没回拨，甚至想关掉手机。他尝试关机，赵莫又打进来，声音刺耳，犹如电锯的嘶鸣。马西有些气恼，拒绝接听。第三次响起，马西直接掐断——他确实是这么想的，但手不听指挥，摁了接听键。即使周围嘈杂，马西也能听出赵莫难以压制的兴奋。他有了进展，急欲与马西分享。马西本想推说晚上有事，可鬼使神差地又应了。挂了电话，马西愣了好一会儿，看看时间不早了，便往老地方去。

到了凤凰阁，马西没有立即上楼。赵莫肯定到了，已经在窗边挂着了。简直要变成腊肉了。

马西往回走了几米，确保赵莫看不见他了，穿过马路，立在河边。

天终究是长了，到了吃饭时间，日头还没有落下去。河一半在暗影里，另一半被夕阳涂染成粉红色，有不真实的感觉，仿佛斜挂在空中。暗影不动声色地吞噬那粉红，亮色愈变愈窄，渐渐消隐。终于，河面变得平稳安静。这并不是凤凰河本来的样子，很难说清它本来是什么样子。雾霭开始升腾，凤凰河又换了面目。几只白色的鸟在河面轻盈掠过，又快速消失，过一会儿又闪出来，如同变魔术。

马西收回目光，内心翻涌着酸涩。凤凰阁飘荡着熟悉而陌生的气息，马西在楼梯口停顿片刻，缓缓踏上台阶。

# 河流

## 1

嫁给吴小松的第七个月，白若生下吴鑫。当然不是早产，吴小松清楚，白若更清楚。那是一九七九年的冬日，天突然转暖，积雪融化，街面脏兮兮的，而风一如既往地大，特别是夜晚，瓦片间的蒿草互相抽打，噼噼啪啪持续到黎明才渐弱渐止。

没去医院，在家里生的，请的是桥东的接生婆。吴小松把接生婆送走，返回时，吴鑫哭得正凶，似乎无数的铁钉在飞舞，玻璃都要爆裂了。白若哄不住，白若的继母也哄不住，两人倒来倒去，慌急无措。吴小松将手贴近炉膛，差点烫着，烤了片刻，猛搓几下，从岳母怀里接过。吴鑫立时安静了。岳母毫不掩饰自己的惊讶，几乎把吴小松盯出窟窿。吴小松的神情是享受的，昏暗的灯光下，窄瘦的脸抹了油彩般。岳母仍显傻呆，白若垂下眼帘，妈，给我煮碗粥吧。

两年后，白若生下吴玉，亦是冬日。桥东的接生婆摔折了腿，只能去医院。本来两三日就可出院，但白若受了风寒，又多住了一日。白若的继母走不开，吴小松跑上跑下，或背或抱着吴鑫。吴鑫像吴小松身上的器官，难以剥离。吴小松每日上班，要花二十余分钟才能卸掉吴鑫，而他一进屋，吴鑫立马粘上来。

吴小松十七岁顶替父亲成为醋厂的职工，十年过去，仍然是杂工，制曲也干，拌坯也干，头发里常夹埋着大麦、高粱、麸皮。吴鑫喜欢扒拉着吴小松的头发寻找，每有收获，就像发现鸟窝般快乐。有一次，吴鑫寻见一粒玉米，顺手塞进嘴巴。可能动作太猛，玉米卡在喉咙，吴鑫连连咳嗽，脸都变色了。吴小松吓坏了，背着他往医院急跑，待医生检查时，那粒玉米已无影无踪，吴鑫的脸色也恢复了正常。吴小松从此改剃光头，数九天也是。他脑袋小，买不到合适的皮帽子，眼睛总被帽檐遮挡，尤其走路，需要不时地往后撩，幸亏系着带子，棉帽常被吹掉，但仍在脖子上吊着。偶尔没系牢，他就满大街追帽子。

没了鸟窝的引诱，吴鑫仍喜欢抚弄吴小松的头。头皮、衣领处，甚至他的全身均弥漫着醋味。作为醋厂职工，自然有某种便利，餐餐皆备，然醋拌菜并没让吴鑫吃厌，反让他对吴小松的光头更加痴迷。吴鑫九岁时，吴小松带他到醋厂玩，那是唯一的一次，几乎酿成大祸。吴鑫已不像儿时那么粘他了，大眼总是闪着好奇，趁吴小松不注意，溜进储存车间，在方阵般的醋缸间游走。听吴小松喊他，吴鑫揭翻缸盖，欲躲藏进去。有些揭不开，有些能揭开，但均盛放着醋。吴小松的叫喊渐渐迫近，吴鑫终于发现空缸。那口缸在角落,也可能是光线太暗的缘故,兴奋加上慌乱,让他产生了错觉。吴鑫蹬住旁侧的缸攀上,咕咚,整个人陷没进去。那时,吴小松正好寻到门口。吴小松没看到那个过程,但听到角落的声响,直觉和本能,让他没有任何犹豫地扑过去。吴鑫被及时拽出,没有性命危险。但是灌了太多的醋,直到傍晚仍在呕吐。

白若扇了吴小松一掌,三天没和他说话。在吴鑫的记忆中,母亲仅有的一次发怒。

白若在百货商店上班,不站柜台,管库房。她长相普通,喜欢独处,管库房对她再合适不过。百货商店在桥东最繁华的十字街口,但白若从不带吴鑫和吴玉去那里玩,偶尔会带两人去公园。吴鑫掉落醋缸的第二年夏天,从公园出来,白若给吴鑫和吴玉各买了一支雪糕。撕剥开,吴玉发现自己的那支皱皱巴巴,要和吴鑫换。那支雪糕融化后又冰在一起,因而相貌丑陋。吴鑫手快,早已撕开咬了两口。吴玉不干,哭着要新的,白若便又买了一支,而丑陋的那支吴玉仍捏在手里。吴鑫也想多要一支,母亲只丢给他个冷脸。吴鑫认为母亲偏心,他没作声,只是揣着不快。自小,吴鑫就习惯向父亲诉说委屈或分享秘密。如果在母亲那儿遭遇不公,父亲必定加倍补偿他。如他所愿,下个周末,他多吃了一支雪糕。

一九九二年扫帚梅怒放的季节,醋厂倒闭。吴小松歇了十余天,便在街口开始了第二个职业:修理自行车。他身上有了油污的味道,但醋的气息仍在,油污是衣服上的,醋香则从身体里弥散,丝丝缕缕,冬夏不绝。当然,除了吴鑫,没有谁嗅得到。

次年,白若下岗。有一段日子,一个叫薛凤梅的女人常常登门。她人高马大,嗓门洪亮,说话也直,犹如放炮。男人在县剧团,带相好回家,被薛凤梅撞上。女人几乎破相,而男人被她打断两根肋骨。薛凤梅差点坐牢，幸亏表哥帮忙。那是几年前的事。薛凤梅亦在百货商店工作，是个小头头，没人敢惹。白若与她鲜有来往，她登门是劝说白若与她去县里讨说法。没人敢惹的刺头儿也下岗了，表哥已退休，再帮不上她。你去也得去，不去也得去，大伙团结一心，县里不会不管！薛凤梅一炮又一炮地轰炸。白若只去了两次，随薛凤梅讨说法的没她想象得多，而且，薛凤梅在县政府门口叫骂得实在难听，瞅瞅吧，个个拖家带口，咋养活，难道叫她们去卖？诸如此类。围观者哄笑，薛凤梅受到鼓舞，更加没有遮拦。白若羞得不敢抬头。第三次，她答应了薛凤梅，只是急于让薛凤梅离开，但并没如约集合。薛凤梅再登门，白若很干脆地说不去了。薛凤梅问你就这么认了？白若说认了。薛凤梅又问他们背地里分的分吞的吞，不管大伙死活，你咽得下这口气？白若说不咽又能咋的？薛凤梅突然就火了，土炮变成高射炮，瓦片似乎都颤抖了。她指责白若自私懦弱，没有正义没有良知，还怀疑那些当官的许诺了她好处，她这态度明摆着和他们合穿一条裤子。

那时，一家人正吃晚饭。薛凤梅专捡这个钟点来。吴小松从不参言，告诫吴鑫和吴玉学他埋头吃饭。但那个晚上，吴小松没忍住。他让薛凤梅滚，滚得远远的！吴鑫吴玉，还有白若都被他吓呆了。吴小松目光冷硬，毛发竖直，比猎狗还凶。薛凤梅没有正眼瞧过吴小松，从开始就忽略了吴小松的存在。猝不及防，炮弹意外地卡在膛内。白若先反应过来，去拽吴小松，被吴小松拨开。吴小松利齿暴突，没有什么可以阻挡他。薛凤梅从惊愕中醒过神儿，虚晃一枪，不知好歹。匆匆逃了。

半年后，白若去裁缝铺学徒，后来留在了裁缝铺。那是嘈杂的场所，不比库房。白若工作专注，日久又找到了独处的感觉。

吴小松的日子几乎是凝固的。修理、买菜、做饭、换煤气，从家到路口，再从路口到家。他享受这种凝固。然时间没有凝结，静静流淌，神速向前，眨眼吴鑫上了大学，吴玉也读了高中。吴小松鬓角也有了白发。家里突然空了，无边无际，如辽阔的原野。更空的是吴小松的心。白天还好，尤其夜晚，好像茫茫宇宙只剩了他自己。白若比他累，有时晚上还加班，回来就睡了。吴小松只能靠电视打发长夜。因怕影响白若，她躺下，他就关了。虽然白若说声音低点影响不到她，但吴小松不想制造任何声音。他经常失眠，躺着又难受，只能独坐，听风抽打蒿草，或听虫鸟的啁啾。

## 2

报到当天，吴鑫就超级郁闷。他学的是临床，却被安排到药剂科。人事科长说院领导对他这样的大学生都极其重视，去药剂科只是过渡，那儿正缺人手，一年半载就调换岗位。吴鑫原本想找院长，科长这么说，他就按下念头。但到了药剂科，发现人手并不少，除了科长钱朋，还有八个人。县级医院，哪用这么多？他忍着不快，听钱朋交代。钱朋的嘴角至下巴处有一道弯曲的伤疤，像被沙土掩埋的干涸沟渠。吴鑫渐渐走神，他立在沟渠边，四周一片荒芜。他不喜欢某个人，便会长出第三只眼。因为这个，上高中时数次惹怒语文老师。突然的寂静让吴鑫意识到不妥，他从疯狂的想象中回到钱朋面前。钱朋的双目像在冰水中浸过，冷气弥漫。吴鑫正要挤出点儿笑，钱朋倒先笑了，你看上去困恹恹的，昨夜干坏事了吧？吴鑫的脸隐隐热了。钱朋问，交女朋友了？吴鑫又慌又窘地摇摇头。钱朋嘿嘿一笑，拍拍吴鑫。

吴鑫回至家中，父亲正在院里燎羊蹄。他坐在马扎上，用铁夹子夹着羊蹄，燎几下，用刀子刮一刮，再转到另一边。盆里放了五只燎过的，没燎过的在袋子里。浓重的焦煳味飘来荡去。这是吴鑫熟悉的场景。他喜欢吃羊蹄，就如他喜欢吃醋一样。街上卖的羊蹄是用火碱煺洗的，光净，但味道差，他吃的羊蹄都是父亲自个儿燎煺的，味道足，就是太麻烦，燎、煺、刮、洗、煮，哪个步骤都要花费工夫。但是对于吴鑫，过程就是乐趣，尤其在炉火上燎毛时，他总要守在一旁，给父亲当帮手。

父亲冲吴鑫笑笑，说你回来得正好，我忘了买花椒，你跑一趟。吴鑫略一皱眉，非得花椒？父亲停住，仍笑着，目光如锥，医院那边没变化吧？在父亲面前，吴鑫似乎什么都藏不住，哪怕他被蚊子叮了一下，父亲都要固执地涂抹上风油精，而吴鑫也习惯向父亲倾倒。但那个上午，吴鑫封住了嘴巴，敷衍地摇摇头。他知道父亲还有第二句第三句，直到刨到老根，他站起来，说我这就买。待他回来，父亲已经燎完了，正用小刀刮缝隙间的短毛。吴鑫问他咋没出摊，父亲用胳膊蹭蹭额头的汗，说喜日子，我歇一天。汗蹭没了，父亲的额头却更脏了。吴鑫拿了毛巾欲给他擦，父亲偏着头说不用不用，弄完我自己洗。吴鑫带着几分霸道，硬是给他擦了。父亲问，见过院长了？吴鑫说见过了，然后立即岔开。他越遮掩，父亲越凝重。将羊蹄煮到锅里后，父亲不再绕弯儿，直接问他出了啥事。吴鑫说没有啊。父亲说别哄我，你不痛快！说不清怎么回事，好像突然间变成另一个人，吴鑫控制不住，说烦不烦啊，啥都要跟你说，你解决得了？父亲惊愣地立在那里，似乎被吴鑫吓住了。少顷，他醒过来，说，没准能帮上呢。吴鑫说，我想当县长！父亲笑了，有点勉强，有这想法就好，慢慢来，总能当上的。父亲没有节制的纵容和讨好让吴鑫火气顿消，他哑然失笑，说，我要是当省长呢？父亲说，人人都有帝王命，省长算个啥？吴鑫说，我先做个好梦，别烦我了！

吴鑫打算过几天心情好些再和家人讲，虽不理想，但也没啥大不了，况且一年半载就能调换。但晚饭时，吴玉把吴鑫的秘密捅破了。吴玉没考上大学，无意复读，和人合伙开理发店。理发店营业到夜晚九点，她平时带饭。那一晚她掐着吃饭的点儿回来，似乎就为从吴鑫嘴里验证。

吴鑫瞪着吴玉，有怪她的成分，但更多的是吃惊，下意识地问，谁跟你说的？吴玉重重地拍吴鑫一掌，瘦窄的脸陡然阔了几分，药剂科管进药吧，那可太好了，听说回扣顶几倍工资，比拿手术刀挣得都多。吴玉竟有这样的“见识”，吴鑫皱皱眉，扫扫父亲，又窥窥母亲，然后斥责吴玉，胡说什么？父亲的目光暗下去，母亲似乎被吴玉的话吸引住，盯着吴玉。吴玉得意地，假不了的，理发的三教九流，我什么不知道。然后又卖弄道，县电视台播音员跟县长和常务副县长都有一腿，所以县长找茬儿把常务副县长挤跑了。母亲沉了脸，又胡说！父亲也叫她别乱讲。吴玉哼了一声，尽人皆知，本人都不在乎，你们害怕什么？母亲提高声音，还让人吃饭不了？吴玉打小就不受管束，而且越管越对着干，现在更不把父母的呵斥放在心上，嬉笑道，这么护着，好像县长许了你们什么好处。

话题从他身上岔开，吴鑫暗松了口气，但眼见火势扩散，他插话道，我在药剂科，也就一年半载。吴玉愕然，为什么？吴鑫说，那儿缺人手，我只是过渡。吴玉说，去了就不走，还能把你拽出去？

吴鑫懒懒地瞟瞟吴玉，没接茬。吴玉失望道，还想沾你光捣腾点儿药呢，你这软秧子，不战就投降了！吴鑫没好气，啥你都想干，再说了，未必像你说的那样。吴玉恨铁不成钢地，你……你们，别人敢干，你们想都不敢想。父亲说，老实儿开你的理发店，不许胡来。吴玉作投降状，好吧好吧，真没劲儿！还没咋样呢，你们就吓成这个样儿？把吃了三分之二的饼丢给吴鑫，帮这个忙，总没意见吧。没等吴鑫回应，她已离开餐桌。

饭后，吴鑫回到重新翻修的南房，前后开窗，比正屋还敞亮，只是比正屋矮了些。前窗外是条小街，行人极少，在晴朗的夜晚，吴鑫常常不拉窗帘。视线阻隔，望不见几颗星星，但或许正因极少，又是在特定的位置和角度，他总觉那几粒星辰是自己独有的，就如这两间南房，有说不出的亲切和甜蜜。

吴鑫立在窗前。深夜才看得清，才有那种感觉。他在等父亲。他知道父亲会来，而且很快。不出所料，没过一刻钟，父亲拎进一壶水。屋角的暖壶有水，但每晚父亲以新换旧。旧的自然不会倒掉，而是带回屋自己喝。父亲没像往常换了便离去，而是坐在床沿上。

明天去看看院长吧，父亲开门见山，但轻言慢语，似乎怕惹恼他，怪我，该提醒你，世道不比从前了，很多事得靠钱开道。吴鑫装糊涂，开啥道？父亲说，你不是学的外科吗？不该分到药剂科的。吴鑫笑笑，歪打正着，药剂科还能吃回扣呢。父亲说，别听吴玉胡说，她懂什么？吴鑫说，未必是胡说。父亲急了，那更不行，咱只挣该挣的钱，不明不白的钱会吃人，躲远点儿。吴鑫说，放心吧，有回扣也轮不到我。父亲说，你还是喜欢外科对吧？吴鑫一颤，父亲总能洞穿他，也只有父亲。吴鑫倒了杯水，借以避开父亲的目光。一半年就调了，院长亲口说的，吴鑫撒谎。父亲的声音透出了急，干吗要等？世上的事就怕等，没办法才等。吴鑫故作轻松，哪个科都无所谓，再说，已经定了的。父亲说，行不行，试试才知道。说着从怀里拽出一个塑料袋，那是他修自行车挣的，刚攒够五千，还没来得及交给白若。他让吴鑫明日换成整的，最好是去院长家里，办公室也行，挑没人的时候。

吴鑫的目光从皱皱巴巴、透着模糊颜色的塑料袋移到父亲同样皱巴、被褐紫覆盖的脸，想及二十多岁了还让父亲操心，不由发酸，他怕自己失态，那会让父亲更加惦记，而父亲一览无遗的洞视又让他说不出的恼火，他没有任何秘密，如同白纸。但吴鑫及时忍住，将炮口扭转方向，一个破院长，有什么了不起？我凭什么看他？你装起来，就是扔了也不给他！父亲极力劝说，吴鑫始终不应。

父亲被烤了般，来回踱着，他或是想骂的，双目冒火，腮帮鼓凸，但说出的话却是无力又无奈，你这拗的，跟了谁呀？

吴鑫没觉这话过分或有什么可疑，他甚至暗吐一口气，父亲妥协了，但父亲的神色令吴鑫不解。父亲突然间定住，像说了什么大逆不道的话，又或者泄露了天机，满脸惊恐。吴鑫说，你趁早装起，我不会给他。父亲惊醒过来，极快地瞟瞟窗户。并没有人经过。他说你再考虑一下，拎起壶就走。吴鑫抢上去，硬塞给他。

次日，吴鑫正式上班，他被分配到西药房，录入，报采购计划，有时也去窗口。没他想象的轻松，说是八个人，真正干活的也就五个，但也没多累，毕竟年轻，精力好，哪儿需要帮忙他就去哪儿，随叫随到。

周日休息，吴鑫睡了个懒觉，醒来已九点了。没有都市的噪音，也没有鸡犬滋扰，世界静得像停止了运转。吴鑫又躺了十余分钟，才穿衣洗脸。刚毕业那阵儿，他如在学校那样准时准点，从里到外绷得紧紧的，哪怕没事干，那纯粹是形式、习惯上的自我约束，没多久便松弛下来。或许与县城的节奏有关，不知不觉就合拍了。

饭在锅里扣着，煎馒头片，煎鸡蛋，还有一小碗豆粥。锅盖上压了张字条：粥凉了，再热热。歪歪扭扭，要跌倒的样子。这是父亲练过的，四年级时老师让家长签字，吴鑫嫌父亲写得丑，父亲便买了本字帖，没事就照着描，最终描成这个样子。吴鑫将纸条折叠，顺手塞进兜里。粥尚有余温，其实凉一些也没关系。鸡蛋煎得过火，上下皆煳。吴鑫爱吃煳的，比如面饺、锅贴，咬起来香喷喷的。但自读了大学，别的饮食习惯仍如过去，唯有煎鸡蛋，喜欢嫩一些的。他给父亲演示过，父亲说咋也不能吃生的呀，又不差这点火。吴鑫说以后煎蛋他自己动手。不说还好，自从强调过就再也没机会了。甭说睡懒觉，就是起得早也争不过父亲。

父亲的修理摊就在路口，离家很近，原来每晚都要把工具带回家，后来搭了间鸽子笼似的铁皮房，方便多了。除了修理补胎，也配钥匙。

吴鑫溜达过去，父亲正给一位婆子配钥匙。机器操作，挺简单的，只是收费少，一把钥匙才一块钱。父亲早就瞥见吴鑫，但没搭理他，直到婆子离开，父亲才抬起头，你过来干什么？这话问得奇怪，还带了些责备。吴鑫可不是第一次来了，过去父亲的修理摊就是他的娱乐场地。吴鑫稍一怔，便笑道，不买东西就不让进商店了？父亲不理会吴鑫的玩笑，严肃而认真地，没事少来，你是上了班的人！吴鑫有点明白了，但父亲的良苦用心让他极其恼火，不就一个破班吗？照你这么想，我要是当了县长，就得跟你断绝关系？凭手艺挣钱，有啥不光彩的？父亲说，你不在乎，别人在乎。吴鑫冷笑，关别人鸟事？父亲语重心长地，你还没成家呢，要是——吴鑫打断他，行了行了，别贩你的老古董了。父亲还欲再说，看见街对面推着自行车的女子，低声说，来活儿了。

年轻女子径直推至摊前，看见马扎上的吴鑫，略显惊讶，吴大夫，你怎么在这儿？吴鑫认出是化验室的李梅，指指吴小松，这是我父亲。李梅冲吴小松点点头，是叔呀。吴鑫斜看父亲，父亲的神情带了慌，动作都变得迟缓了。

父亲补胎，吴鑫和李梅寒暄。平时没来往，并不是特别熟，没话找话。李梅比吴鑫活泼，大半是李梅在说。

李梅骑车离去，父亲仍闷闷的。吴鑫感到好笑，有意逗他，你这紧张的，生怕人家不给你钱是吧？父亲斥他，忙你的去，以后少来！吴鑫说，撵我？我偏不走！我给你讲讲林肯吧，美国总统，他父亲是个钉鞋匠。

## 3

上班的当日，吴鑫帮中药房的周姐搬东西，说了不到五句话，她像跟他熟了几十年似的，问他处对象没有。吴鑫摇头，周姐哟了一声，你这浓眉大眼的，咋会没对象呢？挑花眼了吧。吴鑫笑笑，也不作答。周姐说，改天姐给你介绍一个。

几日后，临近下班，周姐把他喊到一边，问他晚上有空没。吴鑫以为让他帮忙，说有啊。周姐说你等我，咱一块走。待周姐喊他，吴鑫随她往车棚走。直到那时，吴鑫还以为是什么忙。到了车棚，周姐偏过头，斟酌似的端详着吴鑫，说，就这样，自自然然，挺好！然后说带吴鑫见一个人。吴鑫停住，我一点心理准备都没有呢。周姐嘎嘎一笑，这有什么准备的？我说了要给你介绍的。吴鑫以为她就是随口说说，没料是认真的，而且火箭速度。她没询问过吴鑫需不需要，什么条件，就替吴鑫作主了。吴鑫很是恼火，这对他太不尊重了。他忍着不快，说谢周姐好意，我真没准备好。周姐笑，咋？紧张了？吴鑫摇头，现在还不想考虑。周姐说，也就见个面，有感觉就交往，没感觉各走各路，没啥损失啊。这样吧，我做东，不用你掏钱。吴鑫说，这跟钱没关系。好像吴鑫没说清楚，或者，她根本没把吴鑫的话捡到耳里，追问，为啥？这几乎是逼迫了。她愈这样，吴鑫愈逆反，说不为啥。周姐沉下脸，不同意你早说啊，那边都说好了，你让我怎么办？吴鑫有心呛她，但终是忍住，这叫什么逻辑？好像他求她介绍来着。给姐个面子，周姐放缓语气，央求，十分钟，如何？让姐有个交代。说到这个份上，吴鑫虽然万般不情愿，也只能跟在身后。不可否认，吴鑫的好奇心在周姐的软硬兼施中吊了起来。

那晚并没见到女孩，中途周姐接到一个电话，然后歉意地解释，女方有急事处理。吴鑫松了口气，淡淡地说没啥。周姐欲请吴鑫吃饭，吴鑫推辞。周姐倒没强求，说那就改日。

大学期间有过一段恋情，不到一年便分手了。吴鑫情绪低落了一阵子，仅此而已。吴鑫和周姐说现在还不想考虑，除了太过突然，他没有任何心理准备因而不积极外，也确实是心里话。工作结婚生儿育女，尤其在县城，这是自然而正常的人生，吴鑫当然也会遵从这个步骤，就如父母，就如周围的人。吴鑫只是不想这么快就踏上节拍，即使踏，也是自己主动。介绍在小城仍是主要方式，但吴鑫毕竟读过大学，他不需要。他不是浪漫的人，但浪漫的因子是有的。周姐怎么懂？

吴鑫的不合作、勉为其难并未挫伤周姐，仅仅过了三天，她便乐滋滋地告诉吴鑫，女孩回来了，好像吴鑫多么翘首期盼。吴鑫甚是诧异，周姐何以如此热情？就为了撮合，还是能从中得到什么好处？周姐没有突然“绑架”吴鑫，她大致讲了女孩的家庭，父亲在公安局，母亲在农行，背景了得，当然对男方要求也高，学历身高长相人品，一样差了都不行。周姐说吴鑫各方面条件都符合，不然她也不敢介绍。周姐说了很多，唯一没说女孩怎样。也许忘记了，也许故意忽略。周姐对女孩背景的过分强调令吴鑫反感。他找的是对象，又不是背景。周姐越说，吴鑫越没兴趣。周姐约定时间，吴鑫终于有了理由，说父亲只是个修自行车的，母亲也是打工，高攀不起。周姐急了，你傻呀，人家没嫌弃，你先把自己看低了！我知你刚毕业，心性高，这是年轻人的通病，总以为自己有能力。我告诉你，没有关系，能力就是个气泡，再大也没用！吴鑫说，谢谢周姐，还是算了吧。周姐脸色带青，让吴鑫再考虑考虑。

钱朋通知吴鑫晚上加班，吴鑫以为送药车要来。钱朋没什么架子，眼里常常窝着笑，但药剂科的大多怵他，除那两个不怎么干活的，吴鑫也说不清为啥。

吴鑫随钱朋去医院对面的一品香吃饭，进了包间见周姐在座，不由发愣。就周姐的年龄资格，卸药这样的活不该她干。周姐不看吴鑫，笑着对钱朋说我点了你爱吃的红焖羊肉，别的你自己来。钱朋说就咱三人，加几盘豆腐粉条菠菜啥的就行了。周姐说那就听钱科长的。这不像是要加班的样子，吴鑫隐约猜到了。

周姐和钱朋酒量大，口杯斟得满满的。周姐也要给吴鑫斟满，吴鑫说自己酒量差，钱朋说差更得练，满上！吴鑫护住杯口，周姐笑道，和钱科长喝酒，半杯哪行？喝不了姐替你！

喝了几口便切入正题，果然是为他介绍对象。虽然猜到了，吴鑫还是吃惊。他们超常的热情和过分的重视，超过了他的想象。这和喝酒不同，吴鑫不能任由摆布。周姐不搬出钱朋或许他会给面子，拉出钱朋镇场子，让他更为反感。他知道直接拒绝未必奏效，他们会第二轮第三轮，搬出院长也说不定呢。吴鑫改变策略，说已经处上了。周姐显然不相信，这么快？吴鑫略显不安地解释，周姐阴沉了脸，你早说嘛。又追问女朋友的单位。吴鑫看看钱朋，钱朋打哈哈，老姐姐，谁还没点儿隐私？周姐很是扫兴。

周姐询问时，吴鑫脑里闪出李梅的身影。昨天吴鑫去车棚，瞥见她正躬腰开锁。她没看见他，极其专注。他推出车，她仍弯着腰。吴鑫猜她是打不开车锁了，便走过去。李梅如遇救星般，满脸惊喜。锁生锈了，吴鑫捅了七八分钟才弄开。李梅在一边不安地解释，下午还好好的呢。她问吴鑫要不要换锁，吴鑫说不用，淋点儿油就行了。吴鑫本想到路口随便找个修车的弄一下，也说不清怎么回事，径直骑到父亲的修理摊，而她一直跟在身后。医院之外，吴鑫和李梅只接触过两次，均与自行车有关，对她并无更深的印象。吴鑫不知李梅怎么就跑进脑子里。

和李梅的正式交往在两个月后。其间，吴鑫和李梅又打过几次交道，李梅超乎寻常的热情。吴鑫的小学同学想做亲子鉴定，吴鑫找到李梅。县医院做不了，但她联系了她的老师。母亲住了一周院，李梅跑上跑下，化验结果出来，她第一时间告诉吴鑫，仅此而已。吴鑫对她有好感，并没到动心的份上。也可以说，吴鑫和李梅是周姐促成的，至少有她的功劳。她不吊脸子了，但贼心不死，一见面就说，小吴，啥时候吃你的喜糖啊。

吴鑫约李梅看了一场电影。电影院是几年前建的，就像娶过门便遭遗弃的媳妇，没有一天风光，浑身上下被怨愤和尘埃包裹着。电影是《一声叹息》，观众也就二三十人。没一点儿浪漫的感觉，反有些孤寂。吴鑫正想着要不要抓李梅，李梅的手伸过来了。散场，两人一起吃了饭。

吴鑫和李梅公开，周姐别有意味地说，你好眼力！吴鑫没有细琢磨，他不会把周姐的话放在心上。

吴鑫带李梅见了父母。这是个仪式，与之前的相见不同。吴鑫看得出，父母对李梅是满意的，特别是父亲，因惊喜以至于无措了。那个晚上，父亲再度到南房，让他买辆摩托。吴鑫笑，牙长一段路，步行也不用几分钟，买啥摩托？父亲严肃地，这和远近没关系，让你买你就买，钱我都准备好了。似乎还是那个塑料袋，但更鼓了些。吴鑫说明年再说，父亲少有的霸道，不行，今年就买！吴鑫说再想想，父亲说，买啥样的你定，买不买我定，拿上！！吴鑫妥协。他打心里是喜欢的，只是不忍花父母的钱。几天后，吴鑫买了辆豪爵，六千六百元。父亲得知价格，极高兴，六六大顺，好！

有了摩托，吴鑫和李梅在一起的时候更多了。除了上下班，休息日常带她兜风。

十二月初的一天，吴鑫和父亲同时出门，吴鑫要载父亲，父亲嫌冷，不肯坐。吴鑫撇下父亲，驶向巷口，父亲在他身后喊，慢点儿！吴鑫放慢，驶出巷口便又加快。李梅想买一双靴子，这是吴鑫今天的任务。

吴鑫带着李梅沿大街走，等她喊停，但李梅始终定不了进哪个店。相处日久，吴鑫发现李梅没主见，尤其是选择时，似有恐惧症。

后来，吴鑫看到贾环鞋城，径直驶过去。他读过四大古典名著，对这个名字有印象。李梅自然没有异议，他在哪里停，她就在哪里下车。

店面两间房大小，可能刚开门的缘故，甚显冷清。店主在柜橱整理，她不像别的店家那么热情，瞄瞄吴鑫和李梅，便又低下头，直到李梅看中一双红皮靴，询问价格，她才过来。与李梅年龄相仿，高个子圆脸盘。她的脸尽管挂着笑，但给人拒人千里的感觉，或许与她上挑的眼角有关。她察觉到吴鑫近乎肆无忌惮的目光，和李梅说话间，突然偏头。长驱直入，毫无遮拦。吴鑫不由发慌，假装看鞋，扭转方向。

李梅试穿过，谈妥价格，店主装盒，吴鑫正要掏钱，李梅忽又叫停。她再次穿上，来回走了几步，又试穿黑色的皮靴，反复问吴鑫效果。除了颜色，靴跟的高低也不同，选择的余地越大，李梅越难决定。起先吴鑫还发表意见，后来索性闭口。他担心店主不耐烦，先交了钱。

吴鑫刚把发票揣进兜，手机响了。吴鑫接通，脑袋立刻爆了。他急往外走，几乎把鞋架撞倒。李梅追到门口，看到的只是吴鑫的背影。

## 4

父亲被撞了。小轿车失去控制，冲向修理摊。父亲没有生命危险，左腿骨折，其他多处轻伤。吴鑫打过电话，外科的何主任当即从家里赶到医院。由何主任主刀，起码不用担心手术中的风险。父亲躺几个月就可以下地。但医院只有一袋血浆，不够，须抽家人的血。吴鑫是A型血，父亲是B型，不配。最后抽的是吴玉和母亲的。母亲O型，吴玉与父亲血型相同。根本用不着想，吴鑫立即就明白问题出在什么地方。突然的撞击令吴鑫头晕目眩。本该守在手术室门口，可他站立不住，缩坐在长椅上。反倒是母亲和吴玉始终立在门侧，随时待命的样子。李梅陪母亲和吴玉站几分钟，再过来照顾吴鑫，片刻又去母亲那边。后来她说阿姨的脸有些白，吴鑫才站起来，将母亲搀扶到椅子上。歇了一会儿，吴鑫的心仍鸽子般扑撞，但腿没那么软了。他让吴玉送母亲回去，母亲坚决不肯。你不用管我，忙你的去！吴鑫没啥可忙的，唯一能做的就是和母亲一样等待。母亲的焦急和担忧是从心底渗出来的，没法装，也装不像。吴鑫从未怀疑过母亲，在医院的走廊上，吴鑫的目光生出利刺。母亲牵挂父亲不假，但母亲也藏着秘密。此时刺探是疯狂的，只会乱上加乱，但吴鑫不能阻止自己疯狂的思维。他什么都没问，任由利刺生长，母亲终于觉察到，迎住吴鑫。吴鑫突然发慌，强挤出一绺笑，问她饿不饿，他买些吃的回来。母亲摇摇头，让吴鑫带吴玉和李梅吃饭，她守着。吴鑫说那怎么行。李梅要去，吴鑫说也好。几分钟后李梅又折回来，问吴鑫买啥。吴鑫不耐烦，什么都行，你看着办。

父亲住了一周院，白天母亲和吴玉轮替陪床，夜晚则由吴鑫照顾。住院患者不多，父亲单独占据一间屋，安静，也方便休息。但可能太静了，吴鑫感觉到压力和紧张。这是从未有过的。他和父亲的心贴在一起，自记事就是。现在，有东西横在中间，吴鑫从未有过的落寞。除了问父亲要不要喝水，枕头高低是否合适之类，吴鑫基本无话。他担心自己说出别的，刺激到父亲。那个秘密不仅是母亲的，也是父亲的，两人配合默契，守口如瓶。

父亲自然察觉到吴鑫的反常，主动找话题。何主任从哪儿毕业，李梅父母对他的态度，摩托耗油情况，等等，吴鑫草草敷衍，然后制止，何主任让你多休息呢。父亲一笑，躺着不动就是休息，还要咋休？吴鑫说，你这心操的！耗神不利于愈合，啥都别想。父亲的神情滑过一丝顽皮，听吴大夫的。

某天夜里，吴鑫突然惊醒，没做噩梦，朦胧中好像父亲在叫他。他以为父亲要方便，翻身坐起，借着走廊透进的灯光，看到父亲睡得正香。那不是父亲的声音，吴鑫放心了。再次躺下，片刻，复又坐起。两张床并不远，但他想看得更清楚一些。他溜下床，贴近父亲。他不是第一次近距离端详父亲，但从没像现在这般仔细，额头，眉毛，眼睛，鼻子，嘴唇，下巴，甚至皱纹的走向，汗毛的长短。父亲与他脸型不同，他早就注意到了，但从没觉这不同有什么不对。没想到埋着于他而言堪称惊天的秘密。

不知是吴鑫的目光太过粗硬，还是某种感应，父亲突然睁开眼。吴鑫吓到了父亲，父亲也惊着吴鑫。父亲下意识地偏头，吴鑫弹直了身。半夜不睡觉，干啥呢？父亲声音里盛着疑惑。吴鑫说，我想问你渴不渴，一晚上你都没怎么喝水。父亲说，不渴！好好睡你的觉。吴鑫说，躺着容易形成血栓，必须多喝水。拿过搪瓷杯，强迫父亲吸了几口。

再次躺下，吴鑫暗暗吐口气，就像干了多么冒险而愚蠢的事。困，却没有睡意，一浪又一浪的潮在脑子里汹涌。他没听见父亲的鼾声。他试图装睡，结果反而露馅了。

父亲问吴鑫有啥心事，吴鑫慌了慌，矢口否认。父亲显然不相信，静默一分钟，问他是否和李梅闹了别扭。吴鑫说没有。父亲说男人要大度一些。吴鑫火了，说了没有么！意识到声音高了，补充，瞎操心，睡你的觉！父亲哑口。

父亲出院之后，基本由母亲一人照看。吴鑫提出夜里仍由他陪，母亲不同意，父亲也不愿意。吴鑫没争，但每晚都要陪父亲坐一会儿，说说话。相比医院，他自然多了，轻松多了。可只要回到南房，孤寂便漫上心头。母亲怕他冻着，每天早早地点着炉火，比正屋温度还高，但吴鑫仍然感到冷。身体里蓄积了寒气，炉火根本驱不走。

吴鑫想忘记，想迫使自己回到那一天以前，躺在被窝里，蜷缩着身体，从不同的方向和角度揉捏着脑袋，如果手能伸进去，他会毫不犹豫地撕掉那一块记忆，留下多重的疤痕都不惧。既不能伸进去撕掉，也难以将其揉碎。做不到忽略和遗忘，只能面对了。哪怕是吃人的妖魔，哪怕是喝血的巨兽。他在黑暗中摸着胸、腹、大腿，摸着头、脸和突然的喉结，摸着身体上每一处能摸到的地方，寻思着可能的来路。

他或许是他们抱养的弃婴。他与他们，与吴玉没有任何血缘关系。可回想二十余年能记起的一节，他从没有被冷落，他们疼他超过吴玉，尤其是父亲。好像吴玉是姐，而他是小弟弟。这种可能性不大，而且可以验证。更大的可能，他与父亲没有血缘，但系母亲生养。那么，除了父亲之外，他还有一个父亲。想到此，他突然坐起，就像那个人兀自站在床边，他吓着了那个陌生人，如同他吓着父亲那样。他瞪视着空空的位置，好一会儿，僵僵躺下。

自父亲被撞，吴鑫极少和李梅在一起，除了忙，也因为心思杂乱。那日，李梅说她的朋友开了舞厅，早就约她去玩。吴鑫不喜欢闹哄,说咱还是去吃红焖羊肉吧。李梅好这口,他和她吃过几次了。北方的冬天也适合吃这个。李梅没有异议,怕他反悔似的,强调,那就定了啊。

席间,李梅讲了些医院的八卦。吴鑫默默听着,不作任何评价。他清楚她知道了,但她装作不知道。她就是干这个的,比他更懂。她当然不在意。他从哪里来的,于她无所谓。但她也该清楚,他未必如她一样不在意,更该看得出来他的变化。她的装,哪怕是善意的装,也令他恼火。

我有个问题请教你,吴鑫盯住李梅。可能是吴鑫的神情和口气过于严肃,也可能意识到吴鑫要问什么,李梅略显紧张,肉含在嘴里,吞也不是,嚼也不是。吴鑫停住,等她咽下,她却不咽,半张嘴等待着。父亲和女儿是B型血,母亲是O型,而他们的儿子是A型,你能解释一下是怎么回事么?李梅突然间噎住了,脖伸脸拧,目光纷乱。吴鑫把水杯递给她,灌下半杯,李梅舒畅多了。确实噎住了。她笑笑,催吴鑫,你也吃呀,干吗老盯着我?

我等你解释,吴鑫说。

李梅明白无须解释,但她猜不透他的用意,更不知怎么说合适。她近乎祈求地望着吴鑫,样子可怜巴巴,像挨了暴打或被世界遗弃了。如他判断,她比他更清楚。我来告诉你吧,那个儿子和父亲没有血缘关系。说出残酷的答案,吴鑫竟然有撕碎铁幕的快感。

之前,你什么都不知道?李梅小心翼翼地。不知道!吴鑫说。那你想……怎样?停了好久,李梅问。不知道!吴鑫重复,声音更大了些。如果是我……李梅揣测着吴鑫的神色,只要对我好,我不想别的。吴鑫问,你对身世的秘密一点儿兴趣也没有?你不在意从哪里来?李梅小声说,活着比什么都强,秘密算什么?吴鑫冷笑，那是因为与你没有关系。李梅豁出去似的，怎么就没有关系呢？你说怎么就没关系？但我就是不在乎！她的咄咄逼人、她的负气让吴鑫意外，而她发怒的样子也让他喜欢。她以为吴鑫会发怒，等到的却是吴鑫的笑脸，就算这样，你仅仅能代表自己。李梅怔了怔，刺儿突然脱掉了，我不知怎么帮你，只要我能做到，什么都可以……我保证不会和任何人说。她误会了他的意思，但他只是笑了笑。

把李梅送到家门口，李梅跺着脚说，这么一截路就冻透了！吴鑫才知道那天他跑出鞋店，她也惶急地离开。吴鑫想起他交了钱，但犹豫了一下，没讲。

次日上午，吴鑫去贾环鞋城拿鞋。他打算挑双黑色的，更适合李梅。他挑什么样的都合她心意，这点，他有足够把握，若陪她来选，又要花去数小时。

贾环立刻认出吴鑫，说她打算送过去，可忘了记电话，不知地址，非常抱歉。吴鑫说这不怪你。贾环从包里取出钱，让吴鑫数数。吴鑫发怔，给钱干什么，我是来拿鞋。贾环说因为没确定要哪双，这么久没过来，恰好两双都卖了。吴鑫并不是容易上火的人，那天跟贾环急了，说他交了款，东西就属于他，她没有理由卖他的东西。贾环说买回又退的多得是，何况鞋还在店里，万一女朋友哪双也相不中呢？难道她强行卖给他？如果他确定要，她可以再进货。吴鑫问什么时候能进货，贾环说恐怕得年后了，到时候再低一个折扣。吴鑫恼恼的，你咋不说六月呢？贾环也不客气，有你这么说话的吗？吴鑫说，嫌我的话不好听，没骂你就不错了。贾环的脸登时冷了，你是成心来闹事的哇，咱单挑，还是你带狐朋狗友过来？吴鑫没料贾环会提升至格斗级别，他不过图个嘴巴痛快，绝没有制造事端的意思。打架斗殴、寻衅滋事,他的人生字典里目前尚没有呢。可能与这些日子的情绪有关。

别吵了,不值得。吴鑫息事宁人,你把钱给我。贾环却将钱装包,你把靴子拿过来,我才能给你退。她挑衅地望着吴鑫,故意耍赖的样子。火再次蹿出,但吴鑫强行压住。已领教过她的刁,不想再过招。这么快就认㞞了?还以为你是黑社会呢!贾环竟然激他,她大概好这一口。吴鑫说,如果你不给退,我就不要了。他并不是多怵她,只是不想再纠缠。贾环却拦住吴鑫,你说清楚!吴鑫愕然,说清楚?啥?贾环说,谁故意找茬儿?吴鑫说,我!……还要怎样?贾环眉眼里漾起笑,这还差不多。吴鑫问,我可以走了吧?贾环说,把钱退你。她转身取钱,吴鑫出了店铺。不要了。不想再和她说半句话,对半个眼神。

贾环追出门口,吴鑫正猛踩摩托。天冷,摩托极难发动。吴鑫急欲离开,好像贾环抓的是冲锋枪。贾环识破吴鑫逃离的企图,拾阶而下奔向吴鑫。摩托突然间发动着了,吴鑫正欲松离合、点油门,贾环哎哟一声摔倒了。

## 5

除夕,吴鑫吃过早饭正要离去,父亲叫住他,说推子在老地方。吴鑫这才想起该给父亲理发了,父亲的头发确实长了,吴鑫的头发一向是父亲理,待他能拿动推子,给父亲理发便成了他的任务。第一次给父亲理发,他拿不稳,头发不能完全剪断,父亲疼得直吸溜。

吴鑫紧张停下，父亲鼓励吴鑫大胆理，他一点也不疼，是逗吴鑫呢。吴鑫再理，父亲就咬住牙，脸绷得弦一样。终于理完，吴鑫出了一身汗。头发茬高高低低，难看极了，父亲却极其满意，夸吴鑫第一次理，就理得这么好。几次之后，吴鑫才有了进步。吴玉初学理发，也拿父亲练过手。吴鑫没有亲见，但能想见那个场面，父亲遭罪无疑。

你不早说，我今天值班呢，吴鑫略一皱眉。父亲当即道，那你值班去，别耽误了工作，晚上理也不迟。父亲的神情令吴鑫不忍和自责。父亲躺着，不能再给他理发，所以几天前让吴玉理了，可他忘了父亲的头发也需要理，尤其新年。他不声不响地找出推子，父亲不安地护着头，叫他先去值班。确实，快到点了，吴鑫将推子放下，说早点回来。父亲的话追着他，不当紧！

病人寥寥，吴鑫到班四十余分钟，才有一个拿药的。给父亲理完发再来也不迟，他想。虽然发现了秘密，震惊、疑惑、烦恼，但在心理上，并未疏离父亲，甚至觉得更亲近父亲才是，亲生父亲也未必能做到父亲那样，比亲生更亲生。一切历历在目，根本用不着回想。而这个早上，他发现自己的忽视，虽然不是故意的。正因为非故意，更觉不安。难道他的心里已经悄悄起了变化？

吴鑫给吴玉打电话，让她抽空回家给父亲理理发，强调他在值班。吴玉说脱不开身，至少也要晚上了。其实，吴鑫清楚，年根是理发店最忙的时候。他打电话，或许只为减轻内疚。还是中午他来理吧，吴鑫想。

临近中午，贾环打电话，问吴鑫在哪儿，吴鑫说值班，贾环说他马上过来。挂了电话，吴鑫发怔。那天贾环仰面摔倒，吴鑫赶紧刹车，扶她起来。马路上是被压得瓷实的积雪，摔一跤也不打紧，除非年老体衰。贾环虽然站起来,但立不稳。吴鑫将她搀进店,扶她坐下。她没叫疼,但脸色发白。吴鑫甚是担心,问你没事吧。贾环勉强挥挥胳膊,将钱抛给他,让他快走。吴鑫捡起,却没有离开,她也没再催他。她不像是装的。后来,她听从吴鑫的建议,去医院拍了片,没有任何问题,吴鑫悬着的心落下去,又将她送回鞋店。贾环要给他拍片钱,吴鑫没要。贾环霸蛮地,还想让我再摔一跤啊?吴鑫接了。然后,两人在对面吃了饭,互相留了手机号,但再没联系过。

贾环当着吴鑫的面打开鞋盒,吴鑫惊喜道,不是年后才能到货吗?贾环说,办法总是有的。吴鑫感激地,太谢谢你了。贾环说,不耽误你女友过年吧?其实,李梅已经在他处买了,只是不顺遂心意。吴鑫有些不好意思,哪里,倒是耽误你做生意了。他说还是上次的价吧,贾环说上次折腾了那么久,算是她谢他的。吴鑫说,那怎么行?我不能要!贾环哼了一声,又不求你办事,紧张什么?要是你过意不去,请我吃顿饭吧。吴鑫说饭是饭,这钱——贾环打断他,别婆婆妈妈的,请还是不请?她嗔怒的样子似乎比笑着耐看,吴鑫盯了片刻,忽然心慌气促,连声说好吧好吧。

大半饭馆都关了,转了一圈才在武装部附近找见一家营业的餐馆。比上次更熟了些,就多说了会儿话。出来,吴鑫又将她带回医院,她的摩托在医院放着。在医院门口遇上周姐,周姐惊得像看到野人。周姐和贾环打招呼,难以形容的热情,贾环稍冷淡些。后来吴鑫才知周姐给他介绍的正是贾环。

傍晚下班后,吴鑫去给李梅送靴子,李梅又惊又喜,非留吴鑫吃饭。吴鑫说回去还有事,李梅说也不差这一会儿,吃了饭她和他一起回。加之李梅父母也盛情,吴鑫打了个电话,就留下了。吃完八点多了，吴鑫没让李梅过去，说明早来驮她。

父亲的头理了，但不是吴玉，她去朋友家熬年了，清早出门再没回来过。父亲自己理的，够不着的地方是母亲帮的忙，发型很怪异。吴鑫不由皱眉，埋怨父亲不等他。又误不了你过年！父亲笑笑，你们都忙，我还不到动不了的时候。吴鑫的心被咬了一下。他要重新加工，父亲说什么也不用，我这个年纪了，有啥讲究的？吴鑫硬是扳住他的脑袋。父亲说你这孩子，顿时变乖了。修理过，吴鑫拿过镜子让父亲照。父亲承认好看多了，还说吴玉也理不出这效果。吴鑫笑了，你可别这么说，吴玉听见又要跟你闹了。父亲说当她面我不敢讲，头发理短就行了，她非要弄个花哨样。吴玉开店后，强生让父亲去她的店里享受了一次，她亲自设计修剪，本想让父亲变得年轻，发型潮了些，父亲发现把他弄成了怪物，当场和吴玉叫起来。吴玉说习惯就好了，说什么也不返工，父亲一气之下，抓起推子毁了吴玉的杰作，从此再没进过吴玉的理发店。吴鑫说不会设计哪叫理发师？你不喜欢，是你老古板儿。正巧母亲端上花生，父亲瞄瞄母亲。也是，她给你妈剪得就挺好。父亲看母亲的目光，永远温热、湿润，含着疼爱欣赏，还有隐隐的畏惧。

胡扯！母亲的脸竟然有些绯红。父亲嘿嘿着，我说的实话么。又对吴鑫说，你妈怕影响吴玉生意，不愿意去，长了就让我剪，我这技术比吴玉差远了。吴鑫笑出声，刚才你还埋汰吴玉的技术呢。父亲也笑，你妈洋气，适合，我长得土，不能来花哨的。母亲制止，行了吧，还没完没了呢。父亲嘿嘿笑，羞涩而幸福。

母亲说吴玉不懂事，大过年的跑别人家，她还真要待一夜？父亲说她又不是小孩子，随她去吧。母亲说，要是男娃也就罢了，一个姑娘家……真疯得可以。父亲说，她就那性子么。母亲哼了哼，还不是你惯的？父亲又嘿嘿，试探着问，要不打个电话？母亲说，打什么电话？你能把她催回来？父亲说，问问她在哪儿也好。正说着，吴玉来电话了，父亲立时眉开眼笑。随后对母亲说，她要和你说呢。母亲大声道，我忙着呢！她故意让吴玉听到的吧，父亲慌得直往怀里藏手机。

这是吴鑫见惯的场景。父亲和母亲算不上多么恩爱，相互牵手呢喃耳语从未有过，至少吴鑫没见过，寻寻常常，平平淡淡，父亲的情意浓烈一些，但仅限于目光，像今晚这么近乎放肆地夸母亲，极少的。大体上说，父亲和母亲和睦、默契，大吵大闹鸡飞狗跳的日子没有过，偶尔闹别扭，多半与吴鑫和吴玉有关。母亲斥责，父亲袒护，仅此而已。而且，父亲总是妥协的一方。如胶似漆，几十年如一日，或许只存在于文学作品，貌合神离，婚姻破裂，甚至互相伤害，更极端的也不鲜见，身边就有。现实中，这样的家庭，这样的父母，足以让吴鑫幸福。没想到平静的河流暗潮汹涌。

吴鑫从未怀疑父母有深埋的秘密，如果父亲没出车祸，他永远不会用怀疑的目光注视父母。现在亦不想，他勒令自己“悬崖勒马”，但事与愿违。无论怎么想父亲的好，他也不能把自己的血型改变，一个模模糊糊的影子总是竖在父亲身后，鬼魅般飘来荡去。

吴鑫陪父母看完春节联欢晚会，回到南房。鞭炮声此起彼伏，隐隐约约还有欢呼。新的一年到了，但不是所有的声音都那么喜庆，总有一些是刺耳的，让吴鑫倍感孤寂。和父母在一起还好，独自躺着，愈加烦乱。他开始想父亲的好，在除夕夜，伴着泪水入梦……

6

我从哪里来?

7

三月中旬,父亲迫不及待地出摊了,母亲也重回裁缝铺。一切回归原位,突然消失的女疯子也穿着艳丽的衣服向路人孔雀开屏了。唯有吴鑫,虽照常上下班,依旧驮着李梅,但不再是原来的吴鑫了。

在回想过父亲无数的无数的好之后,吴鑫还是做出决定,揭开身世之谜。不是不认父亲,不是要疏离父亲,相反,他要像父亲对自己一样疼护父亲,且要加倍给予,这个世界上,没有人能取代父亲在他心中的位置。他只想弄清自己怎么来到世上的,那种叫精子的东西是如何进入母亲体内的。他当然清楚他的决定会伤害到父亲,还有母亲,对整个家庭都是重击,所以他犹豫、权衡、掂量,在空寂的南屋半夜半夜地凝望星空,期待宇宙的暗示。上苍没有指引他,选择是他自己做出的。人类一直在寻找自己的起源,传说、论证、推广,众说纷纭,莫衷一是,但意义重大。既然如此重要,那么作为个体,追寻来处自然是正当的,是应尽的义务。他甚至想,一个人如果不知道自己从哪里来，就不配活在世上。

理论虽然结实强大，但想到他有可能撕裂摧毁自己的家庭，还是感到不安。他需要友军，哪怕友军不助阵，只是远远地摇旗呐喊，他就不是孤军奋战。

吴鑫首先想到李梅。在父母、吴玉之外，李梅是他最亲近的人。她已站在秘密的洞口，推他一把即可。结果把李梅惊着了。她以为他想通了，没料长了一岁，反而更加在意。吴鑫同样吃惊，追寻身世，在她的理念中，竟然是钻牛角尖。她反复劝他，正常日子正常过，折腾对谁都不好。吴鑫明白她能帮他的就是守口如瓶，那恰恰是吴鑫不需要的，他自己都要敞开了，她又何必守着？

吴鑫又划拉了几个人，包括又对他热络的周姐，但又一一毙掉。骑行的路上，贾环突然蹦出来。仿佛遇到了障碍，吴鑫急踩刹车，整个人差点飞出去。他立稳，再次前行，贾环仍在脑里。她与他交往浅，纯粹的局外人，她的想法或建议不掺杂别的因素，她也不是喜欢绕弯的人。

某个晚上，吴鑫和贾环在包间坐定，吴鑫让贾环点爱吃的菜，贾环也不客气，她翻看菜谱，他瞟着她上挑的眼角，想她的脾性和做派颇有梁山味道，他和她也是因“打”相识。人和人的关系就是这么奇怪。贾环察觉，猛然抬头，吴鑫的脸兀自热了。贾环嗬了一声，带了些嘲弄，但什么也没说。

饭菜上桌，吴鑫问贾环喝酒不，贾环说请客不喝酒，那就不算请。吴鑫说那就点吧，贾环说准备着呢。然后拽过包，掏出一瓶茅台。吴鑫立时有些傻，他没喝过，但知道价格不菲。半晌，他才说……这不合适吧？贾环已经撕开盒，似笑非笑道，让女士倒酒，你说合适不？吴鑫慌忙接了，边倒边说，太贵了，成你请客了。贾环说，哪来这么多废话？过意不去，改天再请。吴鑫想她酒量超常，先声明自己只能喝一点点。贾环笑道，怕我灌你？我还舍不得这酒呢。

饮了一杯，贾环便问吴鑫怎么想起来请她，吴鑫说上次太简单了，过意不去。贾环直视着他，就这？吴鑫老实交代，确实有事儿。贾环哼了一声，我就知道你没这么好心。吴鑫强调，请吃饭也是真的，不是幌子。贾环说别解释了，我相信，说正事！我不喜欢绕弯，但不一定办得了哦。

吴鑫坦言。贾环瞪着吴鑫，就这？吴鑫苦涩地，就这我已经乱套了。贾环说，我还以为……好吧，你这么信任我，我就说说我的看法，要说，谁的看法都不重要，重要的是你想咋样，为什么在乎别人？吴鑫松弛了一些，这才意识到他是绷着的，如果是你呢？贾环极干脆，当然要搞清楚！我不会糊里糊涂活在世上！这不是多大的事，电视里天天演，至于你说的担心，也不是没可能，鱼和熊掌不能兼得。

吴鑫彻底放松，我知道怎么选，你这样说，我更知道了。贾环说，如果需要我帮忙，你直接说，追查身世，倒也有趣。吴鑫说谢谢你。贾环说，干一杯吧，祝你顺利！吴鑫豪爽地干了，他不再孤单。

星期天的上午，吴鑫把吴玉叫出理发店，驮着她径直到了公园。他和她儿时常到公园玩，父亲或母亲带着，他俩好像没有结伴来过。吴玉没问吴鑫为什么喊她出来，没问带她去哪里。固然是她信任哥哥，但不得不说，她不爱动脑子，所以打小成绩就差。期中期末考试结束，必定招致母亲训斥，父亲也皱眉。他自告奋勇给吴玉补，可惜吴玉不开窍。而她的问题，常常把吴鑫问住。比如鸡兔同笼，吴玉就很不解，为啥要把鸡兔关在一起，都是一颗头，数头要简单多了。记忆力也差，尤其课本上的，有时记住了，顺序却是颠倒的，如三人成虎，她总记成三虎成人。上了五年级，吴玉开始和父母顶嘴，一直到现在。吴鑫不说哪都乖，但没让父母操太多心，吴玉虽不闯祸，但样样不省心。如果说吴鑫是父母的心尖，吴玉不过就是皮毛。父母恨铁不成钢，吴鑫明白父母的苦心。现在想来，吴玉敢顶嘴或许是出于血缘的本能，而他安静乖巧或也有这个因素。

公园冷冷清清，吴鑫走至长椅边坐下，拍拍身侧，吴玉挨他落座。直到此时，吴玉才问，哥，你带我来这鬼地方干什么？吴鑫说谈点事。吴玉偏头瞅了瞅，失恋了？李梅模样还可以，就是太瘦了，鸡骨架似的，你抱着她不嫌硌得慌。吴鑫沉下脸，和你说正事呢。吴玉嬉笑，你怎么像个家长？吴鑫意识到生硬了，吴玉不吃这一套的，假笑一下，你盼我失恋呀？吴玉说，你的脸吓人，除了失恋，还有啥上火的？

吴鑫与父亲、与她和母亲的血型都不一样，吴玉是知道的，稍稍动动脑子就该明白。她功课再差，基本的常识该具备。但吴鑫又吃不准，想试探一下。他说及父亲住院，说及血型，边说边观察吴玉的神色。吴玉显然不耐烦了，哥，你到底想说啥？我穿的是毛裙，冻死了！不是装出来的，她是真的懵惑。

我和父亲没有血缘关系！吴鑫的脸被削了般，火辣辣地疼。吴玉大瞪眼，哪个烂人跟你说的？我他妈撕了他！她环顾左右。恨不得立即将长舌揪出来。吴鑫拨拨她的胳膊，科学说的。简单讲了讲。吴玉怀疑，科学靠谱吗？万一测错了呢。吴鑫发急，也只有你敢这么想。吴玉说，科学也是人搞的么。突然反应过来，不对呀，他对你可是比对我好几百倍，你不觉得？吴鑫说，我没说他对我不好。吴玉说，是呀，要说我是捡的还差不多。吴鑫斥她，别胡说！吴玉不买账，胡说又不是你的专利。吴鑫长叹，如果我是胡说，那就好了。吴玉安慰他，抱的捡的多了去了，只有一方是亲的更多，你记得和我学习一样差的范美佳吗？她父亲跟别的女人私奔，她母亲改嫁，继父也不是好东西，整天打范美佳的主意，范美佳在家都不敢穿裙子，她不想在家待着，又没地儿去，像个鬼魂儿。然后又讲一个男同学。在这方面，她记性出奇的好，细节都不漏。

吴鑫陷于沉默，任她胡扯。吴玉忘记了寒冷，一连拎出五个事例。水深火热，要多惨有多惨。相比他们，吴鑫简直活在天上，父亲待他比亲的还亲。你那亲爹不定是个什么东西呢！吴玉总结。

吴鑫缓缓道，我没说父亲对我不好，我只想弄清自己的身世。吴玉惊愕地，你想怎样？找你的亲生父亲？投奔他？吴鑫异常坚定，不会！绝不会!! 吴玉困惑道，那是为啥？如果你那亲爹是什么大官你或许能有点好处，要是流氓无赖，你闹不闹心？从此靠你养活也说不定呢。吴鑫说，我只想知道，没有别的目的。吴玉说，父母可要伤心死了。吴鑫垂下头，说不出的愧疚和伤感。我不是故意要伤他们，吴鑫小声道，我也难过。吴玉问，你要是搞不清呢？吴鑫盯视着前方，能搞清的。吴玉问他怎么查，吴鑫说，其实，也简单。他望着吴玉，顿了顿，如果你帮忙的话。

问母亲？吴玉脱口道，让我替你问？

吴鑫没料吴玉反应这么快，他没藏住自己的惊讶。这就是你叫我来公园的缘由？吴玉追问。吴鑫没有否认。吴玉问，你不敢？吴鑫说，我从小就怕母亲，也不知怎么开口，再说，你问，她不至于那么伤心。吴玉说，这刀心刀肺的事，她怎么会告诉我？臭骂一顿都是轻的。吴鑫说，也许她会。吴玉笑，别给你妹上油了，我问！

反正也不是第一次挨骂。吴鑫感激地，那就拜托你了。吴玉不满地斜着吴鑫，哟，这还没咋着呢，就生分得跟个外人差不多了，是不是找见你亲生父亲，就不认我了？吴鑫在她肩上捶了一下，你再这么欺负我，可真没准儿。吴玉笑，让妹子当间谍，谁欺负谁呀。

## 8

吴玉惨败，母亲回答她的只有一个字：滚！让吴玉揭盖子，除了对母亲隐隐约约的恐惧，吴鑫也希望母亲有心理准备，不致因他的突然而遭受打击。一切如常，但吴鑫窥见了母亲眼底的阴影。吴鑫没有马上进攻，他等待合适的时机。

那个夜晚像是老天安排的，父亲去理发店修理转椅，只有吴鑫和母亲在家。吴鑫正要去正屋，母亲立在南房门口。吴鑫稍感意外，随即明白，她也在等待机会。不打扰你吧，母亲问，冰冷、客气。吴鑫觉得一下被她推出老远的距离，不安地笑笑，没等他回答，母亲便道，开始吧！

吴鑫愣住。他无数次想象和母亲面对的场景，打了不下二十次腹稿，如何开头，怎么转换，理由、表情、气氛等。他想得太过复杂，一时反应不过来，机械地问，开始啥？其实，他明白母亲的话是什么意思，也并非装糊涂。那一刹，他的嘴巴不受控制。

母亲靠着门框，没有近前。想问什么？单刀直入，没有任何过渡。

我想知道……吴鑫顿了顿，只想知道。

你是从我身上掉下来的，母亲直视着吴鑫，没有半点温度，信不信随你。

吴鑫说，我当然信，我就想——

母亲斩断他，你的父亲叫吴小松，母亲眼底没有撒谎的不安，更冰冷了。是他把你养大，供你读书，你记性再差，不能连这也忘了吧。

母亲的话带着审判和拷问的意味，内疚和不安噬咬着吴鑫，额际热腾腾的，似有虚汗在淌。他艰难地搜寻着被母亲冲散的词句。我没忘。永远不会忘。我不背离这个家。我就想知道……那个人是谁。

母亲的脸隐隐泛青，如果你没有听清，我再说一次，你是吴小松的儿子！

吴鑫说，我只想——

母亲又一次斩断他，还有别的问题吗？

吴鑫无言。这是不对等的谈判，母亲气场太盛。

母亲说，那就这样！扭转身又突然回头，你和我胡说就罢了，别拿刀戳他！

母亲离开好一会儿，吴鑫还痴望着门口，好像她的影子仍竖在那里。她没有坐在床上或椅子上，甚至没有多踏半步。她不是来回答他，而是下通牒。

吴鑫明白与母亲的交锋到此为止，他不能再问再提。她把那个秘密彻底掐死了。除了招致斥责，他不会得到任何信息。母亲就是这样，她更像钢板。

只有从父亲那里突破了。这毕竟和吃雪糕不同，在母亲那儿碰了钉子，父亲肯定会补偿他。如母亲所言，他的话或许是锋利的刀子。吴鑫吃不准父亲的反应，反复斟酌，犹豫了半个多月。

出乎吴鑫的意料，父亲没有丝毫的惊讶和震怒，亦无忧伤和难过，似乎吴鑫问的是多么愚蠢滑稽的问题，父亲笑出了声。车来人往，嘈杂声未能淹没父亲的笑声，我看你是发烧了，咋说胡话呢？

吴鑫直视着父亲。父亲的眼睛没有丁点冷意，他的笑不是硬装出来的，那么自然，那么亲切。吴鑫舌头发僵，他几乎拼尽全力。面对残酷的证据，父亲的神色仍没有变化，你说的我不懂，我只知你是我儿，你明儿当了县长省长，不认我，也是我儿。

吴鑫再次牵拽僵直的舌头，重复父亲在他心中的位置和分量，他绝无别的意思，就想知道身体的来处。然父亲亦重复着先前的话。父亲像一块胶皮，柔软又坚韧。吴鑫怎么发力，又怎么弹回来。

毫无所获，有的只是疑惑。父亲不生气也就罢了，怎么笑眯眯的？吴鑫沉默无语，父亲催促他离开。此时父亲才有了几分严肃，别动不动往这儿跑！吴鑫负气地，我喜欢待在这儿，又没碍着谁！父亲叹息，你这倔……突然咬住。

吴鑫以为投出的是巨石，可风平浪静。母亲的脸阴了些，仅此而已。而父亲和他没有丝毫罅隙，连给他往南房拎水壶的时间都与往常一样。吴鑫稍稍心安，但又深为不安。也许不该……随即又想，既然揭开了盖子，那就望个透。

吴鑫再次询问父亲，在父亲送水壶之际。父亲仍是原来的回答，挂着吴鑫熟悉的笑。吴鑫明白，父母这里是彻底没指望了，须另觅他径。可除了父母，谁又知道他的身世呢？在县城这样的小地方，秘密是很难隐藏的，如吴玉所言，书记住一次院收多少钱，县长有几个情人，扫大街的都清楚。为什么关于父亲，这么多年他从未听过任何流言？只因父母是小人物，没人盯着？还是那个秘密只有父母知道？如果是后者，父母态度决绝，恐怕永远成谜。他将活在谜里。

吴鑫不甘。又一个夜晚，吴鑫以近乎威胁的口气对父亲说，若父亲不告诉他，他只好去问别人。父亲竟又挂了笑，说他随便问，需要他做什么，只管说。吴鑫极纳闷，父亲怎么一点儿不生气？好像他能得到多大好处似的。吴鑫想刺激他，犹豫半晌，终是忍住。那对父亲太残忍了。父亲似乎猜到吴鑫要说什么，神情显然是做好了准备。吴鑫的炮弹没落下来，父亲的脸倒板了，说他怎么折腾都行，但不能影响工作。你好好干，人家才能调你去外科，哪个轻哪个重，你该清楚。吴鑫忽然不耐烦，行了行了，别给我上课了！父亲没再说，转身离去。

吴鑫呆坐一会儿，走至窗前，凝望着夜空。也许他的推断是对的，父母之外没有任何知情人，所以他的威胁不起作用。

那几粒星辰有些陌生，像从别处移过来的，比原先的暗了许多。属于他的星、陪伴他的星哪里去了？吴鑫竭力寻找，但视野内，只有那暗淡的数粒。失落和孤独漫上心头，目光一截截断开。

吴鑫想找个人说说话，跳进脑里的不是李梅，而是贾环。他试着发了条短信，问贾环睡了没。好一会儿，贾环才回过来，问他什么事。她永远是准备帮忙的样子，吴鑫顿了顿，说大事。贾环说别拐弯抹角的。吴鑫说我想知道自己的生父是什么人。贾环回答三个哈哈哈。吴鑫说我是认真的，严肃点！贾环问他查得怎样，吴鑫说没结果，有结果就不找她了。他不过是排遣孤寂，并没奢望贾环能帮他什么。贾环追问，吴鑫回复得慢了些，贾环打来电话。

要么别说，要么说完，我最烦说一半留一半，咋回事？

吴鑫干笑一声，说手指笨，拼字慢，你说话方便？

贾环说，废话！不方便能打给你？

吴鑫一股脑倒出去，随后重重地叹口气。

贾环笑道，你父母联盟够铁呀，接下来你怎么办？

吴鑫忧伤地，我不知道。

贾环说，查呀！

吴鑫问，怎么查？从哪儿查起？

贾环笑了，找我你是找对了，我热心，哈！找亲生父亲这事还真没干过，倒也有趣，你怎么谢我？

吴鑫只当她说笑，我摘一颗星星给你。

贾环声音变冷，你不相信我，给我发个鸟信息？

吴鑫忙解释，心里乱得不行，想和她聊聊天，不是故意烦扰她。

贾环问，就这？不需要我帮忙？

吴鑫答得不是很痛快，当然需要……

贾环说，明天来见我，至少能给你出出主意！

## 9

薛凤梅没有记忆中的高，但更壮实，如装满粮食的麻袋。她扫扫吴鑫拎的东西，抱了膀子，神情渐硬，是那个王八蛋让你来的吧？他呢？干吗当缩头乌龟？不等吴鑫回答，她又一轮更猛烈的轰炸，你回去告诉他，就是他亲自来，三叩九拜，八抬大轿，我薛凤梅也不和他复婚！胡子白了，没人待见了，想起我了，我是扫帚呀？妈的！

吴鑫知薛凤梅误会了。她几年前就搬到市里，住女儿女婿的旧房。女儿女婿均是第一医院的医生，找薛凤梅并不困难。吴鑫欲打断她，但炮弹轰鸣，根本没有机会，于是他尴尬地立着，暗想，这个痛快的女人一辈子都不痛快吧。

二十余分钟后，薛凤梅总算出足怒气，将胳膊抽出，声音低了一些，知道那王八蛋是什么货色了吧？别再给他跑腿，下次见到你，我就没这么客气了。吴鑫这才有机会自我介绍。薛凤梅竟有些羞涩，怪吴鑫不早说，挪转身体，让吴鑫进屋。

薛凤梅给吴鑫泡了杯茶，又解释说这阵子闹心，让前夫坑了。随后转了方向，你母亲怎么样？听说她当裁缝了？收入咋样？吴鑫都是简短应答。薛凤梅说，这世道，活着不易！然后问吴鑫是不是想找她女儿女婿。县里人都通过我的关系，看病、检查、住院，最多的一天二十九个电话，烦透了，都是熟人，有什么办法呢？你们家还没找过呢，说吧，找哪科大夫？吴鑫说他来不是为看病，是想打听一些往事。薛凤梅怔了怔，你是公安？发生了什么案子？又杀人了？吴鑫连连摇头，说只想问询母亲。薛凤梅问，哪一方面？吴鑫说，所有，就你知道的。薛凤梅哈了一声，调查自己的亲娘？这倒新鲜，不过你得先告诉我，出了什么事？吴鑫说，没出啥事。薛凤梅哼了哼，嘴边还没长毛呢，想哄我？若没出事，你绝不会大老远地，跑来问你母亲。

薛凤梅不是吴鑫问询的第一人。他开始追寻，关于他，关于母亲便半公开了，而薛凤梅的嘴可嚷遍天下。吴鑫也做好了心理准备，但面对薛凤梅直言不讳的询问，吴鑫忽然有些迟疑。薛凤梅果然直截了当，是想知道你母亲的私事吧？男女关系？吴鑫说，算是吧。薛凤梅轻蔑而得意地，小子，还想哄我，还所有！你不会突然想起问这个，你不说实话，我什么都不会告诉你。

薛凤梅倒是见惯不惊，我以为多大事呢，像你这样的私生子多了去了，过去不新鲜，现在更不新鲜……可白若不应该呀，悄没声息的一个人，咋会……人不可貌相，还真是呢，你想知道——吴鑫终于抢在她面前点了头。薛凤梅说，找我就对了，百货公司的上上下下，男男女女，没我不了解的。她努力地回忆着，扯出几对男女或明或暗的关系，但主角均不是白若。多半不是百货公司的，若是，没有不透风的墙。突然瞪住吴鑫，你这脸盘倒像……不对，那个年纪太大了，不可能！……咋不问你母亲？……我明白了！

薛凤梅没提供更多，但超乎想象的热情，说可以联系旧人，打听到什么，第一时间告诉他。

吴鑫在薛凤梅那儿四个小时，又坐三小时长途，回到家九点了。母亲已经睡了，也许听见门响才睡的。在吴鑫套问年迈的外祖母后，母亲不再主动和他说话，吴鑫搭讪，她能点头或摇头的，绝不张嘴。她眼里的冰霜越积越厚，整个人都被寒气裹住了。

而父亲仍旧嘘寒问暖，吴鑫在母亲那儿吃了冷脸，他还怕吴鑫不痛快，叫吴鑫别和她计较。你这么折腾，哪个当妈的高兴？父亲的责备仅限于此。他的忧虑除了怕妻子得病和吴鑫耽误工作而不能进步外，没有其他，好像他和那个秘密没有任何关系。更让吴鑫惊愕的是，当他故意让父亲看了那一长串名字后，父亲居然给他补充了一个人。父亲或许是让他及早死心，才这样纵容他吧。父亲不是装的，吴鑫明白。那是发自内心的爱。

父亲将温热的饭端上桌，吴鑫吃，他在一旁坐着。吴鑫吃着吃着，泪就下来了。他怕父亲看见，竭力低头，其实藏不住的，他明白。父亲叹息一声，别为难自个儿，想咋折腾咋折腾，今儿请假了？

吴鑫轻嗯，父亲的语气重了许多，等休息再去不迟，两三天也等不及了？吴鑫垂着头，胸腔有碎裂的声响。

但回到南房，疑问竖在头顶，吴鑫又变成另一个人。他立马给贾环打电话。从那个夜晚开始，每隔数日，吴鑫就向贾环通报进展情况，有时电话，有时去她店里。

贾环出了不少主意。贾环的父亲是公安局局长，数日前吴鑫才知道。周姐为什么竭力牵线，贾环为什么喝茅台，扑朔迷离的现象背后都有极其简单的答案。他的身体来自何处，当然也有答案。那个致母亲怀孕的男人，他一定要找到，不管母亲经历了什么，他都要弄清。

夏天在吴鑫的追寻中一晃而过，不知不觉树叶就黄了。39个名字下面均被打上不同颜色的叉，那是吴鑫的长征，雪山、草地、河流、丛林，历经险阻，都走过来了。但没有任何收获。尽管打听到母亲的某些秘密，可不是吴鑫想要的。在嫁给父亲前，母亲相过两次亲，一次她没相中，另一次男方没看上母亲。吴鑫费尽周折找到那两个男人，其中一人对母亲尚有模糊的印象，还算客气，另一个即没看上母亲的那位什么都记不起了，他怀疑吴鑫的企图，眼神充满厌恶。

母亲没有恋慕的对象，轰轰烈烈的爱情与她无关。也可能有暗恋母亲的人，或许母亲自己都不知情，更不要说他人。母亲的初中同学李印霞评价母亲就像影子一样，不声不响的。李印霞为爱情割腕自杀过，她和母亲像不同世界的人。吴鑫曾怀疑母亲用身体和单位的头头做了某种交换，这种可能又被他一点点抹掉。

贾环提出另一种可能，吴鑫也曾想象过。她带吴鑫去公安局调阅当年的案卷，询问彼时的办案人员。贾环的身份即是通行证，一路绿灯。若非贾环，吴鑫也只能想象，永远不可能“目击”。

某日黄昏，从公安局出来，吴鑫失魂落魄，机械地走至摩托前，骑了就走。贾环高声喊叫，吴鑫惊醒，刹住车。贾环原地站着。吴鑫知她生气了，折至她身边。贾环气呼呼地，河还没过完呢，你就拆桥？吴鑫解释他以为她坐上去了，贾环突然笑了，你是真昏了头！吴鑫低声道，真是呢。贾环捶他，醒醒好不好？去哪儿吃饭？中午吃得少，我都饿透了。吴鑫说，老地方。

下午看到的一个案子犯人叫刘国栋，犯有偷盗、强奸、抢劫、杀人数罪，一九八三年被执行死刑。他强暴过九名女性，八起发生在县城，但报案的妇女只有四人，另外几起，公安没有查实。并不能证明母亲是受害者之一，但也不能彻底排除。虽然有心理准备，那种可能性还是击晕了吴鑫。

贾环确实是饿了，热菜没上来，凉拌粉皮已被她风卷残云。吴鑫只嚼了两粒花生米。那个男人不时闪在脑里，起初和他并不相像，走进餐馆时，还是另一个人，可就在吃饭中间，那张脸和他竟有了惊人的相似，吴鑫想和贾环探讨，贾环好像厌倦了，瞪他，你消停会儿行不行？不吃饱哪有力气说话？吴鑫只好耐着性子等。

待热菜下去一半，贾环才冲吴鑫笑了笑，你眼底都冒火星了，说吧。吴鑫道出自己的怀疑和推断，贾环说，你找的不就是这样的线索？吴鑫的情绪更加低落，话从贾环嘴里说出来，可能性倏忽加大。随即，贾环又道，这些只是推测，并不能证实，如果不能证实，可能性就基本是零。吴鑫问，要是能证实呢？比如找见他的家人。贾环说，你没看到的案子还有很多，侦破的没侦破的，不可能一一证实。吴鑫说，如果不能证实，看下去还有什么意义？贾环直视着吴鑫，意义就在于不能证实，不能证实，你也就死心了。吴鑫叫，你可是要帮我的啊！贾环反击，我生意不做，陪你一趟趟跑，难道不是帮？你这没良心的家伙！吴鑫说，我要的是答案。贾环哼了哼，你还蛮不讲理了，这又不是数学题，有准确的答案。答案在你母亲嘴里，你又问不出来，你要做的就是在迷宫里打转，碰上了就碰，碰不上就撤，结果重要，过程同样重要。吴鑫承认贾环说得有理，但又强调他更看重结果。

贾环乐了，我帮你是想让你弄清但并不是让你钻牛角尖。不妨换换脑子，别假设了，你的亲生父亲就是罪犯，他已经死了，你打算咋样？给他磕头上香吗？吴鑫说，我没打算咋样。贾环又问，如果他没死，正在服刑，或已经出狱，但身患疾病，你是不是要去探望他或去身边照顾他呢？吴鑫无语。贾环说，你也没这个打算吧。再假设你的生父是高官或富豪，你会抛弃你的父母，去认亲吗？吴鑫受了侮辱，我是那样的人吗？贾环说，你当然不是。吴鑫说，我只想知道……贾环说，这没错呀，所以我赞成，问题在于折腾了半天，你未必知道，也只能推测和想象。你想知道你的生父是什么人，就在可能的范围内把他想象成什么，只要你能接受。吴鑫说，他是什么人我都能接受。贾环说，算了吧，一个刘国栋就把你搞得心思大乱，你还坚持吗？还打算再看吗？吴鑫说，当然！贾环说，那你做好准备，我只想帮你，别弄拧巴了，反害了你。

## 10

吴鑫开始长征，李梅又骑自行车上下班了。周六日也无暇驮她游玩,偶尔去趟公园或县城周边的田野树林,也是匆匆忙忙,浮光掠影。不只时间被挤占了,脑袋也堆得满满当当。李梅的态度在悄然转变,虽然依然不怎么赞成。他不会因为这个冷落她,也非李梅不重要,只是不那么上心而已。是那件事更为迫切。他和李梅往前行进就会步入婚姻殿堂,生儿育女,白头偕老,直到死亡,那是每一个人的去处,他能看得清。可一个人只知去处是不完整的,首先要知道来处,来处在先,去处在后。如果自己的来处都弄不清,那么去处也将失去意义,至少是残缺的。他清楚李梅有怨,屈指可数的约会,他谈的也全是追寻及线索。他也想说点别的,可主题很快就翻转。李梅的不快长在脸上,从未说出来。也许她想说的,可又犹豫不定,约会变成了他关于身体的专场。

某日下午,吴鑫带李梅到黑水河边看遗鸥。遗鸥是濒临灭绝的鸟,喜欢高原的黑水河,春夏栖息于此。两周前两人就约定,一拖再拖。遗鸥飞行极快,特别是从水面掠起,犹如利箭。李梅很开心,又跳又叫的。吴鑫的目光没有追随遗鸥,而是落在岛上,说岛上的遗鸥更多。李梅的目光满是惊奇,你怎么知道?然后问了另一个问题,遗鸥一直待在窝里直到孵化出小遗鸥,还是也要到河里觅食。吴鑫认为她故意问弱智的问题,目的是不让他分心。恰恰是她的问题令吴鑫转换了话题。吴鑫说当然要觅食,不用担心返回岛上不认得窝,每个窝都有遗鸥的气息或者说记号,所以不会弄混,小遗鸥破壳就能看到自己的父母,这一点和人类不同,比如我——

吴鑫陷进身体的诉说里,等他意识到,李梅已走出几十步远,是回城的方向。吴鑫知她生气了,追了半截,想起摩托还在河边。吴鑫将摩托横挡她前面。李梅往右他就往右,李梅往左他就往左。

李梅抬起头，脸被遗鸥啄了似的难看。她问他想干什么，吴鑫反问她，她说回城，叫他别挡道。吴鑫说，再待一会儿，我不说，听你讲。李梅说她没心情再看，现在就想回去。吴鑫说那就上车吧，李梅说不劳驾了。看李梅这架势似想分手了，吴鑫并没有多么难过，平静地说随你。他骑行两公里后，再次返至李梅面前，说我把你带来的，必须把你带回去。没用吴鑫强迫，李梅坐了上去。快到城边时，李梅搂住吴鑫的腰，脸贴到吴鑫背上。多陪陪我，好吗？李梅恳求。吴鑫点点头，很勉强，他清楚自己做不到。闹别扭，然后和好，李梅的要求并不过分。吴鑫承诺，待尘埃落定，他加倍补偿她。

秋日的夜晚，吴鑫回去时快十点了，李梅竟然在和父母聊天。母亲脸上挂着难得的笑，父亲佛般慈祥，李梅也喜盈盈，三人是那么融洽那么快乐。吴鑫愣怔了数秒，才问，你怎么来了？父亲当即沉下脸。父亲不轻易拉脸，是真生气了。见李梅不在意他的冷漠和无理，父亲的神色才缓过来。

李梅跟随吴鑫到南房，吴鑫问她是不是有事，李梅幽怨道，没事就不能来了？想你了，行吧？吴鑫说这么晚了，少出门。李梅说，你心里还装着我呀。她越说越气，有点吵架的意思。然后质问他干了什么好事。

吴鑫明白她听到了，或是看见他和贾环在一起。吴鑫照直说了，李梅半信半疑。吴鑫赌气道，信不信由你。李梅瞪他好半天，好吧，我信你。吴鑫清楚她并没有百分百相信，再说什么已经多余。空气瞬间就冷了。

送李梅回去的路上，吴鑫有预感，父亲会在南房等他。这种感应童年便有。现在，他知道和父亲没有血缘关系，那种感觉竟没有远去，这令他欣慰。他没有远离父亲的意思，不过是想活得完整一些，明白一些。

果然。父亲神情凝重，坐姿都是板正的。谈判不可避免，但父亲制造的气氛太紧张了，吴鑫不适，故意开玩笑，爸，你像个神仙呢。父亲依然板着脸，问他是不是和李梅闹别扭了。吴鑫装愣，没有哇。怎么，她告状了？父亲说，她什么都没说，我猜的。吴鑫哈了一声，深更半夜，你不睡觉，操什么心？明天不出摊了？父亲说，李梅挺好一姑娘，你不能做对不起她的事。吴鑫相信李梅不会在父母面前乱说，父亲只是猜测，或者说与吴鑫类似的感应。这是真正的骨肉，没有什么可以割裂，吴鑫想，待追根结束，他将彻底成为父亲的儿子。李梅的事敷衍过去了，父亲又提工作。吴鑫的岗位没有变动，这倒合了吴鑫的心意，药剂科好请假，外科怕就没那么方便了。吴鑫不敢这样讲，只说在哪儿都一样。父亲劝他给领导送礼，吴鑫说除非太阳从西边出来，没事干了？送哪门子礼？父亲的脸绷了绷，你咋听不进劝呢？吴鑫说，我有我的打算，说了你也不懂，赶紧睡吧。父亲羞恼，你不就是方便往外跑么？吴鑫怔了怔，突然笑了，方便跑有什么不好？父亲说，你折腾，我不拦着，可你不能影响前程呀！吴鑫说，等完事了，什么都听你的。父亲仍然带气，啥时候完？你折腾快一年了！吴鑫直视着父亲，其实，这在你，若现在结束，也没问题，很简单。父亲缓缓扭转头，语气温软了许多，我已经告诉你了。吴鑫不想伤父亲，但想试探一下父亲的反应，说等看完公安局的案卷，就该有眉目了。父亲被惊着，脸都白了，你还去公安局折腾？吴鑫边说边观察，片刻之后，惊呆消散，父亲脸上是无奈，那你抓紧看，别耽误了正事。吴鑫说，还有警察，我都要问的。父亲说，能把心收回来，你想问谁问谁。吴鑫说，快结束了。

冬天来临，吴鑫在公安局的追寻画上了句号，没有明确结果，仍是一头雾水。不能证实，再大的可能都是泡沫。

所有的路堵死了，只能结束。在父母之外，那个秘密根本不存在。他花去一年时间，玩的不过是刺激但并不惊险更无意义的游戏。

贾环劝吴鑫收回心，待有其他线索再查，或等上数年，没准父母会主动告诉他。吴鑫认为她言之有理，这也是没有办法的办法。

收回心并没那么容易。被撕烂的布重新缝合，无论针脚多么细密，也不是原来的样子。和父母在一起还好，他们的眼神、动作释放着他熟悉的东西，他淹没其中，被牢牢黏附，而他也竭力控制，不让脑袋开小差。他们装作什么也没有发生过，他也忘记了他的折腾。气氛是祥和的，尽管双方都小心翼翼。可一旦独处或和李梅在一起，他不再自控，杂念便如北风嘶喊中的乱雪。母亲遭遇了什么？歹徒还是爱情？后者的可能也是有的，母亲的爱情因故终止，但她保住了爱情的果实。那一个个画面在吴鑫脑里排演，有的残暴有的疯狂，母亲忽而被折磨忽而被爱烧红面颊。和母亲在一起的影子起先模模糊糊，在他一次又一次的描摹中，五官的轮廓渐次分明。如果在大街上相遇，吴鑫一定能在熙攘的人流中识别出来。

周六的中午，吴鑫驮李梅配眼镜，快至新百货大楼时，一个男人从药铺出来，吴鑫下意识地瞄瞄，急踩刹车。摩托侧翻，他和李梅倒在地上。好在骑得不快，地上又有积雪，没有大碍。李梅埋怨吴鑫不看路，而吴鑫左顾右盼。李梅问他找什么，吴鑫说啥也没找。李梅追问他是不是看见了啥人。吴鑫没承认也没否认。李梅笃定地，你不会无缘无故急刹车。吴鑫只好说看见一个熟人。李梅问到底是谁，让他激动成这样。吴鑫知她想别处去了，但没法道出实情，叫她赶快上车。吴鑫的心虚加重了李梅的猜测和怀疑，她讥讽吴鑫，吴鑫不耐烦，问她还去不去，李梅这才别别扭扭地上了车。本来打算一起吃饭，取了眼镜，李梅让吴鑫送她回家。

闹了几天别扭，两人又和好了。别扭在吴鑫和李梅是家常便饭，也是催化剂，重新和好，两人的关系有时还能往前走那么一点。

他们的约会仅限于拥抱亲吻，那个夜晚又往前一步。李梅父母走亲戚去了，只她一人在家。两人吃过饭，并排坐着看电视，后来抱在一起。温暖的炉火，煽情的电视，营造出适宜的气氛。他们开始互扒衣服，笨拙、慌张。吴鑫抖抖索索地解开最后一粒扣子，画面突然转换。他看见了母亲和那个人。与此时的他和李梅一样，母亲和那个人喘息粗重，目光灼热。吴鑫既惊又羞，几乎叫出声。李梅停下，推呆傻的吴鑫，问他怎么了。吴鑫回过神儿，说没怎么。李梅已猜出或自认猜出，冷笑着问他是想别人了吧。吴鑫垂着头，你别误会。李梅气呼呼的，说他的心被偷走了。吴鑫说，可能是吧，但不是你想的那样。李梅问他是哪样，吴鑫强调，反正不是你想的那样。本该美好的夜晚就这样被葬送，李梅哭泣，吴鑫劝了一会儿，见她没有休止的意思，便起身离开。

## 11

转过年，吴鑫和李梅分手了。吴鑫的不在状态令李梅难以忍受，她越来越不满。分手的导火索是她堵住了吴鑫和贾环在一起。

那天，吴鑫突然接到薛凤梅电话，提供了一条线索。吴鑫浪花翻涌，迫不及待地跑到贾环那儿。李梅打电话，吴鑫才想起要陪她看留学归来的同学。他撒谎说有急事。李梅问他在哪里，她过去找他。吴鑫说在城外，远着呢。过了一会儿，李梅又打。吴鑫说今天肯定不行了。话音刚落，李梅立在门口。

没多久，李梅便有了新男友。这是周姐告诉吴鑫的。周姐变着法和吴鑫套近乎，特别是贾环到医院找吴鑫后，十步之外她便双目掬笑。她夸吴鑫有眼力，半真半假地埋怨吴鑫抢了她的功劳，她本该是他和贾环的红娘。吴鑫说她误会了，他和贾环只是普通朋友。周姐诡秘一笑，说她明白，低调点儿是对的，但对她就没必要藏掩了。有一天，周姐又要请他吃饭，还想让他喊贾环出来。吴鑫推了。周姐想把儿子安排到公安局，走他的关系实在荒唐了点儿。他和贾环的话题只有一个，她更像他的私人参谋。每有关于身体的念头和线索，他第一时间跑到鞋城，有时一天几趟，有时半月不去一趟。对于吴鑫近乎疯狂的想法，贾环从无意外和吃惊，她给出的建议，如果吴鑫不采纳，她也不在意，吴鑫铩羽而归，她也不讥讽，反给他打气。吴鑫想寻找某个已经出狱的犯人，那还是他们查看案卷获得信息，如果可能，他想和那个人做亲子鉴定。何止是发疯，已经癫狂了。贾环劝阻无效，还随吴鑫跑了一趟。

期间吴玉出了点事。她怀孕了，偷偷告诉吴鑫，让吴鑫陪她做人流。吴鑫问那个男人的情况，吴玉竟然说不出，她先后和两个已婚男人发生过关系，不知孩子是谁的。当然，两个男人她都没放过，都出了血。如果事实让吴鑫震惊，吴玉满不在乎甚至有些得意的态度则令他恼怒。他大动肝火，吴玉说吴鑫羞辱她，她有权选择自己的生活，若她这样是堕落，他的作为还不如堕落。他伤害父母，她充其量是伤害自己。她指责吴鑫自私，她想方设法帮他，他却一味地数落她。然后吴玉就不耐烦了，问他到底帮不帮？吴鑫叹口气，她到底是他妹妹啊。人流是在外县医院做的，之后又在宾馆住了几天。吴鑫由吴玉想到母亲，难道也是因为说不清？吴玉索要补偿，母亲又为的是什么？某个晚上，吴鑫劝吴玉慎重交友，吴玉说行啊行啊，以后让你把关。盯吴鑫老半天，忽然笑起来。吴鑫问她笑什么，吴玉问如果让他选择，是愿意让母亲生下他，还是干脆流了？吴鑫语塞。如果流了，他从没来过，就不用挖空心思地想自己从哪里来，亲生父亲是谁。那不是吴鑫想要的。吴玉嘲讽，谁不想活着呀，你幸运得很呢，还乱折腾！吴鑫本来要做她的工作，现在反过来了。吴玉说，你就当自己被流了吧，啥都甭想。

吴玉的话起了作用，吴鑫平静了许久。他不存在。他当自己不存在。但数月后，那个问题又开始折磨他。

又一个春天来临，某天上午，吴鑫听到公安局局长被抓的传闻。他躲到卫生间给贾环打电话，没打通，又去鞋城。店门紧闭，看来传闻不虚。吴鑫焦灼不安，想去家里找她，又怕不妥，况且他并不知道她住在哪里。除了她父亲是公安局局长，他对她所知甚少。吴鑫唯有不停地拨贾环电话，那一整天，他失魂落魄。这时，他才意识到她在他心中的分量。傍晚的饭桌上，父亲和母亲也提起这事，竟然比他知道的还多。抓人的被抓，自然是轰动性新闻，街头巷尾，早就传遍了吧。稍后，吴鑫又从吴玉嘴里知道部分细节，被带走的前一小时，公安局局长还在开会。两路人马，一路带人，一路搜查财务赃款。光茅台五粮液就有三百多瓶。吴鑫问他家人情况，又说贾环如何帮他，吴玉说这好办，没她打听不到的。次日便告诉他，局长的家人需要配合调查，在县城的某个宾馆关着。

三天后的黄昏，吴鑫如往常那样绕经鞋城，惊喜地发现店门敞着。仿佛晚一步就会重新闭合，支住摩托，他直冲进去。

贾环在!! 果然是她!!! 就像她消失了几百年，随时可能再度消失不见，吴鑫一把扯住她的胳膊。贾环正整理鞋子，偏偏身子，瞪着他，干吗？吴鑫大喘。贾环并无变化，眼睛没有红肿迹象，脸色虽暗了些，看不到憔悴。吴鑫吁了口气，笑笑，你没事就好。贾环甩开他，神经病！我能有什么事？她的声调豪勇仍在，吴鑫踏实了，说快急疯了，打你电话又不通。贾环斜看他，怎么？又有线索了？吴鑫摇头，除了这，我就不能找你了？贾环问他还有什么事，吴鑫大声说，我没什么事，就是看看你。贾环说你这分明是吵架啊，我可没工夫陪你。吴鑫忙放低声音，对不起。贾环忽然笑了，你什么时候变成这样了？不用这么小心翼翼的，出事的是老头子，不是我，我好得很。吴鑫说，那就好。贾环让吴鑫该干啥干啥。吴鑫提出吃饭，贾环说没见我正忙着吗？吴鑫说等你忙完，贾环说我不饿。吴鑫说这么晚了，甭管咋样，不能糟蹋身体。贾环没好气，谁说我糟蹋身体了？我能吃能喝！吴鑫说，那正好，咱大吃一顿。贾环没再说别的，提议买回来吃。

吴鑫从饭馆买了两个菜，一份烙饼，原打算买瓶白酒，临时改了主意。店门竟然关了，吴鑫正要打电话，看见横穿马路的贾环。近前，她扬扬酒瓶，我猜你不会买，本姑娘只好亲自走一趟。

那是当地酒，吴鑫猜不超过二十块钱。贾环声音干硬，以为我天天喝茅台啊，能喝上这就不错了，老头子现在甭说喝，味儿都闻不上。贾环如此轻松，坦然拿父亲开涮，大出吴鑫意外。那个敏感的话题，吴鑫是想绕开的。

贾环瞧出吴鑫的心思，两杯下肚，你不用这么小心，好像我是玻璃做的，实话告你，本姑娘虽不是铁打的，但也结实得很。

父亲出事，贾环并不意外。父亲所干的事，她虽不全知，但就她知道的，哪一件都离坐牢不远。收受贿赂根本不算什么，钱在父亲那儿就和纸一样。别人想都不敢想的，但父亲敢为。父亲强硬，公安系统没有不怵他的，包括她母亲和哥哥，唯独贾环，他没辙儿。贾环不服管教，哪怕他是为她好。她高中尚未毕业，父亲就给她安排了工作。贾环其实挺喜欢公安的工作，但因为是父亲包揽，她宁肯自己开店卖鞋。她不像母亲和哥哥什么都靠父亲，当然，别人托她说情，父亲都会应，他甚至巴望她求他。她没沾过父亲的钱，茅台五粮液倒是常喝。可惜了那些酒，我藏一些就好了。贾环不惦记父亲，倒心疼被抄没的酒，吴鑫差点笑出来。

贾环问，你是不是觉得我特生分？吴鑫忙说没有，我乐见你想得开。贾环说，那不是我造成的，我有啥想不开的？吴鑫说，是啊，自己走出的路自己承担。贾环神情困惑，我不知他图什么，该有的他早就有了，生生把自己折腾进去。吴鑫说，或许他自己也不清楚。贾环问，你说，什么是父亲？吴鑫怔了怔，说，那要看你怎么理解。贾环说，除了这身皮囊，他其实没给过我什么。她语气沉重，吴鑫开玩笑，酒也算的啊。贾环瞪他，没出息，你把我当成猪了？吴鑫说他给了你生命，这是最重要的。贾环哼了一声，我不觉得。吴鑫说，起码你知道自己从哪里来。贾环问，知道又有什么用？难道你认为比你幸运？吴鑫说，至少你不必犯疑和猜想。贾环大声道，你错了！我是不用费尽心思寻找身体的答案，我宁可没有答案。你还可以猜想，而我连这点可能也没有，你明白吗？所有的可能堵死了！吴鑫反问，那么，你认为我更幸运？贾环直视着他，如果可以，我愿意和你调换。吴鑫又问，如果你是我，到此为止，忘记一切？贾环说，当然。吴鑫垂头想了一会儿说，问题是我不是你啊。贾环笑了，你这是钻牛角尖啊，真没救了。

不知不觉喝下去大半，吴鑫拦着贾环，不让她再喝。贾环说，放心，我不会借酒浇愁，故意灌醉自己。父亲光鲜我不以为荣，他入狱我也不以为耻。我喝就是因为想喝，你还不知道我多大酒量吧，说出来吓趴你。吴鑫只好松开酒瓶。

自此，闭店后的鞋城成了酒馆。有时吴鑫买了酒菜过来，有时贾环提前备了。在贾环的怂恿下，吴鑫也开始喝。除了父亲、身体，他们也谈些别的。贾环讲某次到父亲办公室，正好撞见一个女人从里间的休息室出来，马上猜到怎么回事，而她的父亲，居然解释整理档案。借着酒意，吴鑫开玩笑，说没准儿她有未见过面的弟妹。贾环说不是没准儿，以她父亲的个性，肯定有。吴鑫说那他们和我一样。贾环瞄瞄他，说你胖还喘上了，别老往自己身上扯，你可比他们幸运多了，他们也不会像你这么固执，现在躲避都嫌慢呢。

夏日的夜晚，两人喝掉一瓶白酒，贾环又开两瓶啤酒。没等吴鑫阻拦，贾环先说你不喝我喝。她酒量虽大，但吴鑫总担心她喝醉，分了些给自己。贾环说自父亲出事，以前围她身边的人都躲了，有的躲不开，但装作不认识，脖子都要扭歪了。她问吴鑫为什么不躲。吴鑫说你帮过我，贾环说我帮的人多了去了，你那点忙，就是玩。吴鑫说也不只因为这些。贾环说，还能因为啥？莫非你喜欢本姑娘啊？吴鑫脸本就热，被贾环戳破，感觉整个身体都烧起来。贾环半嗔半责，你这家伙！她让他交代。吴鑫招认第一次见面，他对她就有了说不清的感觉。贾环继续审，你寻找父亲是借口，为的是图谋不轨吧。吴鑫说，都是真的。

后来，他们抱在了一起。先是热吻，然后滚到地上，互相扯撕着。关键时刻，吴鑫顿住，问，你肯定嫁给我吗？贾环哼唧了一声。这不是明确的答复，吴鑫再问。贾环睁开眼，浓雾弥漫。吴鑫说，如果你没拿定主意，我们最好不要，我不想让自己的孩子找不到父亲。雾气消散，贾环的眼神怪兽般冰冷。吴鑫解释，这是负责任，为你好，也是为我好。贾环猛推开吴鑫，大骂，你就是头猪！

## 12

时间如跳蛙，一晃又是三年。李梅早已当了母亲，生的是双胞胎，有一天碰见吴鑫，她让孩子喊他舅，这个称呼令吴鑫心里暖暖的。他向李梅投去感激的目光，但李梅只顾跟孩子说话，并不看他。吴玉数次游戏后，正式结婚。那个男人是她撬过来的，男人和前妻有个孩子，给了女方。钱朋被判了六年，是老婆告发的，彼时，他正打算休妻另娶。

吴鑫没有变化，仍在药剂科，不过更加吊儿郎当了；仍在追寻，线索时有时断，只要闻听，多远都去，工资基本扔在这上面了。为寻找薛凤梅说到的提货人，跑了两趟，终于寻见。那个男人中风多年，基本失语。

夏日的傍晚，吴鑫吃过饭，正要回南房，母亲叫住他。吴鑫瞅瞅母亲阴沉的脸，再看看紧张不安的父亲，心跳忽然加快。他有预感，他追寻的真相将浮出水面。他的努力没有白费，每一次徒劳对父母都是无形的剪刀，尽管他无意伤害他们。他进而悟到，父亲的笑其实是遮掩，他比母亲更痛。现在，他们撑不住了，也或许，他们因心疼他而投降。他们或是更担心他毁掉吧。吴鑫极内疚，但又有胜券在握的得意。他不过是想知道蝌蚪如何游进母亲体内，绝不会背弃他们。他向老天发誓。

非比寻常的时刻。

母亲并没有马上说话，仿佛就是为了让他陪他们坐一会儿。吴鑫克制着，不让丝毫得意溢出。父亲显然受不了沉闷的气氛，他站起来，欲清走桌上的盘碗，母亲制止，你坐下！父亲冲吴鑫笑笑，坐下去。

你还要怎样？母亲的声音没有丝毫温度。

吴鑫愣怔住。

如果你要让我和他死，就来痛快的。母亲的声音更加冰冷。

原来是谈判的。父母没有妥协的意思。他误判了形势，没想战争进一步升级。吴鑫既沮丧又窝火。他不想服软，更不想刺激父母，最明智就是保持沉默。父亲极其艰难地冲吴鑫笑笑，你妈近来睡眠不好，别惹她生气。又讨好地冲着母亲，好好说么。母亲斥呵，你闭嘴。父亲给母亲和吴鑫各倒一杯水，手却是抖的。父亲左右不是，他比母亲和吴鑫更难受。

父亲提醒了吴鑫，吴鑫像父亲一样笑着，劝母亲莫生气，她这个年龄，要爱惜身体才对。母亲挖苦，你还记得我是谁啊，吴鑫说，瞧妈说的，你把我看成什么人了。母亲指着父亲，你可以不记得我，但别忘了他是谁。吴鑫冲父亲笑笑，除非我忘记自己。母亲目光犀利，那你还折腾什么？你要折腾到什么时候？一定要把我俩折腾到棺材里去？我只想知道……吴鑫说，母亲打断他，我已经告诉你了。

那不是真的，吴鑫想说，但忍住了。不能再正面对抗了，当然，他不会放弃。不过需要改变策略，秘密进行。

好吧，吴鑫说，我错了。我也不知道怎么就昏头了，以后不了。

母亲如释重负，父亲脸上泛着笑，眼里却有别样的东西。是的，那是父亲的感应，他骗不了父亲。

母亲乘胜追击，命令吴鑫在半年内结婚。吴鑫苦笑，这又不是买菜，花钱就可以，总得遇上合适的。母亲说你不找，永远遇不上。吴鑫说，我也在找，慢慢来吧。母亲厉声道，不行，再拖头发都白了。父亲插话，确实不能再拖了。吴鑫说，好吧，从明天我就行动，先从医院开始。母亲哼了哼，我还没老糊涂呢。吴鑫说，我说了，你又不信。母亲说，我托人了，三两天你去见个面。吴鑫叫起来，什么年代了，还用相亲？母亲说，总得有个牵线的，不见面，咋知道合适不合适？吴鑫无奈地点了头。

夜里，吴鑫给贾环发了一条短信。他常常给她发短信，明知她收不到。两年前，贾环不辞而别，纸条都未留给他。吴鑫四处打听，没有获知她的任何消息。他不知她为何这么做，厌倦了冷眼，还是对他失望至极？那个夜晚他被贾环轰出鞋店，关系并没有崩，只是又回到从前，吃喝、骂娘、争论、探讨，再无暧昧。他其实是喜欢她的，可他有自己的方式。有别于吴玉的游戏，他想她应赞成他的方式，那也是对她尊重。在别的问题上，她愿意深入，而涉及他和她的关系，她会毫不客气地按下停止键。拉倒吧，你不是我的菜，或，你这头猪，闭上你的嘴。他怕她生气，及时合住闸门。他等待机会，等待她答应嫁给他。没料她突然蒸发。那段日子吴鑫几乎疯了，每天拨上百次电话。平静之后，他改发短信。那是他和她的“交流”，他不奢望她回答，她能听足矣。毕竟，这个世界上他敢于敞开乐于敞开的人太少。

几天后，吴鑫被父母押着相了一次亲。倒也没有那么复杂，双方家人及介绍人在饭馆吃了一顿饭。女孩在妇幼保健站当护士，和吴鑫也算同行。她和他挨着坐，交谈还算融洽。吴鑫对女护士没有特别的感觉，当然也谈不上反感。她大方、主动，他自然要适度的礼貌。交往就这样开始了，多半是她先联系他。某个夜晚，她值班，喊他陪她，他就去了。深夜，吴鑫打算告辞，她突然问，你不嫌我小吧？他不知她为什么这样问，她小他五岁，他是清楚的。随后，她说，我不介意你比我大，大了好，懂得疼人。吴鑫笑笑，在这个小县城，他属于大龄青年，她这样说，是不让他有心理负担吧。护士眨着眼，仿佛为了引起他的注意，我不介意年龄，别的我是在乎的哦。吴鑫没反应过来。护士莞尔一笑，将门反锁，极利索地脱了裤子。吴鑫呆了。虽然没有病人，走廊安静得掉根针都听得见，但毕竟是工作场所。她仍穿着护士服，两手准备的样子，可她的举止太疯狂了。护士直盯着吴鑫错愕的脸，说，你这个年龄没结婚，我得验证你身体有没有毛病。吴鑫仍然不动，她的脸迅疾冷了，你不会真有病吧？吴鑫艰难地咽口唾液，我得回去了。护士反不生气了，点点头，满脸的同情。吴鑫回家后，护士发来一则短信，我会保密的。

告吹一个，马上介绍另一个。母亲紧锣密鼓，动用了所有的资源。吴玉也加入了。她的同学、闺蜜，甚至理发的客人。有的见过面便没了下文，有的能交往一两个月。吴鑫并非消极应付，有时也想全身心投入，但做不到。而且，没有一个女孩愿意倾听他不是秘密的秘密，更不要说理解了。偶尔提起，他会从女孩礼貌的目光里读出别样的东西。这时，他就会想起贾环。

县城的科普课堂请各行各业的人讲课，那天本来安排别的大夫，大夫临时脱不开身，吴鑫被抓过去。吴鑫讲的是人体结构及功能。他没带图，在黑板上现画了一张。肝脾胰胃肠，当吴鑫指着器官的位置时，一个三四十岁、长相斯文的男人举手提问，灵魂在哪里？男人声音高得出奇，笑声突起。是的，在那样的场合，这个问题似乎有点可笑。吴鑫突然被剑刺中，他没有回答，也没有凝望问话的男人。疼痛使他难以站立，强忍着才没有摔倒。他想起某个夜晚和贾环的对话。贾环赞同他继续追寻，但也要想开，别毁了自己。吴鑫说他并非钻牛角尖，但本能和基因驱使，他没法放下。还举了别的寻亲故事佐证。太多了，可见他们和他一样。贾环便说到了灵魂，没有一个人愿意寻找灵魂的来源，甚至有没有都不在乎。吴鑫笑她跟哲学家一样，思考的是形而上的问题。贾环说像她父亲，就属于丢失灵魂的人。那时，关于她父亲有更多的传闻，吴鑫怕她伤悲，及时扭转话题。

吴鑫感觉到灵魂正飞离身体。他试图拽住，但无能为力。灵魂飞到了空中，在不大的教室游荡。他紧紧盯着，气都不敢出。如果飞出屋子，他将和贾环的父亲一样，成为没有灵魂的人。

鸦雀无声。

他痛苦的神情令众人诧异。讲课人被问住，固然有点丢人，但也没什么大不了，况且那个男人看起来就不怎么正常，否则哪会问这么刁钻而不靠谱的问题呢。

不知谁吹了声口哨，吴鑫醒过神儿，结结巴巴地说，不是每个人都有灵魂。如果有，位置也不同，有的在胸膛，有的有脑顶，稍不留神，就被风吹跑了。

笑声再起。

吴鑫仍望着空中，我也有问题和你们探讨，身体和灵魂，哪个更重要？

吴鑫没等到回答。他说，我来告诉你们吧。

人陆续走光，只有吴鑫的声音在空荡荡的教室回响。

冬日的清早，吴鑫没发动着摩托，只好步行。厚厚的积雪咯咯吱吱。太阳左右各有一团光晕，像戴了耳罩。在高原，这是极寒的天象。

在医院门口，吴鑫看到栏杆边的熟悉身影，突然定住。正寻思是不是幻觉，贾环已向他走过来。她走得极慢，但没有丝毫迟疑和犹豫。距他一米远处，她站住，被寒风咬红的脸上挂着他梦见过无数次的带着嘲讽的微笑。他的目光移到她肚子上，虽然穿着羽绒服，那个地方的变化还是很明显。

她声音平静，我怀孕了，想给孩子找个父亲。

## 13

午夜刚过，吴小松便悄悄爬起。他没开灯，动作轻得像一团移动的影子。然后，他将自己用零部件改装的造型别致的三轮车推出院子，合上门。他摸透了门的脾性，没有弄出任何声音。

每年端午，吴小松都要拔两大袋艾蒿。白若患有风湿性关节炎，他给她讨了个偏方，每晚用艾叶煮水泡脚。艾叶须是端午节采的，且在日出之前。他不知其中的缘由，但既然有说法，就必须遵从。这个时间段的艾叶药性更浓吧，他猜，抑或，有什么秘密法宝，如白娘子喝了雄黄酒就现出原形。县城周边的艾蒿越来越少，采摘的人又多，吴小松跑出老远。当他发现的宝地被侵占，他就往更远的地方去。夜黑如墨，吴小松几乎凭着感觉在骑。到了地头，他打开手电。须确保采到真正的艾叶。

红日跃升，吴小松骑车回返，满脸收获的喜悦，就像载的是两袋珠宝。路上碰见采艾人，他满是同情地瞄瞄，马上转移视线，羞涩、愧疚，好像宝物被他挖尽，留给他们的只是空旷的废洞，而他们浑然不知。吴小松不会与他们分享的，那是他的私人领地，就如他和白若的秘密。

吴小松把艾叶铺开，浓香弥漫，整个巷子都闻得到。吴小松给白若耳侧插了一小枝，他没给她戴过花，但每年端午都给她插一枝艾叶。彼时的白若柔和、安静，与平时判若两人。他问她几点起的，有没有惊醒她，她说没有。她其实知道他几点起的，但知道如何回答他更满意。白若让他睡一会儿，上午就别出摊了。吴小松说不困，困了在摊上也能眯。

吴小松刚把摊摆开，一个女人便将电动摩托停在摊前。是老顾客，他知道她拿定主意换电瓶了。他上次就建议换的。如果他不出摊，她很可能在别的修理点更换，他失去的不只是一单生意，还可能是这位顾客。风雨无阻，方便顾客，更是为了自己。

换过电瓶，整个上午再没人光顾。吴小松习惯了，活儿忽多忽少，他不能要求谁故意把车骑坏，然后来修理。他坐在马扎上，默默地望着来往的行人和车辆。吴鑫要给他弄个躺椅，他没让，像个享受的大老爷，他不喜欢那样。某些混乱的念头时不时飘进脑子，像突然冒出白烟，他连咳数声，脑袋变得澄清明净。他兑现了承诺,守住了秘密,并将带进坟墓。在另一个世界,他也不会说。也正因此,他心静如水。

吱嘎,吴小松的目光被急刹的轿车吸过去。横穿马路的少年吓了一跳,他定定神,急步走开。也许下一次,也许下下一次,他就不会自顾自地穿行了。

吴小松凝望着少年,直到背影消失不见。

# 审判日

## 1

往餐桌边一坐，他便发现了妻子的异常。照例是丰盛的，拌猪耳，拌海带，炒豆芽，烤鸡翅。量都不大，盛在碟子里，鸡翅仅一个。但没有每餐必备的腌黑豆。他五十出头，却没有一根白发，妻子的腌黑豆功不可没。刚出狱那会儿，他几乎全白。那时，他并不知妻子每餐上腌黑豆的用意，直到看过那档电视节目。她从没向他说什么，她就这样，总在心里做事。偶尔一次不上也没什么，他不是据此察觉到异常。妻子眼里揣了东西，虽然她竭力掩饰。

怎么——他停住，没往下说。正要起身，妻子突然反应过来，说我来。腌黑豆的瓷坛子就在角落，她蹲下去，利落地舀了一勺。他已经吃上了。她厨艺很好，很合他胃口，从他咀嚼的声音可以听出来。而她机械地夹着，每次只那么一小点，像喂小鸡。她的体形，以及从没长起来的头发，也确实像个小鸡。他一把就能攥在手里。

他猜到了。这让他不快，但他没问。绝不问。只是咀嚼的声音更大了。他夸张地咂巴着，那只黑猫早就在脚底守着了，等待他把啃过的鸡翅丢下。黑猫摸透了他的脾气，安静候着。可能今天他咂巴的声音实在太大，黑猫也馋了。黑猫先喵一声，又喵一声，然后蹭蹭他的裤脚。黑猫是想提醒他吧。他狠狠踢了一脚，黑猫跳开。委屈和不满让黑猫的叫声失去章法。

她们下午过来，妻子小心翼翼的，在他的咀嚼声小下去的间隙，她说出来。他似乎没听明白，谁呀？妻子当然知道他装糊涂，这使她更加紧张，双菊和小可。他狠狠把鸡翅骨丢出去。平时会留一丝肉在上面。不多，就一丝。这次啃得很干净，光秃秃的。黑猫却没嫌弃，迅速叼住。

你说谁？他突然想起来，她在和他说话。

双菊，还有小可。妻子的目光像风中的杨柳枝，摆一下，又摆一下。

怎么又来了？他皱皱眉，你叫她们来干什么？

妻子的鼻尖亮晶晶的，像镶了宝石，是她们自己……她们想看看你。

他的眉拧在一起，我不用她们看。哪来哪走。我活一天她们就别登这个门。

就一会儿，她们坐坐就走，妻子乞求，不见双菊，见见小可总可以吧，她可是你的外孙女呢。

谁也不见！他站起来，仍嫌不够，走到门口，又重声强调，我和她没关系!

砰,卧室的门合上了。

妻子半张着嘴,目光似乎被门板夹住了,试了几次都没有拽回。卧室的门平时不关,白天不关,夜里不关——特别是夜里,这样才能听见前边的动静。前边是杂货铺,后边吃饭睡觉。吃饭和睡觉的地方隔一扇门,只在他午休和生气的时候才关门。他明显生气了,又是午睡时间,那门冷漠地隔开她和他。她终于把夹伤的目光拽开。她揉了揉,又揉了揉,叹口气。虽然结果是预料到的,她还是有些伤感。她是个勤快女人,吃剩的盘碗从不在桌上停留,不管心情多么糟糕。收拾完,她坐了一会儿,估摸他已经睡着,从厨柜拎出塑料盒。他从来不开厨柜,所以她的秘密都在厨柜藏着。他只吃掉一只,另外五只是留给小可的。

妻子看见蹲在桌上的黑猫。黑猫也正看她。黑猫知道她的秘密。她心里一动,抱起黑猫。小可会喜欢的。走至门口,她想了想,又放下了。小可是女孩,万一抓伤她呢。黑猫死皮赖脸的,她吓唬几次,黑猫才退回。

妻子锁了杂货铺的门。走出几十米,她忽然有些疑惑,锁没锁住呢?没锁顾客就会进屋,就会吵醒他。终是返回来。她拽了一下,又拽一下,踏实许多。

她对他撒了谎,双菊和小可上午就过来了,住在常住的塞北客栈。双菊和小可有时半月来一趟,有时一月来一趟。有时住一晚,有时几小时就回去。这得看双菊忙不忙。双菊和小可住在县城,她和丈夫住在镇上,虽然只有几十公里,见面却没那么容易。丈夫在里面时,她和双菊是住在一起的,有一年她摔折了腿,躺了三个多月,都是双菊伺候她。这些,她没告诉他。偶尔,她会说到双菊,还有小可。他要么瞪她，冷冷地，什么都不说，要么警告她。后来，她的嘴就挂了锁。但她的心是锁不住的，站着坐着躺着包括做梦，双菊和小可永远是主角。她叫双花，双菊这个名字是她起的。她还想给小可起个带花的名字。双菊说全是花，分不出大小了。她就没坚持。

和女儿外孙女见面跟做贼一样，每次都偷偷摸摸。跟她还是跟我？你自己选！说这话时，他一点表情也没有。她不想和他分开，可也不想和女儿划清界限。好几年了，就这么偷偷摸摸的。之前他不是这样的，坐了一次牢，心就跟石头一样硬了。她第一次和女儿去探望，他几乎要咆哮了，血红的目光要淹没她和双菊。再后来，她就一个人探望他。他出狱后，双菊和小可带了许多东西，酒啊肉啊什么的，登门看望。他没让双菊和小可进门，还把双菊放到门口的东西统统扔到大街上。野狗抢食的吠叫与双菊的哭声搅在一起，她的心都要碎了，而他冰冻的脸始终没有消融。当然，他再霸道，也挡不住她和女儿的来往。伤感一路走一路撒，看见塞北客栈的牌子，她的目光花枝一样摇曳。

2

双菊，你抬起头，看着我，别躲躲闪闪的。内心波涛汹涌，但他的语气还算平静。

双菊仍不敢直视他。仿佛他的目光是燃烧的火焰，她则是稻草，一碰便化为灰烬。

爸爸……她快哭了。

别叫我爸爸，我不是你爸爸。

爸……他喝一声，她停住，眼泪却出来了。

他一阵快意。说吧。

说……什么？

说什么还要我教你？他敲打着桌子。

她哆嗦一下。

为什么背叛……疼痛袭来，他的脸扭曲得变了形。他连连喊，为什么为什么为什么呀？

我……

来个火机，老乔。和声音一同滚进来的是肉铺的方胖子。突然勒住野马般的思绪，他稍有些不适，两次才摸到火机。方胖子将一枚硬币拍在柜台上。他笑了笑，推给方胖子。肉铺和杂货铺正对着，只隔一条马路。方胖子肉墩墩的指头摁了摁，那枚硬币便黏附在手上。走到门口，方胖子突然回头，诡秘一笑，西头的发廊又开了，只查封了两天。是么？他淡淡回应。虽然只是个镇，但每天有奇奇怪怪的事发生，不过他没什么兴趣。

杂货铺重归安静。他想让审判继续，努力几次都未能成功。这样的审判从他入狱便开始了。时间在变，地点在变，主角始终是他和双菊。他花样翻新地审问，而双菊彻底被钉在被告席上。无聊了，他审；兴奋了，他审；醒了，他审；睡了，他审。每天都是他的审判日。以前也被打搅过。谁让他开着杂货铺呢？可一旦重归清静，很快就能重归状态。这次不灵验了。他有些恼火。又试了几次，终是放弃。他像个蹒跚的老者，怎么也爬不到高高的审判台上。

他有些沮丧。坐在柜台后面，目光飘摇不定。

后来，他接到一个电话。彼时他快睡着了。中午没睡好，有点儿犯困。双花在后院择菜，听说他要出诊，不知是紧张还是惊喜，声音打着旋儿，几……点……回？她巴不得他现在离开呢，这样她就可以见双菊了。他还知道她中午偷偷出去了。他没戳破她。他的目光依然有些冷，也有些硬。她忙说，我……好……准备饭。看见我的车钥匙了吗？他大声问。其实钥匙就在墙上挂着。她摘下来递给他，叮嘱他骑慢点儿。他头也不回地说我知道。院里有个石棉瓦车棚，嘉陵摩托常年在那里放着，除了出诊，他平时不动。他把摩托推出车棚，没有马上发动。她在门口站着。似乎这时才想起她说了什么，他偏过头，别准备了，我在外面吃。顿了顿又补充，晚就不回来了。

一小时后，他到了村子里。

他曾经是个兽医，在这个草原小镇，兽医是个体面的职业。而他在这方面又很有悟性，早早就有了名气。他的前途像牛市的股票，攀升的速度自己都没想到。副站长，站长，副局长，四十出头便成为畜牧局一把手。熊市突然就来了，毫无征兆，一夜之间他的一切蒸发得干干净净。出狱后，他回到镇上。两年后盘下杂货铺。他没有重操旧业的打算，然不断有人找他。他们的牛马，他们的猪羊都需要他。光环没了，医术还在。他又背起药箱。平时是杂货铺老板，骑上摩托就成了兽医。杂货铺生意清淡，勉强糊口，他也需要别的收入。当然，行医带来的不止这些。

忙活近四十分钟，他说没事了。他说没事，就肯定没事了。结账时，他一项一项列出。该找还主人两块钱，虽然主人再三说不用找了，他还是塞回去。一码归一码，每次出诊他一定要备好零钱。

出了村庄，他将摩托停在路边，发了条信息：羊毛剪完了吗？可需帮手？他撒了尿，又站几分钟，仍没有回复。五月的风从后颈掠过，凉凉的。这娘们儿，不会把手机又关了吧。手机买了还不到两个月，当然是他买的。他只好拨过去，通了，她接的。她嗓门高，说话也直接，知道你这个鬼就馋了，找什么由头，赶紧过来！没人听得到，他还是左右瞅瞅，并迅速挂断电话。老娘们，总这么赤裸裸的。没办法，他喜欢的就是她这一点。

拐上公路，走了一段，又拐下去。出诊的村庄在南边，他要去的村在北边。路不怎么好走，嘉陵摩托和他的心一样，一路颠簸。

女人叫赵月，就住在村边。她刚刚洗过头发，发梢还滴着水。衣服也是刚换的，还未来得及系扣子，红背心忽隐忽现。她的内衣几乎全是红色的。她身上有股淡淡的味，是田野的味道。他轻轻嗅嗅，她察觉了，狠狠掐他一把，骂，老没出息的！

进屋，她反手插了门。是那种老式的木头插销。听到咔的一声，他便踏实了。当然，他的疯狂也会暴露出来。没有任何过渡，没有任何程序。她比他更喜欢直截了当。结束后，她说冰箱还冻着一只兔，他若早打一会儿电话，该炖好了。他说现在炖也来得及，夜还长着呢。她忽然坐起来，盯住他，你个鬼，哄我可不是一次两次了。他没说话，摸出摩托车钥匙塞她手里。

次日，他睁开眼，太阳已经几竿高了。窗帘不怎么严实，光线从缝隙射进来，金丝一样悬在半空。头隐隐地疼，身子也有些软。他和赵月喝了一瓶白酒，又好一通折腾，她还想说话的，他实在困了。睡得死，都不知赵月什么时候起的。他喊一声，赵月没应。听了听，院里没有任何声音。赵月养了二十几只羊，和其他养羊户轮流放牧，每天早上须把羊赶到一个地方集中。他猜她赶羊去了。

他本来想起的，可浑身酸困，于是翻过身，打算再躺三五分钟。结果又睡过去。

他被咣啷的声音惊醒。虽然迷迷糊糊，仍觉出不对劲。他赤裸着坐起，因为动作猛，眼前阵阵发黑。可还是看清了。地上立着一个男人。男人显然也很意外，嘴巴和眼睛瞪得溜圆。两人愣愣地对视着，足有一刻钟。男人没头没脑地问，你怎么睡在这儿？他努力压制住慌乱，带着些许恼火，你是谁？你怎么进来的？

他的诘问并未使男人紧张，相反，男人明显松弛下来，是乔兽医吧，我认识你。男人三十上下，左颧骨有片淡紫色的印记。嘿嘿，我姓许，叫我小许好了。小许伸出手，要和他握的。他没理。他的大脑迅速旋转，这是怎么回事，难道掉进赵月的陷阱？小许似乎猜到他在想什么，杏花婆婆——就是赵月，她放羊去了，今天轮她放，怎么，她没告诉你？他暗暗骂死娘们。小许淡淡地，她粗心大意的，总是忘了锁门……把你锁屋里也不合适啊，她晚上才回来呢，要不，我去喊她？他悻悻地说不用了。

小许是误闯进来的，他已经明白。可误闯的小许却没有马上离开的意思，你还没吃饭吧？我把杏花喊过来？还是你跟我过去？杏花厨艺一般，不过挺会烙饼。他厌嫌地摆摆手，恨不得马上把他轰出去，不用了，我没胃口。小许嘿嘿着，实在不好意思，我不是故意的，我的头盔忘她这儿了。他说，你忙你的吧，不用管我。因为愠怒，他的声音有些抖。小许仍旧嘿嘿着，我真不是故意的，你多担待啊，不过也没什么，对吧？时代不一样了。他恨不得跳下地拽出他的舌头一刀剁了。小许还在解释，他绷着脸一件一件穿衣服。他一点也不慌乱，慢条斯理，就像在自家那样，可他的心在下沉。

别忘了替她锁门，她总这么粗心大意。小许终于要走了，却不忘嘱咐他。

拨电话时，他听到牙齿撞击的声音。

才起来呀，你个鬼，快中午了！草野上，她嗓门更高。

怎么不叫我？你这老娘们！

赵月活泼地，你睡得死，不忍心啊。怎么，误你事了？

他嚷起来，门呢？为什么不锁？你的记性让狼掏了？

赵月这才听出他真的生气了，委屈地说，我傍晚才回，锁了门，你能出来？……怎么了？

他怒冲冲地骂，你就是头猪！

3

晚餐是饺子，猪肉大葱，猪肉茴香，每样十个。其实没必要两种馅，他不挑剔的。但她乐意弄。做饭，于她似乎是享受。她垂着头，他仍能窥到她眉梢的变化。她把双菊和小可领回来了。他彻夜未归，正好给了她机会。屋里没什么变化，但双花的神态明明白白地告诉他。他不允许双花和双菊来往，但是从来没有强制她必须听从。双菊虽非她亲生，毕竟是她从小养大的。他清楚双花付出了什么。他不也曾宝贝一样宠着双菊么？可是……每每想到此，他便被扒掉衣服游街示众似的羞愧难当。她们可以偷着来往，但他绝不允许双菊登门，这是他的底线。双花越界了，他该大发雷霆才对，可整个胸腔被掏空了般，没有一点儿力气。他没说什么，只是脸色不大好。她当然觉出来了，呼吸都小心翼翼的。

外屋传来吆喊，妻子要出去。他制止了她。他对那声音再熟悉不过。

赵月紧贴着柜台，胸脯急剧起伏。你怎么来了？他压低声音。他从未如此鬼祟。赵月朗声道，我的牛病了，乔医生，一整天不吃草。他瞪视着她。她的脸汗腾腾的，显然赶了急路。太晚了，他说，明天我过去。他示意她离开。赵月突然探出胳膊，他闪了一下，衣服还是被她抓住。乔医生行行好，你跑一趟吧。若不是隔着柜台，她就撞过来了。他低喝，松开！赵月没松，满眼乞求，乔医生啊，你就辛苦一趟吧。他欲拨开她，触到她的手背，他不由一颤。他不止一次抚摸她，却是第一次碰她的手背。粗硬的关节山峰一样突起，几乎硌着他。他盯着她，带了些柔软的愠怒，怎么也得让我吃完饭吧？她松开，我在路边等你啊。

他吃了两个饺子，喝了半碗汤，慢腾腾的，像思考什么重大问题。推出摩托，把后视镜反复擦拭过。磨蹭足足一刻钟。赵月在镇外的公路边等他。他停下，她立刻跨上去。天暗下来，没有谁在意一对骑摩托的男女，但赵月没搂他的腰，只是捉了他的后衣襟。赵月不是那种小心翼翼的人，但在和他的事上，她始终是有分寸的。两人好了数年，她是第一次造访他的杂货铺。

从公路拐下来，他将摩托停在路边，熄了火。怎么了？你不是要把我扔这儿吧？赵月说着环顾四周。你个猪头，为什么不锁门？他仍气冲冲的。赵月甚是委屈，我不说了吗，不忍心叫你，又怕你有事，锁了门，你能出来？他说，有个姓许的去取头盔，他是你什么人？怎么头盔在你家放着？是这样啊，赵月终于明白他恼怒的缘由，昨天他替我干活来着，喝了些酒，头盔拉下了。我没想到……他不会乱说的。她清楚他担心什么。只是个干活的？他不无嘲弄，她当然听出来，很肯定地，没错，只是个干活的。他没再问，两人就在黑暗中静默着。公路上，一辆车由远驶近，白色的光柱如锋利的刀片，将夜色一块块切割掉。

过了一会儿，赵月说，你知道的，我儿子在牢里，杏花没和他离婚。她那么年轻……那个小许……杏花好歹还是我儿媳。

他暗暗心惊。那……那么……他是想说什么的，可大脑突然一片空白，什么也想不出来。

你没事吧，她问，声音极其平静。他摇头，很轻，她或许觉察不到。赵月说，小许不是什么好货色，不过，他不会乱说的，我心里有数。他想起小许的语气，连她都说他不是好货色，她有什么数呢？如果你还不放心，赵月说，我回头敲打敲打他，好歹我也是杏花婆婆。他一阵晕眩，算了，他也没把我怎样……上车吧。

回到杂货铺快九点了，双花正看一档娱乐节目。她立马调低声音。饿了吧？我这就热。她的眼神和声音都带着讨好。一直这样，他在牢里，她去探望，也是如此。他摇头，你看吧，我去前边。

夜晚和白天一样，他多半在柜台边，双花则守着电视。双花爱看电视，常常看到深夜，而他则在柜台边坐到深夜。整个营盘镇，他的杂货铺关门最晚。究竟是他在等双花，还是双花在等他，真说不好。他留给双花大把的时间，双花是清楚的。而双花留给他安静的空间，双花未必清楚。就像他知道双花在看电视，而双花从来不知道坐在柜台后的他在干什么，在想什么。

审判继续。

从未间断。

## 4

他审视着双菊，双菊躲躲闪闪的。不只是因为居高临下，她的躲闪也带给他优越感。双菊，你抬起头，看着我，请你回答，我很想知道，太想知道了，这一切究竟是为什么？你告诉我，你说话呀！双菊细瘦的目光触他一下，立即跳开。她的脸涨得通红，吭哧道，我……

小许突然撞进来。如往常一样，嬉皮笑脸的。这令他异常恼火。这个封闭的法庭只属于他和双菊，绝不允许第三者围观。可小许总是破壁而入，不请自来。自那天相遇，小许就成了法庭的常客，癞皮狗一样。审判一次次中断夭折。每每他驱走小许，双菊也逃得无影无踪。

他妈的，你还要脸不要？他被激怒，一跃而起，顺手操起烟灰缸。然他的手腕被牢牢扼住。

乔医生，你这是干什么？

他愣了一下，怔怔地看着。小许没有随双菊消失，站在柜台外，和他隔着一米左右的距离。他能闻到小许嘴里的酒味。

你怎么进来的？

小许松开手，在他眼前晃了晃，乔医生，你是不是做梦了？你的店铺敞着门，我当然从大门进来的。

他颓然坐下去。他太专注也太紧张了。他端起水杯，借以掩饰自己的失态。只剩下杯底了，他慢慢啜着。一片茶叶吸到嘴里，他嚼了又嚼，直到成了碎末。他抬起头，你要干什么？

小许的目光从货架缩回，乔医生，怎么是审问的架势？都说顾客是上帝，上帝到杂货铺还能干什么？你对顾客都这个态度么？

他意识到话有些生硬，缓了口气说，正犯困呢，还没醒过来，烟？酒？

小许嘿了一声，不好意思，打扰了你的美梦。来两条玉溪。

他提醒自己——小许只是个顾客，他得自然一点儿。小许问完价钱，开始掏钱。先是左兜，后是右兜，最后摸出十块钱，咦，钱哪儿去了？又摸一遍，小许极其恼火道，一定让那娘们儿捋走了。他看出小许的装模作样，当然看得出。小许的表现比他预想的舒服一些，至少，在装。他说，算了，下次吧。小许当即把烟夹在腋下，那就谢谢乔医生了。走到门口，小许回头，改天你下村，我好好请你，你尝尝杏花的手艺。比她婆婆可强呢。

他的心迅速一沉。妈的，他暗骂。不该让小许拿走，他的表现实在太差劲了。这或许只是开始，有了第一次就会有第二次。两条烟倒没什么，这不是钱的问题。为什么怕那小子？不行！不能如此软弱。

他追至门外，小许已经没了影儿。他不死心，目光竭力往街的两侧伸展。小子，便宜你了。他暗骂。

如他所料，半个月后，小许再次找上门。小许斜倚着柜台，东拉西扯，就像和他熟识多年，特意找他侃大山的。他虚应着，终于不耐烦，问小许想干什么。小许这才拍拍脑袋，突然想起来的样子，瞧我这记性，来两条烟。他没有立即拿烟，先报了价钱。小许又开始翻兜。他冷着脸沉默着。小许翻了一会儿，说，先欠上吧。他摇摇头，指指柜架上的字。字迹陈旧，但仍清清楚楚：本店概不赊欠。小许嗤的一笑，那是对外人，咱是亲戚，对不对？他被烫着，微微一缩。他仍没开口，只是眯了眼，目光变得锋利。小许并不在意，还往前凑凑，掰着指头和他攀亲。他耳膜有些疼，转身抽出两条烟丢柜台上，同时低喝，你他妈给我滚！小许似乎被他吓着，边退边说，别生气，不就两条烟么，不值当的。小许闪出去，他立马又后悔了。待追出去，小许哪还有影？

小许摸着了他的软肋，他想。可他的软肋究竟是什么？担心和赵月的事被小许嚷嚷出去？那不是什么光彩，满城风雨对他没什么好，他毕竟是受人尊敬的兽医。可对他有多么的不好，又谈不上。如果他还是畜牧局一把手，或有人借此做文章。如今的他，还能给人增添嚼舌的兴致吗？他不在乎的。怕双花知道？他更不在乎。双花不是那种哭喊吵闹的女人，顶多是离他而去。年轻时，他几次想和她离婚。她不生育。有一次他和她都到民政局门口了，可最终拽着她离开。或许是这个原因，她在他面前始终垂着眉。他习惯了她的垂眉和照顾，她若离开，他会不习惯。也就是不习惯而已。除此，他还有什么软肋？

他不会再让小许得逞，这和敲诈没什么区别。数日后，小许再次登门，他再次妥协。而且，小许刚刚离开，他就恼怒万分。小许胃口倒是不大，两条烟对他来说不算什么。但问题不在多少，而在于他的日子多了枚钉子。他越是想拔出来，钉子越是锲而不舍地扎下去。

中间，他几次到村庄行医，以往会绕到赵月那儿，吃顿饭，顺便干点儿其他。赵月长得并不好看，也谈不上聪慧，不良嗜好倒不少。抽烟喝酒，说起脏话甚于男人。可他喜欢赵月的正是她的不良。趴在她身上，他才能体味到什么是放纵。是的，她更像他的一味药。钉子的锲入坏了他的胃口，每每想起赵月，身体的某个部位便隐隐作痛。赵月给他打过两次电话，说旱得厉害，她感觉自个儿要裂开了。她的赤裸没有刺激到他，他应付得一本正经。他没提小许，那会让她窥见他的怯懦。

5

营盘镇到县城一个小时的车程，不算远。但距离未必与里程有关，戴上手铐那一刹，这个五万人口的地方便成了他的麦城。除非一些特别的事，他极少到县城。他不属于那里，那里也不属于他。现在，他坐在通往县城的客车上，还是和双花一起。他们县城的房子要拆了，得去签字。房产簿上写着他的名字，但夫妻双方同时到场才可以签字。

签字手续很简单。工作人员将需要签字的页折好，翻都无须他动手。然后，他拿着补偿协议到另外一间屋子办理打款手续。半年前，他就将房腾空了。交出钥匙，拿到补偿款，就彻底办完了。工作人员给了他一张凭证，三日后持凭证换取支票。当然有理由，诸如需领导签字等等，谁都是这么办的，并不是刁难他。他没再说什么。

到了大街，双花问，现在就回么？他看她，整个签字过程中，她没说一句话，工作人员也未证实她是否他的妻子。双花眼里的内容，他当然读得懂。他还知道她的包里装了吃的，昨天就装了，他假装没看见。你还有事？他故意问。双花说她想转转，末了又补充，好不容易来一趟。他说好吧，咱们分开走，一会儿车站见。双花大约没想到他应得如此痛快，突然漫上的惊喜让她的目光亮闪闪的。用不了多久，我转转就——他的慷慨也令她有一点点紧张。他打断她，说他也要办些事，下午三点在车站等她。双花扶扶头，好像被他击晕了。他掏出一千块钱给她，让她看中什么就买上。双花往后缩着，我带着呢。他不由分说塞她手里，让你拿你就拿着！她似乎觉到一点不一样的东西，试图从他脸上发现什么。他已经转身。

他当然知道双花要去哪里。不但没有喝止，还故意把时间延到三点。这样，双花中午就可以见到小可。她有足够的时间和小可在一起。他看出双花的意外。其实，他也对自己的变化吃惊。不再强烈排斥，有些纵容和包庇的意味。

他并没有什么事，不过是给双花留出时间找借口。他有几个朋友，在他坐牢时曾去探望过，此后便没了来往。他很少和他们联系。而曾经的同事，好多他都想不起面孔。可能，他从来没有认认真真注视过他们。打个电话，请他吃饭的人还是有的。但那有损他的脸面。虽然他的脸面早已不堪。他岂可为一顿饭将自己售出？

县城不大，走个来回还没用一小时。他当然不会走第二遭。他想到别的地方转转。二十分钟后，他来到他住过的地方。一半的区域已经拆了，另一半待拆，墙壁上已用红漆标注。他的房在中间一点的地方，街巷堆满砖头和椽檩，穿越时他几乎崴了脚。钥匙已经交了，进不去。事实上，他多年没有进去过了，房子已经出租多年。双花几次暗示双菊没房子住，他置之不理。一个被审判的人，有什么资格住他的房？双菊？哼！虽然他与双菊形同路人，但双花在身边，他对双菊的情况还是了解一些。双菊和她的丈夫在市场摆摊，起早贪黑，勉强糊口。她是自作自受。他进去那年，她念高二。告发他，或是她这辈子最大的荣耀了。如果没有这档事，她高中毕业他就会为她找份体面的工作。在他这个位置，给女儿弄个工人身份很容易。可她……她毁的不只是他的前程。六万块钱，让他在那个阴暗的地方待了六年。一万一年，非常容易算的账。他不明白，到现在也不明白，他辛苦养大的双菊怎么会因他人唆使而出卖他。

愤恼无声滋长，瞬间繁茂如林，几乎撑裂他的胸腔。他瞅了瞅，墙侧有块石头，他坐下去。审判，是他的生活方式，也是他化解愤恼最有效的办法。他不需要特别的法庭，坐在哪里，哪里就是法庭。审判屡屡被小许搅和，两个多月了，他没有成功审过一次。他闭了眼，像染了毒瘾的人即将吸到鸦片，有迫不及待的兴奋与迷乱。

未等他进入状态，便听到古怪的声音，就在他面前。他不由睁大眼。一条毛色杂乱的狗在他不远处，嚼啃着一块骨头。他不知狗从哪儿窜出来的，不知这家伙为何不躲到角落，与他这样近，故意诱惑他的样子。滚！他喝。狗不理他，但显然提防着，啃一口看看他，啃两口又看看他。他摸起石头投掷过去。狗龇龇牙，叼起骨头溜了。他却再不能进行，无论怎么努力都不成。

中午，他在畜牧局对面的饺子馆要了盘饺子。想到还有漫长的时间，而他又没有去处，便又点了两个凉菜，一瓶啤酒。他坐在靠窗的位置，街对面一目了然。他当头的时候，畜牧局还是平房，现在是矗立的高楼。午休时间，敞着的大门没人进出。这么多年，他是第一次近距离窥视这座曾带给他荣耀又让他跌入深崖的院子。他的人生在这里归零，不，彻底成了负数。那个时候，双菊常来办公室找他，也正因此，撞见了他的秘密。

芥末放多了，他咳嗽几声，呛出眼泪。吃饭的人挺多的，但没人注意他。他用纸巾拭拭眼角，猛猛地喝了口啤酒。

## 6

他拒绝了小许。终于拒绝了。十几条烟，倒没多少钱，但这不是钱的问题，小许每来一次，他都有被强暴的感觉。还有，他忍着，小许的胃口会变大。小许并未如他想象的那样恶言威胁，赖了一会儿，攀了半天亲，说了几句不咸不淡的话，便悻悻离开。他做好了撕破脸的准备，小许神速撤退，出乎他的意料。他走村串户，知道哪个村庄都有些刺儿头，难惹难缠。他对小许不是特别了解，但就凭小许扎个眼儿就想吸血的做派，不是什么好货色。虽然胜了，他却没有丝毫轻松。小许该不会就此罢手，还会来的。毕竟小许手里握着他的短。抑或，这个赖皮会用别的方式逼他就范，继续敲诈。

十多天过去了，小许没露面。这些天他一直等待着。等待小许，等待小许的威胁。他无心审判，整个人像充了气的轮胎，即便坐在柜台后，也是双目炯炯，门口偶有动静，肌肉立时绷紧。虽然没披挂铠甲，却如武士般枕戈待旦，随时准备出击。某个夜晚，他和双花刚刚躺下，听到敲门声。这种情况以前也有过，如半醉的人要买烟，卤肉的急着要调料，也有找他给牲畜接生。来人多半火急火燎，他却一点儿不慌，问清了，慢腾腾爬起来。他不让双花起，哪怕他病着。双花若有穿衣的动作，他的目光扫过去，她就停止了。那个夜晚的敲门声与以往没什么不同。急促，没有章法。双花开灯的工夫，他已跳下床，操起案板上的菜刀。无疑，他的举止吓坏了双花，她惊叫一声。他意识到自己的紧张，被双花窥见亦令他羞恼。他喝令双花睡自己的觉。问清门外是方胖子，他将菜刀搁回原处。打发走方胖子，重新插好门，他返回卧室，双花仍在床上跪着。她的脸色缓过来了，眼睛仍闪着惊恐。这个方胖子，差点把门敲烂。他没再看双花。他的神经从未绷得这么紧。

难道小许就此翻篇了？这么轻易就把小许击败了？小许十多天未现身，并未让他踏实。更不踏实了。

没等到小许，却等来了双菊和小可。双花小心翼翼地，试探着他的反应。她们到了镇上，但没到杂货铺，自是住在别的地方。未经他许可，她们进不了杂货铺的门。双菊和小可想看看你，双花说。这句话她说了无数次，每次都遭到他呵斥。还警告过她。但她似乎不长记性。他想发火的，如以往那样。张张嘴，那些骂过无数次的话却缩回去。他只是狠狠瞪着她。小可快十岁了，你还没见过她呢。双花的神情含着乞求。他的心轻轻颤了一下，但很快站起来。他不会妥协。可能坐久了，脚有些麻，身子歪了歪，差点摔倒。我要出诊，没时间！他重声道。就像摔碎一个碗，清脆的碎裂声在屋子上空回荡。双花从他的话嗅出味道，问他几时回来。他没有马上回答，摘下头盔，说今儿不回来了！

一个小时后，他到了白水镇。并没有人请他出诊，不过为离开杂货铺找借口。睁只眼闭只眼有时挺难受，索性躲开，由她们折腾。白水镇兽医站有他个朋友，他想到朋友那儿坐坐。走到门口又离开了。在路口看到白水水库的牌子，他一溜烟骑到水库。大坝上杂乱停着自行车摩托车，还有两辆轿车。都是钓鱼的。

后晌他才往回返。他骑得很慢，那个念头在心里折腾很久了，这会儿老老实实候在角落里。从公路拐下去，不到半小时就到了。屋门吊着锁，院门大敞着，不知赵月在地里还是滩里。她打过几次电话，他都没什么反应。她不再联系他，他却来了。

你个鬼，从哪儿蹦出来的？赵月似乎被突然站起来的他吓了一跳，但很快，她的眼睛就光芒四射了。她狠狠拧他一把，真是你呀，还以为看错了呢。她没有嘲讽他的意思，她就是这么直接。他从车把摘下塑料袋，给你送鱼来了，刚从水库边买的。他本来还想说，我坐坐就走。没等他说，她就截断他，我什么都不稀罕，把你送来就行了。插门的同时，她说，我就不信你不想我。她不遮掩，顺便把他的遮掩撕碎。

完事后，她摸出烟盒抽出两支，同时点了。她吸一支，另一支递给他。他几年前就戒了，但和她在一起，仍会抽。我还以为你不来了，她说。他没回应。她重重地吸一口。这么久不理我，快板结了，就因为小许？我说了么，他不会胡说八道，怎么说我也是杏花的婆婆。这个人……怎么样？他装出漫不经心的样子。赵月说，自然不是什么好东西，我心里有数。不过，也没坏到哪去，没把杏花拐跑，要那样，我非剐了他。怎么，你还担心他……？他说，那倒不是。小许第一次上门，他就想告诉赵月，但每次都咽回去。他说不清为什么。

赵月下了地，他仍然趴着。这不是他的风格，以往他比赵月还麻利。他眯着眼，懒洋洋的，随时要睡过去的样子。赵月说你困就睡会儿，好了我叫你。他说迟不迟早不早的，睡什么觉。他的声音蔫蔫的。他不想睡，可很快就困过去。被赵月拍醒，他发觉自己半裸着。但他并不觉得有什么不对，边穿衣服边问赵月自己睡了多久。

赵月炖了鱼，炒了鸡蛋，还有他爱吃的黄花。酒杯却放了一个。他看赵月，赵月说，一会儿赶路，你就甭喝了。他皱眉道，谁说我要赶路？屋里突然就静了，赵月半张着嘴，像是被他吓着了，片刻，她哈一声，你当真……？他没答，一屁股坐下去。那只椅子不堪重负，吱嘎抗议。你个坏家伙！若不是隔着桌子，她怕是要扑到他怀里。

把小许喊过来。

赵月沸腾的脸突然就凝固了。小许……叫他干吗？话出口，他自己也愣了。但他马上意识到，那并非心血来潮。他借口给赵月送鱼，除了和赵月幽会，还有隐隐的目的。他说，我想见见他。赵月口气异常坚决，不行，不用讨好他。他不是讨好小许，他知道。这个躲在暗处的家伙快把他的魂折磨散了，必须了断。他说，当然……不过……赵月说，赶上了他就喝，我绝不会请他。我在，你怕什么？他说，我倒不是怕。赵月说，甭废话了，喝！

两人喝了一整瓶，赵月比他略多些。赵月还要开，被他挡下。她嘻嘻道，我怕你半夜跑了，你喝醉就跑不掉了。他说，我已经醉了，你赶我也不会走了。赵月扯着他的耳朵，这可是你说的，你要是敢走……哼！她晃了晃，他扶住她。

说了会儿胡话，赵月沉沉睡去。似乎怕他半夜溜走，她揽着他的肩。他小心翼翼地将她的胳膊挪开，坐起来。他当然没有逃走的打算，只是睡不着。第一次在赵月家住宿就被小许撞见，他懊恼了很久。他再次留宿。豁出去了。他不怕小许撞见，倒是希望小许撞见。一个痞子的手段，尽管使出来好了。

## 7

站起来，没看到这是什么地方吗？他怒冲冲地叫着。

双菊不但不站，反跷起二郎腿，并掏出指甲刀。

你要干什么？

双菊剪一下，吹一口，目光扫扫他，又低下头。

他咣咣地拍着桌子，没听到我说话吗？

双菊这才哼一声，我凭什么听你的？你有什么资格审判我？

他大步过去，揪住双菊的肩。双菊和他扭在一起。

方胖子探进头，瞬间被惊呆。乔兽医背对着他，在和墙角的椅子格斗。乔兽医忽前忽后，忽左忽右，叽叽咕咕，嘟嘟囔囔。

老乔！方胖子喊出声。

他顿一下，突然回头。

方胖子原本迈进一只脚，这会儿整个身子挤进来。龇龇牙，老乔，练什么功呢？嘀嘀咕咕的，吓我一跳。

他瞅瞅墙角，双菊不见了，只剩那把破椅子。然后盯住方胖子。他汗漉漉的，脸也涨得通红，谁让你进来的？怎么门也不敲？

方胖子很意外，我说老乔，你什么时候立了规矩，进杂货铺还要敲门？你……鬼鬼祟祟的，不会干什么勾当吧？

他像一个炮仗，原本只是捻子在燃，方胖子话音未落，突然就炸裂了。他脸色转青，指着方胖子的鼻子骂，你他妈胡说什么？

方胖子也来了气，我不过开个玩笑，你他妈骂谁呢？

双花回到杂货铺，门口已经聚了一群人。他和方胖子吵得不可开交，就差发生肢体冲突了。双花抱住他，他一甩，双花抱得更紧了。有人拽方胖子离开。方胖子走到门口，又狠狠地骂，你他妈就一疯子！

连着数日，他的脸都阴沉沉的。和方胖子邻居多年，尽管对那张油腻腻的脸没什么好感，但从未在脸上表露出来，彼此和气。他没控制住。那是他和双菊的法庭，是他的秘密，却被这个卖肉的家伙窥见，虽然只是一角，也令他羞恼。况且，他本就在恼怒中。

第二次在赵月家过夜的早上，他没有急着离开。既然主动拉开阵式，就得摆出姿态。但没等到小许。他离开时快中午了。忽然之间，他意识到，他敢在这个村子大摇大摆，已不惧怕小许。卸下包袱，他轻松许多。果然，他审判时，小许不再寻衅滋事，彻底被他斩掉了。没想到的是，双菊不再老老实实，战战兢兢。她态度蛮横，没有丝毫悔罪表现。他当然不接受，一万个不接受。审判变成对抗与战斗。现在又杀出个方胖子，整个乱套了。

那天晚饭，他发现桌上多了三碟菜，如果算上腌黑豆，就八个菜了。更意外的，还多了只酒杯，都已斟满。她是不喝酒的，所以平时只放一个酒杯。当然不是要来客人，筷子还是两双。再说，来人她会提前告诉他。那么，是什么节日？他想了想，就是个平常日子。他盯住她，希望她解释。她似乎没意识到，神色平平常常的，直到坐下来，才说，我今儿也喝一杯。他当然不反对，只是她一向不沾酒，突然要喝一杯，肯定有什么缘故。双花慢慢抿着，一小口，又一小口，很快脸就红了。这娘们，还想喝醉？他想阻拦，她猜到了，说我不多喝的。他就没吱声。

他没拦,却暗暗数着。喝到第五杯,她的脖子和脸像煮熟的大虾。小可又得奖了,她忽然说。那张奖状就在墙上挂着,在他对面。那天,他进屋便发现了。他得过很多奖状,墙上也挂过。当然,随着他的人生归零,那些玩意儿便失去了价值,不知去向。所以,猛一见奖状,他竟然有些恍惚。他没有呵斥双花,更没有撕下来,视而不见。这女人表面怵他,却从没放弃进攻,而他一步步后退。难道,双花为了这张奖状庆祝吗?

这是小可第二次得奖。双花说。

他的目光从奖状缩回。他明白过来,她在引诱他,引诱他说些什么。他偏不说,不上她的当。

你知道今天是什么日子吗?双花的脸竟有一丝威严,像个考官。

他漠然地看着她。

是小可的生日啊。她生怕他没听清,重复,今儿是小可的生日呢。酒壮了她的胆,也拔高了她的声音。

是这样,他心里说。

你不想看看她?双花威严不再,满脸期待。

他狠狠瞪她,她真是蹬鼻子上脸了。

双花没把他的警告当回事,手里突然多了张照片,看,她又长高了!笑得多甜。她举着,与他隔着两尺左右的距离。数年前,她让他看双菊一家的照片,他抢过去就撕碎了。她还记着,动作带着防范。他的目光被勾过去。一个灿烂的小女孩。他怔了怔,小……可?双花说,是小可!他声音有些颤,怎么……?双花激动万分,和双菊像极了是不?她就是双菊的女儿小可。提起双菊,他皱皱眉,但是目光没有从照片移开。

我能和你喝一杯吗？双花重又小心翼翼。

他顿了顿，举起杯，有些别扭。

双花一饮而尽，然后对着照片大声说，小可，给你过生日了。

他以为双花到此为止，没想她又斟一杯。他没说什么。随她好了。他倒要看看，她还能怎么样。他默认了墙上的奖状，他没撕照片，她还要他怎样？

他终于要阻拦时，一瓶酒已经见底。她摇晃着，要去货架上拿新的。可没起步就歪下去。他拖拽着，将她摁到床上。她很快睡过去。

他捡起掉在地上的照片，凝视良久，轻轻放到桌上。

他把店门关了，牢牢地插住。天色已晚，但远没到关门的时候。他有酒量，半瓶酒不足以喝醉，步态却有些踉跄。然后，他坐在柜台后，审视着墙角那把破旧的椅子。他的日子由一场又一场的审判支撑延续，他沉浸其中。每审一场，他通体舒畅，双目放光。原本以为这样的日子直到他闭上双眼，可突然间就进行不下去了。就像当初他以为步步青云，可一个跟头就摔到谷底。为什么？到底为什么呀？

他本来在心里问的，谁料喊出声。他的情绪有些激动。为什么呀？他又喊。然后，他站起来，东摇西晃地走到墙角。双菊没有来，她坐了无数次的椅子显得冷清。他盯着，死死的。为什么呀？没有回答。他有些恼，奋力摇了一下。为……后边的话没喊出来，整个人突然倒进椅子里。椅子年久失修，支撑不住他的重量，骨骼碎裂。

# 纪念日

1

要说没什么大不了的，不就是打了一只杯吗？又不是多么贵重的杯，材质是玻璃的，双层，底加厚了而已，地摊上也就二三十块钱。何况用十多年了，内壁长了厚厚的茶垢，褐色的垢经常脱落下来，招摇过市。毛敏没想到米高会生那么大气，虽然没斥责，但那声哎呀可够响的，比杯的碎裂声高出好几个分贝，几乎盖过了回旋的广播，而他眼底的责怨如锋利的玻璃片，寒光闪闪。

毛敏被扎疼了。她不是故意的。这要怪他，接得太满，水溢到外面，太过湿滑，他让她临时拿一下，她没抓牢。她正要吐舌头，那是歉意的表示，他一叫一扎，她的舌头倏忽缩回。家里也就罢了，这可是候车室，大庭广众，毛敏的脸迅速涨红。她同样没说什么，抛出一个同样冷的眼神，抓起包就走。

去哪里？检票了！米高喊。毛敏没理他。检不检票关她什么事？她不去了。她逆着人流，走得又快，蹭到了一位腆着肚子的妇女。妇女倒没说什么，旁边的丈夫骂骂咧咧的。毛敏停住脚致歉，脸烧得更厉害了。妇女推了丈夫一把，丈夫倒是闭了嘴，目光仍然忿忿的。米高追上来，抓住她的胳膊。没几步地，他竟喘得跑了上百米似的。放开，我不去了！毛敏低喝。她可不想再度被人围观。米高说，我也没说你什么呢，一个破杯，打就打了。毛敏心里哼了一声，让他松手。米高不松，毛敏抓住他的指头，像剥蒜那样一瓣一瓣抠。别忘了今天是什么日子！米高语速极快，有必要生这么大气吗？再晚就来不及了！米高说着回了回头，广播再次响起。正是他们要去的地方。毛敏没再用力，米高感觉到了，抓着她的胳膊往回走，还催促她紧走几步。毛敏没加快，她就是要看他急。这是对他的小小惩罚，看他能怎样？如她猜想的那样，米高不能把她怎样。他不敢训斥，甚至也没再催促，只是腾出手一把又一把抹额头的汗。

距检票口还有七八米，米高一溜小跑。检票口已经空了，只有穿着制服的工作人员在那里站着。米高冲那个女制服说了什么，然后转过身。毛敏仍不紧不慢，即便跑，也是最后一对乘客。

长途大巴还有空座，但没有双人空座。走到车的后半截，米高和其中一位独行的乘客商量，他可不可以坐到前排或后排。那是个穿着宽大背心的中年汉子，肤色黝黑，他说没问题呀，正要站起，毛敏却落座了。毛敏就是要和陌生人坐在一起。汉子往里挪了挪，毛敏回以友善的微笑。毛敏猜得到米高的脸色。她还憋着气，岂能由他安排？

城市拥堵，从车站到高速口，用了近一小时。上了高速，大巴终于能跑起来了，车内气氛明显轻松了许多。坐在后排的米高递过一瓶矿泉水，那是昨天从超市买的，她没他那么讲究，只喝生水。喝四十多年了，胃没闹过毛病。她接了，正要插进前座的袋兜，忽又偏向邻居，那位黝黑的汉子。喝吗？她问。汉子摇头，笑着说，我喝了三碗豆浆呢。毛敏性格偏内向，在楼道见到邻居也仅是点点头，搭讪陌生人从未有过。她向汉子示意，仅仅是出于礼貌。但汉子显然健谈，话龙头拧开，就哗哗直淌。另两碗是给朋友点的，可他们要吃老豆腐，我就喝了，俩狗日的说我脸黑，就该多喝豆浆。毛敏忍俊不禁，说你朋友蛮有意思的。汉子说，当然，没意思的成不了我朋友。毛敏说，那说明你也是有意思的人啦。汉子说，好眼力！干什么工作？毛敏说，老师。汉子惊叹，夸张但又有分寸，老师也这么厉害，我还以为你在公安系统工作呢。毛敏笑笑，没接茬。她不愿话题再持续下去，但汉子关不住龙头。她装作倾听，偶尔哦一声。

你睡一会儿吧，昨夜没休息好，到白石山得三个小时呢。米高凑近她后颈说，她能感觉到他嘴巴里呼出的气流。

确实，昨夜没睡好。毛敏就这毛病，出门的前一晚肯定失眠。如果没和米高怄气，她会接纳他的提醒和关切。脑袋昏沉沉的，她也想眯一会儿的。可此时，她从米高的声调里听出的是不悦和醋意。毛敏本没有和汉子聊下去的兴致，米高的不满泼到身上，令她羞恼。难道她和别人说话也要他允许吗？她偏要说，看他能怎样。

毛敏询问，汉子的龙头开得更大了。他如她想的那样是走四方的生意人，此次去山里看核桃。不是吃的核桃，是抓在手里的文玩核桃。几年前，一对品相好的核桃三五千、两三万的都有。这几年市场不景气，价掉得厉害。一对也就几百块，几十的都有。毛敏说既然这样，他为什么还收购。汉子说要吃饭呀，尝试过别的生意，也不好干，不像你们当老师的，国家发钱，旱涝都丰收。毛敏说挣的都是死工资，汉子立即道，老师来钱渠道多着呢，家长的红包就别说了，单补课费，一年不得几万？那倒是，毛敏每个假期都办班，收入可观，但那是以前，现在不让补，如果违规，除了上缴补课费，还要受处分。毛敏不敢往枪口上撞，这个假期显得格外长，因此才答应和米高度假。汉子感叹，看来干什么都不容易。然后讲他的那些朋友，有开饭馆的，有卖窗帘的，各有各的难处。

汉子接电话，毛敏站起，将耷拉下来的包袋往里塞了塞，顺便瞅瞅米高。他没被气得嘴歪眼斜，竟然睡着了，头往一侧偏着，嘴巴半张。她说累了，也听累了，在汉子挂断前，她合上双眼。她本没有说话的兴致，完全是被米高激出来的。脑袋灌满了泥浆，又沉又胀。但是睡觉却没那么容易，泥浆翻滚，她怎么也摁不住。

毛敏和米高是经人介绍认识的。她个头不高，长相平常，要胸没胸要臀没臀，最小号的胸罩扣在胸上都松松垮垮。虽有稳定的工作，但一直待阁家中。米高高大，结实，只是工作差了些。毛敏不计较这些。嫁给米高，毛敏就像捡了一件珍贵的瓷器，她小心翼翼地捧着，不敢有任何大意。她不踏实，时常觉得瓷器会生出翅膀飞离。半夜醒来，她总要轻轻碰一碰，摸一摸，听一听他的呼吸。

两年之后，她担心的事发生了。那女人是有夫之妇，比米高大了整整十岁。自是比毛敏丰腴，但相貌也不怎么样，说话准撇嘴，且一身的公主病。毛敏大闹一场，米高和那个女人拖拉了几个月，断了。又三年，米高和某女人约会，被女人的丈夫打伤，几近身残。米高发誓悔改，曾经有五六年，风平浪静，但正如那句骂人的话，狗改不了吃屎。米高还是屡屡犯病。

女儿上高二那年，米高犯了更大的事。与他相好的女人突然改口，说他强暴。女人的丈夫领了一帮人闹上门，毛敏拿出近一半的存款赔偿，才算平息下去。她恨米高，但眼看着他坐牢，终是不忍。救他并不意味着原谅他，她狠下心，和他离了。提心吊胆的日子，她实在是过够了。女儿上了高三，毛敏和米高复了婚，她得为女儿考虑，女儿的前途是最重要的。女儿上了大学，米高出了场车祸，在床上躺了半年。自那之后，米高不再拈花惹草，开始看毛敏的眼色了。但毛敏清楚，米高并非彻底戒掉，贼心还是有的，不过是自身条件差了些。那场车祸，不但让他的腿落下轻微残疾，左脸也留下一勺状的疤。

去白石山是米高提的，作为对两人相识之日的纪念。是的，相识之日。若他说是结婚日，她绝不会和他来的。一对夫妻有两个结婚日，婚姻肯定要打折扣的。本该是愉快的旅程，没想碎了一只杯，还不是她的错，他就大发脾气。若不是他说求你了，若非她心疼车票钱，她绝不会顺从他的。

毛敏的气本已消掉，泥浆沸腾，又有泡咕咕冒了。

## 2

米高左手拖着拉杆箱，右手拎着毛敏的包。重的东西都放在拉杆箱了，包里只有她的药品和一本关于梦境的书。她没让他拿，但米高硬是拽过去。不关轻重，这是态度问题。毛敏的脾气越来越大，原先可不是这样。他不过哎呀一声，并没有说她什么，她就恼了。她摔了杯，他还大声喝彩吗？说他早就想换杯了？说那声音多么悦耳？她不过是找茬儿。他真要那么说，她未必开怀大笑。

当然米高也不能发脾气，虽然心里也窝着火。纪念日并没有多么重要，但也不能就这么屠宰掉。所以，米高竭力克制。她不是那种依赖性强的女人，无须过分照顾，但突发状况，米高必须有所表现。

走出百十米，便看见那家快捷宾馆。过马路时，米高抬起拎包的右手，有意扶了毛敏一把。毛敏没理会，大步朝前。一辆车开得飞快，毛敏视而不见。米高大叫一声，心直直地提起来。轿车在距毛敏几米远的地方停住，直到毛敏过去，米高仍在路中央发呆。毛敏迈上宾馆的台阶，米高如梦方醒，拽了两下，才迈出腿。

米高订的是大床房，登记时，一直未开口的毛敏提出改换双人床。服务员看米高，米高回头。他有一点点惊愕，不只是她的要求，还有她说话的声音。毛敏并不看他，直视着服务员，重复了一次。那好，就改成双人床了。服务员飞快地说。米高半晌方扭转身，仿佛有什么刺进了后颈，转动极其困难。双人床就双人床，天天睡一张床，也腻了，他这样想。

简单洗漱过，米高看看表，已过中午。宾馆有自助餐，三十八元一份。原本没几样菜，用餐尾声，更是少得可怜，基本是凉的。米高问要不要出去吃，毛敏一边拿盘子一边说又不是出来吃的。这倒没错，但品尝美味也是旅行的重要部分。米高知道毛敏急着睡午觉，也没说什么。捡了几样，舀了一碗米饭。毛敏盛得比他多，菜堆成山了。别看她矮瘦，饭量一向比他大。又是自助餐，她要把那三十八元吃回来。她是数学老师，算账是强项。

下午四点多，两人才睡醒。她的脸没那么沉了，米高提议出去走走。她说累了，想看会儿书。跑这么远的路看书？想来还在和他怄气。米高劝她，她低头不理，他就一个人出了宾馆。

走到第二个街口，看见树阴下有下棋的，米高便驻足。米高兴趣广泛，象棋、围棋、打球、游泳、跳舞，都不精，但都可上手。样样懂，样样稀松。米高从未对自己的稀松脸红，他又不去参加比赛，懂一点儿足够了。

日薄西山，对弈和围观的人拎了马扎和小桌离去，米高返回宾馆。毛敏仍在看书。自出校门，米高只读过几本武侠小说，算卦的书读了半本。这不怪他，看书就头疼。不然早就考上大学了，何至于去粮酒公司看仓库？毛敏没有改变姿势，米高知她“进去”了。这是毛敏的原话。她“进去”时，他最好不要打扰她。当然，这些规矩是后来才有的。米高烧了壶水，一杯水晾凉，毛敏总算抬起头。

米高问毛敏晚上想吃什么，毛敏说中午吃多了，还没消化。米高说这个地方的凉粉特别有名，他进一步诱惑。毛敏爱吃面皮凉粉。但毛敏不为所动。她确实不饿，这是其一，另一个原因，不言自明。恼火在皮肤下游窜，他一忍再忍，她还没个完了！米高终是压制住，问要不要给她带些什么回来。毛敏说不用。米高顿了一下，说身上的钱可能不够。他声音不高，但桌上的电视、墙上的空调都被震着了，没有章法地摇晃。毛敏拉开钱包，摸出一百元钞，丢给他。

米高挣钱不多，他也想挣的，但上天不给机会。不多的钱每月上交，用以偿还赔付给那个女人的费用。他算过，至少还要五年。他花一分钱都得向毛敏伸手。她基本都会给，哪怕他和别人出去喝酒，只要说清楚。但米高还是感觉受限，每次拿到钱都会紧紧攥在手心,涌动着揉碎的欲望。

米高要了熘肝尖,西芹百合,两瓶啤酒,半斤肉饼。算了算,还不够一百,又加了盘炝土豆丝。他不痛快。他知道这不痛快来自哪里,更知道怎么治愈。何必呢,他一边喝着啤酒一边想。

塞了满满一肚子,返回宾馆的路上,米高反而感觉轻松许多。一天即将结束,他和毛敏的别扭,不,应该说毛敏和他的别扭也将画上句号。之前,搞出那么大的动静,不出三日,有时甚至一个夜晚过去,她就原谅了他,这小小的摩擦算什么?他和她是来度假,不是来怄气的。一个推着小车的妇女经过,他叫住她,问桃多少钱一斤,然后捡了一个最大的。妇女失望地,就买一个啊,至少要两个吧。米高摸出仅剩的五块钱,我只有这么多。妇女说,我不信,你一个大老爷们儿,大白天的装什么穷?米高说,我是真穷,不信你搜,搜出来都是你的。妇女边称边说,可不敢,万一搜出什么来呢。米高嘿了一声,盯住妇女,都说了,搜出什么都给你。妇女没接话,将桃塞给他,匆匆离去。

米高的目光追着她的背影,他差点犯了老毛病。其实,他并非花花肠子,整日想着拈花惹草。他和她们都是意外。至少,他是这么认为的。他爱开玩笑,当然说嘴贱也可。一次次都是由逗乐子开始,那就像剑客过招,刀光剑影,闪转腾挪,令人沉醉。唯此而已。胜负重要,也不那么重要。这一点,他可以向天发誓。可到了最后,他就控制不住局面了,那不是他要的结果,却都毫无例外地走向一个结局。他并非自我辩解,自证清白。确实不由他控制。

差一点,但终是没有。这不是因为他脸上带伤,腿脚不便,绝不是,而是学会了刹车。那笔巨款割疼了他,他懂得踩嘴刹了。

毛敏刚刚洗过澡,头发还滴着水,屋里飘荡着洗发水的香味。

米高扬了扬桃，说本地桃，不施化肥不打农药。那是胡扯，不施化肥不会长这么大个儿。这是为了讨好毛敏，一说无污染，她就来劲儿。没农药没化肥，不吸雾霾，那是不可能的。但既然毛敏喜欢自欺，他就胡说八道了。但毛敏却没有想象中的双眼发亮，淡淡地说，现在不饿，一会儿吃吧。不过，她的脸也许是刚洗澡的缘故，不那么板了。米高将桃洗了，搁在桌上，瞟瞟她，说我也冲一下。

米高从卫生间出来，毛敏不见了。包还在，手机也在。米高想她准是临时出去了，三五分钟就会回来。他打开电视，听了会儿新闻。可十分钟过去，毛敏也未回来。米高拔了房卡，下到大厅，转了一圈，不见毛敏的影。她不拿手机，连个电话也没法打。米高暗暗心急。故意出走？被人绑架？胡乱的念头冒出来，被米高一一否掉。也许她就是让他着急，故意躲在某个地方，用不了多久就会回来。米高返身回屋，耐着性子等了二十余分钟，复又下楼。

米高甚至想到了报警，但他清楚，毛敏“消失”的时间不够长，警察不会理他。她很有可能迷了路，说不定就在宾馆附近。米高先往东，穿过两个路口返身向西。在宾馆往西五六百米处，米高看见了她。那里有几个烧烤摊，其中一个桌前围了七八个人，毛敏与那些人坐在一起。

米高说不出的惊愕，他不敢相信，但由不得他不信。显然，毛敏和那些人很熟。他虽然听不见她说什么，但知她和邻座交谈甚欢。她的头一次次偏过去，那是个看不出年龄的男人。其间，有人向毛敏敬酒，满杯啤酒，她一口就干了。

就算出来喝酒，至少要知会他一声吧。他急得嗓子冒烟，她竟然在此与陌生人逍遥。气由脚起，穿越脑顶，米高的头发都要竖起来了。他想冲过去，将她拎起，拖回宾馆。可迈了两步，终是停住。

她只是喝酒，闲聊而已。他拽她离开，非大吵一场不可。要是她死活不离开，那就太难堪了。这么想着，米高往斜里拐，站到灯光照不到的地方。

米高在黑暗中凝视了一会儿，低着头回到宾馆。毛敏不至于彻夜不归。那么就等她回来，看她怎么说。当然，也许，她回来要天亮了。那么，她更要给他一个交代。米高抓着她的白色手机，想知道她是否被人约出去的。她设了密码，他试了几下，丢到床上。她不带手机，就是不想让他打给她吧。米高冷笑一声，仿佛觉得不够，上下牙狠狠碰撞在一起。

## 3

从街口登上到白石山的公交车。毛敏没吃早饭，米高拿了两颗鸡蛋给她，她摇头。米高将鸡蛋磕破，用食指和拇指把一块块碎裂的皮剥掉，圆润玉白的蛋便立于掌心间。她没看他，但余光将他的动作完全收在眼里。他还没这么体贴过呢，也许他在为昨夜的事致歉。她该接过来，还是继续冰着脸？不能这么轻易低头，她想，不能轻易放过他。算了，没必要和他生气，她又想，那么丢脸的事都原谅了他，昨夜算得了什么？毛敏略略偏了身子，他将鸡蛋递过来，她会就势接住。这是一个信号，他不会不明白。但米高并没有这么做，他用三个指头捏着那颗晶润的蛋，仔细端详着，仿佛是刚刚完成的工艺品，他因此而得意。接着，他伸向自己的嘴，轻轻咬了一口。蛋的气息立刻弥漫开。毛敏突然感觉双脸被撕扯，那不要命，但比要命还难受。她将头扭向窗外，不让米高看见，不让任何人看见。他带了两颗鸡蛋，就是成心气她的吧。他刚刚吃过，再塞一颗，不怕吃撑吗？

一丛金色女贞掠过，然后是雪白的月季，红艳的美人蕉，再远处是玉米田，整个大地就像一块墨绿色的玉。偶尔，一只灰鹊飞过。景致诱人，可毛敏的心糟糕透了，没有夏季，直接跌入肃杀的秋天。

米高碰碰毛敏的胳膊，毛敏回过头。要不吃了吧，一会儿要登山呢，米高说。那个鸡蛋吃掉了，他捏的是没剥皮那颗。听起来是劝她，带了点儿商量的口气，但他眼角的笑还是刺痛了她。那一刹那，毛敏怒气突生，她想夺过来，砸在他的脑壳上。但到底没那么做，她不是泼女人，不会撒泼。有的同事在办公室讲自己的丈夫如何，有的炫耀有的贬损。毛敏从来不提，更不要说抖落米高的丑事了。和那些女人谈判，即便没有他人在场，她的声音也不高，似乎隔墙有耳，会将她的话掳了去。倒是她们，口无遮拦，毫无顾忌，每一句话都是生猛海鲜。

这可是公交车，坐了二三十人呢。毛敏控制住，低低挤出一个音儿：滚！米高说，那我还是吃掉吧，这么热的天，不到中午就坏了。毛敏扭转脸，如果长了翅膀，她立马飞回去。

二十余分钟便到了白石山景区。下车时，米高倒是乖巧，说着小心，扶了扶毛敏。她生硬地甩了甩，从他身边闪开。你在这儿等着，我去买票。米高拽下包，要留给毛敏。毛敏没动，他便重又挎在肩上，一溜小跑。

进入大门，米高说，稍等一下，我上趟卫生间。又是几步急走。毛敏想起那句骂人的话，懒驴上磨，屎尿多。毛敏并没打算甩掉米高，至少在米高的背影消失那一刻还没有。气归气，某些“规矩”还是要守的。她看完了景区介绍，又帮人拍了几张照片，米高仍未出来。吃那么多，他定是吃坏了肚子。原本是陪她到白石山的，成了她陪他上厕所。这么一想，毛敏突然就来了气。她开始向前走，极慢。他该出来了，看到她，他自会追上来。可拐过山角，也没听到米高喊她。一拨人过去了，又一拨人过来。路不宽，依山凿筑，她时不时地被蹭到。那些人没说对不起，眼神都分明嫌她挡了路。于是，她继续前行，仍不怎么快。米高个子高，腿长，用不了多久就会追上来。但数百米后，出现了岔路。毛敏站在路口，有分叉，米高寻她就不易了。站了几分钟，阳光灼疼了她的脸，米高仍未赶上来。为什么非要等他，难道她一个人不敢爬？又一次回头后，毛敏选择了一条路。“甩掉”米高，毛敏反轻松了许多。就像和米高第一次离婚那样，虽然疼，却也有了无牵挂的自在。

日头升高，山谷更热了。一早起来，脑袋就胀胀的，像塞进了面团。随着气温的攀升，面团不停地膨胀，几乎要将她的头吞噬掉了。

昨夜又没睡好。米高洗澡时，毛敏想出去走走。附近转转，没打算走远，所以没带手机。没想到会碰见原先的同事，那是两口子，男的改行到社保局，女的调到一个更好的小学。据说那个学校的奖金是工资的两倍。两口子比他们来得早，明天就回去了。他们邀她与他们的朋友吃烤串儿。她是矜持的人，之所以坐下来，除了同事的热情，还怀着隐秘的心思。她想知道，那个传说中的待遇是不是真的。当然，如果有别的可能就更好了。不让补课了，她每年的收入少很多呢。

午夜才回去，酒喝多了，整个人晃荡着。毛敏有些酒量，但架不住他们人多。也没有故意灌她，是她成心想喝醉。某些话借着酒力才能说出口。问是问了，但答案不是传说中那样。也许老同事没说实话，也无所谓，若是她，也不会轻易说的。

摇晃并不等于喝醉，顶多算半醉。步态不稳，脑子还是清醒的。她没让同事送，独自走回宾馆，准确无误地找到房间。在她打算随便走走时，或许还生着米高的气，啤酒灌下去，那气彻底消掉了。在米高拽开门那一刻，她故意倒在他怀里。待米高把她抱到床上，一切就交给他了。两张床又如何？什么也可以干的。没想米高并没有抱她上床，合了门，就撕扯她的衣服，就在过道。虽然喝多了酒，毛敏仍从米高粗鲁的动作感觉到他的怒气。这哪里是求欢？分明是强暴！毛敏奋力抵抗，无奈没他力气大，终是被剥光。那个瞬间，毛敏并没有愤怒喊叫。在抵抗的过程中，她甚至生出令她羞耻的快意。她妥协，与此不无关系。但米高没有动她，当她安安静静地躺下去，他突然凝固了。然后，将她抱到床上，盖上被子，回到了他那边。

贴着山体前行，那个镜头又闪出来，脑袋像插进枯干的枝条，除了胀，还疼。毛敏越走越慢。口干舌燥，犹如火烧。水在包里，包在米高背上。要喝水，只能等米高。但毛敏不想等。

转过几个弯，来到玻璃栈道前。同时站在那里的还有一对年轻夫妻。妻子不敢走，丈夫又哄又劝，然后牵住妻子的手。两口子踏上栈道，丈夫边走边说，别朝下看，和普通的路没什么区别。很快，他们的身影消失在拐角处，偶尔，能听到妻子的尖叫。

毛敏有些犹豫。某一刻，她打了退堂鼓。不走玻璃栈道，必须原路返回。返就返，又不是没退缩过。行了几步，心有不甘，又折回来。她要试试，她能不能走过去。独自。她站在那里，深吸一口气，轻移脚步。按那位丈夫教妻子的那样，她昂着头，不朝下看。说不上好奇还是紧张，又或是别的什么，她终是没忍住。目光投到脚下，突然间腿软如泥。玻璃之下是万丈深渊。一棵树从绝壁刺出，和她隔着一百米，也许二百米的距离。树上有什么在动，也许是一条蛇，也许是别的。这就像她的人生，有的能看清，有的看不清，但一样让她提心吊胆。她前行不得，后退不得，站在中央，往前与退后都是一样的路。她想把目光移开，可是目光似乎被焊接在玻璃上，牢牢的。于是，她不得不瞅着悬崖，悬崖上的树，树上的蛇，还有其他。